레트로 마니아

차례

레트로
마니아

믿거나 말거나, 레트로 게임이 전 세계의 텔레비전에서 뿜어져 나오던 시절이 한때 있었다. 지금의 레트로 게임은 짜게 식은 된장찌개나 다름없지만 그 시대의 레트로 게임은 팔팔 끓었다고 시게루가 말했다. 시게루는 내가 일했던 레트로 게임 까페의 사장이었는데, 정말이지 제멋대로 사는 사람이었다. 구직 사이트인 알바몬에다 '쉬엄쉬엄 일할 사람 구한다'고 쓴 사람답게 그가 면접 때 내게 물어본 것은 하나뿐이었다.

　–알고 있는 레트로 게임을 전부 말해 봐.
　나는 오래됐거나 혹은 오래됐을 법한 게임을 생각

나는 대로 읊었다. 일곱 개 정도 읊었는데, 시게루는 내 대답을 듣고 마리오처럼 기른 콧수염을 매만지며 답했다.

　ー『언더테일』은 레트로 게임이 아니지만, 『슈퍼 마리오』만 지껄이던 어리바리한 머저리들보다 낫군.

　시게루는 당장 오늘부터 일을 배우라고 했다. 내가 감사하다고 말하자, 그는 피식 웃었다.

　ー일을 시키는 데 감사는 무슨. 내 이름은 시게루야. 만나서 반가워.

　나는 겐스케나 타케시 같은 일본 이름들을 몇 개 떠올리며 물었다.

　ー혹시 교포신가요?

　시게루는 내 질문을 듣고 한참이나 웃었다. 딱히 웃기려고 한 질문은 아니었지만, 그가 웃는 걸 보며 나도 어색하게 따라 웃었다. 실컷 웃은 뒤 시게루는 내게 일을 가르치기 시작했다. 까페에서 파는 음료가 세 가지뿐이라 나는 일을 금방 배울 거라 생각했다. 하지만 문제는 음료가 아니라 구닥다리 게임기들이었다. 시게루는 진열된 게임기를 가리키며, 이건 위대한 닌텐도의 게임기고, 저건 아타리가 잘못 만든 게임기고, 그건 세가가 만들다 버린 게임기다, 라고 친절히 알려 줬는데 내 눈에는 전부 똑같이 생긴 상자들이었다. 시게루는 게임기를 구분 못 하는 나를 한심한 표정으로 쳐다보며 말했다.

─괜찮아. 어차피 사람들은 닌텐도 게임기만 찾거든. 저기 1시 방향과 9시 방향에 있는 게임기가 닌텐도 게임기니까 저것만 기억해 둬.

─왜 다른 게임기는 안 찾나요?

시게루는 코를 후비적거리며 답했다.

─전부 망한 게임기니까.

─그럼 아무도 안 찾는 망한 게임기들을 왜 가져다 둔 거예요?

시게루는 별걸 다 물어본다는 듯한 표정을 지으며 답했다.

─전시하려고. 박물관에 전시되어 있는 유물도 망한 나라 골동품이잖아.

나는 아, 하고 짧게 중얼거렸다. 시게루는 첫날이니까 간단한 일만 시킬 거라고 내게 말했다.

─게임도 초반은 쉽잖아? 처음부터 심각한 일을 시키면 재미없다고.

시게루는 내게 간단한 일을 시킨 후 까페 구석에 가서 게임기를 두들겨댔다. 간단한 일이란 것은 게임팩에 입바람을 훅 불어서 먼지를 날리는 것이었다. 머리가 띵할 정도로 입바람을 부니 어쩐지 이 까페도, 그리고 시게루와 나도 조만간 진열장의 게임기처럼 망할 것 같다는 생각이 들었다. 마침 까페도 집값이 추락하고 있는 지방 도시 외곽에 있었다. 한때의 레트로 게임처럼 치솟던 도시의 집값이 요즘의 레트로 게임처럼 몰락하고 있는 이유는 별게 아니었다. 수도권과 달리 이 도시에 있는 것이라곤 오래된 공장들뿐이었고, 오래된 공장들이 전부 오래 전에 문을 닫았기 때문이다. 사실, 내가 이곳에서 일하는 이유도 별게 아니었다. 레트로 게임에 특별한 관심이 있어서가 아니라, 우리집이 바로 집값이 떨어지고 있는 동네에 있었기 때문이다.

레트로 게임 까페에서 일하기 전, 나는 잠깐 대학원에 발을 들였었다. 학문에 별 뜻도 없던 내가 대학원에 입학할 수 있었던 건 순전히 부모님의 지갑 덕분이었다. 그쯤의 나는 되는 일이 하나도 없었다. 야심차게 썼던 단편소설은 심사평에 언급조차 안 됐고, 파주의 출판사로 보냈던 입사지원서는 세단기에 갈려 나갔으며, 몇 년째 노량진에 처박혀 있던 친구는 매일 밤 카톡(녀석의 메시지는 내 인생은 망했어로 시작해서 내 인생은 끝났어로 끝났다)으로 나를 괴롭혔다. 계속되는 실패 끝에 내가 할 수 있는 일이라곤 집구석에서 이불을 뒤집어쓰고 우는 것뿐이었다. 엄마는 내 이불을 치우면서 집에서 빈둥거릴 바엔 공부라도 하는 게 낫지 않느냐고 말했다. 딱히 변명거리가 없던 나는 눈물을 닦고 근처 광역시에 있던 대학원에 원서를 제출했다. 공교롭게도, 면접관은 4년 동안 학부에서 내게 소설과 평론을 가르친 교수였다.

─대학원에 지원한 이유가 뭐지?

나는 엄마가 한 말을 그대로 말했다.

─집에서 빈둥거릴 바엔 공부라도 하는 게 나을 거 같아서요.

그 해에는 지원자가 별로 없었는지, 아니면 내 대답이 훌륭했던 건지 모르겠지만 나는 덜컥 합격하고 말았다. 간만에 듣는 합격 소식에 잠깐 우쭐했지만, 곧이어 날아온 등록금 고지서를 보니 금세 우울해졌다. 은행에서 엄마가 등록금을 납부하면서 말했다.

─우리도 집값이 떨어져서 노후가 불안해. 나중에 이자까지 꼭 갚아.

나는 속으로 '나중에'가 몇 년 후일지 계산해 봤다. 아마도 아빠가 퇴직하는 3년 후일 거 같은데, 그쯤의 내가 제대로 된 일을 하고 있을지는 미지수였다. 그렇게 나는 전혀 알 수 없는 대학원 생활을 시작하게 됐다. 대학원의 장점은 일주일에 수업이 두세 개밖에 없다는 것이었고, 단점은 일주일에 수업이 두세 개밖에 없다는 것이었다. 한가한 대학원 시간표 덕분에 게을러져 버린 나는 때때로 수업에 들어가지 않았다.

때때로 시게루는 출근하지 않았다. 그는 게임팩을 사러 서울이나 도쿄로 날아가곤 했는데, 그때마다 가게에 혼자 남은 나는 창고에 가득 쌓인 게임팩들을 바라보면서 인류의 쓸데없는 창조력과 인간의 한심한 수집욕에 감탄하곤 했다. 아무튼, 일주일에 세 번 정도 출근하지 않는 시게루와 다르게 가게에 매일 오는 손님들이 몇 있었다. 말할 것도 없이, 그들 대부분은 시대에 뒤처진 괴짜였다. 『테트리스』를 하면서 "작대기를 안 주다니! 이 비열한 공산당 자식들!"이라며 버럭 화를 내는 대머리 할아버지와 『록맨』을 하면서 "에

어맨이 쓰러지질 않아!"라고 외치는 오타쿠 백수는 아직도 내 꿈에 종종 나타나곤 하는데, 그들보다 더한 괴짜도 있었다. 바로 자신이 서울대를 졸업했다고 주장하는 40대 아저씨였다. 정말 서울대를 졸업했는지는 모르지만, 서울대 아저씨는 자칭 서울대 졸업생답게 대단히 사무적이었다. 친해지기 전, 그가 내게 하는 말이라곤 꾸깃꾸깃 구겨진 1,000원짜리 지폐를 내밀며 동전으로 바꿔달라는 것뿐이었다. 아저씨가 하는 오락은 까페 구석에 있던 『스트리트 파이터2』였는데, 우리 까페에서 유일하게 동전을 먹는 게임기였다. 원래 『스트리트 파이터2』는 2명이 겨루는 대전 게임이지만, 까페에서 『스트리트 파이터2』를 하는 사람은 아저씨뿐이었다. 아저씨는 매일 컴퓨터와 겨뤘는데, 손쉽게 컴퓨터를 때려눕히는 걸 봐선 어느 정도 실력이 있는 모양이었다. 어느 날엔가 아저씨는 컴퓨터와 싸우는 게 지겨웠는지 내게 2,000원을 내밀며 말했다.

– 할 일 없으면 나랑 게임 한판 하지.

딱히 할 일이 없던 나는 고개를 끄덕였다. 『스트리트 파이터2』를 처음 해 본 나는 아저씨한테 형편없이 지고 말았다. 무슨 술수를 부리는 건지 잘 모르겠지만, 아저씨는 펄쩍펄쩍 뛰면서 나를 앞에서도 때리고 뒤에서도 때렸다. 앞뒤로 실컷 두들겨 맞은 나는 아저씨에게 도대체 그게 무슨 기술이냐고 물었다. 아저씨는 자랑스러운 표정을 지으며 대답했다.

— 이게 바로 동인천 역가드라는 거야. 내가 만든 기술이지.

할 말을 잃은 나는 네, 그렇군요, 라고 중얼거렸다. 다음 날, 다시 가게에 온 아저씨는 또 2,000원을 내밀며 같이 게임을 하자고 말했다. 때마침 설거지가 밀려 있었다.

— 죄송한데, 설거지가 잔뜩 쌓여 있어서요.

— 그럼 기다릴게.

그때, 가게 바깥에서 레드애플 담배를 피우고 있던 시게루가 아저씨에게 소리쳤다.

— 기다리지 마시고 저랑 한판 하시죠.

아저씨는 께름칙한 표정을 지으며 고개를 끄덕였다. 설거지를 끝내고 구경하러 가 보니, 아저씨는 심각하게 두들겨 맞고 있었다. 시게루는 아저씨를 두들겨 팰 때마다 "아도겐!", "오류겐!"거리며 게임 속 캐릭터처럼 기술 이름을 외쳤는데, 40년 동안 살면서 그렇게까지 두들겨 맞아 본 적은 없었는지 아저씨의 눈에는 눈물이 조금 고여 있었다. 아저씨의 캐릭터는 땅바닥 위를 40번 넘게 굴렀지만, 시게루의 캐릭터는 한 번도 넘어지지 않았다. 2,000원을 다 쓰자, 시게루는 재밌는 게임이었다고 말하며 자리에서 일어났다. 아저씨는 시게루의 팔목을 붙잡고 소리쳤다.

─이 자식 쌥쌥이 쓰네! 야. 한판 더 해!

시게루는 피식 웃으며 아저씨의 손을 치웠다.

─비겁한 기술이라뇨. 정정당당한 기술이에요. 역가드 어떻게 쓰는지 제대로 안 배우셨나 봐요?

아저씨는 얼굴이 새빨갛게 달아오른 채 내게 1,000원을 내밀며 이것들을 당장 동전으로 바꿔오라고 소리쳤다. 서울대 아저씨는 원래 한심해 보였지만, 그날 따라 더욱 한심해 보였다. 그리고 그런 아저씨를 갖고 노는 시게루도 한심해 보였다. 게임은 다시 시작됐고, 아저씨는 뭐가 잘 안 풀리는지 연거푸 "아이고난"이라고 외쳐 댔다. 그날 앞뒤로 실컷 두들겨 맞은 아저씨는 12,000원이나 쓰고 나서야 시게루의 캐릭터를 한 번 눕히는 데 성공했다. 아저씨는 의기양양한 표정을 지으며 까페를 나섰는데, 나로서는 100번도 넘게 진

그가 어째서 의기양양한 표정을 짓고 있는지 이해할 수가 없었다. 아저씨는 그날 이후로도 종종 시게루에게 『스트리트 파이터2』로 두들겨 맞았다. 마지막 승리는 언제나 아저씨가 가져갔지만, 아저씨의 승리는 언제나 하루에 한 번뿐이었다. 마지막 게임을 하고 나면 아저씨는 늘 똑같은 말을 하면서 일어났다.

– 오늘도 내가 이겼군.

시게루도 언제나 늘 똑같은 말로 답했다.

– 실력이 점점 느시네요.

시게루의 칭찬을 들은 아저씨는 만족스러운 표정을 지으며 가게를 나섰다. 나는 아저씨의 추레한 뒷모습을 바라보며 시게루에게 물었다.

– 마지막은 일부러 져 주는 거죠?

시게루는 글쎄, 라고 얼버무리며 담배를 물었다. 나는 그런 시게루가 못마땅해서 설거지를 거칠게 했고, 마리오가 그려진 머그잔을 깨트리고 말았다. 그 머그잔은 까페의 유일한 미성년자 손님이 아끼는 것이었다. 내가 안타까운 표정을 지으며 마리오 컵이 깨졌다 말하자, 그녀는 희랍시대 철학자처럼 근엄하게 답했다.

– 모든 컵은 깨지기 마련이죠.

당연한 얘기지만, 이 꼬맹이도 괴짜였다. 중학생답지 않게 레트로 게임에 대해 빠삭하게 알고 있는 것만 봐도 그렇다. 레트로 게임에 대해 아는 것이 조금 밖에 없던 나로서는 그녀와 대화하기 버거웠다. 그래서 그녀는 늘 시게루하고만 대화를 나눴다.

─요즘 게임은 게임답지 않아요. 게임은 순수해질 필요가 있다고요.

─순수한 게임은 뭔데?

─『메탈슬러그』나『콘트라』같은 게임이요.

─뭘 좀 아는 꼬맹이로군!

『메탈슬러그』나『콘트라』는 앞으로 나아가면서 총을 쏘는 액션 게임이었는데, 전진하며 총만 쏘는 게임이 어째서 순수한 건지 나로서는 이해하기 어려웠다. 아무튼, 그녀는 레트로 게임에 대해 많이 알고 있었지만, 실력은 형편없었다. 녀석은 가게에 처음 온 날 점심부터 저녁까지 구석에 눌러앉아『슈퍼 마리오』를 플레이했는데, 6시간 동안 공주를 한 번도 구하질 못했다. 문 닫을 시간이 됐다고 말하자, 그녀는 미련 없이 게임기를 껐다.

─너 진짜 못한다.

－마리오는 말로만 들어 봤지 처음 해 봐요. 『슈퍼 마리오 1』이 저보다 20살은 많거든요.

새삼 2005년에도 사람이 태어났다는 사실이 놀라 웠다. 새파랗게 어렸던 그 녀석은 가끔 교복을 입고 가게에 오기도 했는데, 겁이 없는 건지 아니면 개념이 없는 건지 교복을 입은 채로 시게루에게 담배를 빌려 달라고 말했다. 그럴 때마다 시게루는 주저하지 않고 그녀의 입에 레드애플 담배를 한 개비 꽂아 줬다. 둘 은 가게 바깥에서 서로 마주본 채 담배를 태우며 얘기 를 나눴는데, 시시껄렁한 게임 얘기만 나눴다.

－그거 아세요? 뉴멕시코 사막에 『E.T.』 게임팩 수 백만 개가 파묻혀 있는 거? 워낙에 안 팔려서 파묻었 다던데?

－믿거나 말거나, 내가 그 사막에 가서 삽질을 몇 시간이나 했어.

－우와. 구했나요?

－아니. 아마존에서 1,500달러 주고 샀어. 사막에 묻힌 건 미국의 너드들이 전부 캤더라고.

아까 말했듯이, 창고에는 시게루가 수집한 게임팩 들이 가득했다. 창고에 처박힌 게임들은 아무도 기억

못 하는 게임들이었다. 석 달 동안 『슈퍼 마리오』와 씨름하던 그녀는 창고에서 잊혀진 게임을 하루에 하나씩 꺼내며 플레이했다. 낡은 조이스틱을 두들기며 한물간 게임에 집중하고 있는 그녀의 뒷모습을 바라보고 있자니, 문득 미래의 그녀가 무엇이 될지 궁금해졌다.

― 나는 게임 개발자가 되고 싶었어.

시게루는 얼굴을 잔뜩 찌푸리며 말했다. 우리는 정말이지 오래된 빈티지 빠에서 술을 마셨다. 먼저 회식을 하자고 한 사람은 시게루였고, 나는 그의 제안에 고개를 끄덕였다. 시게루는 이곳이 자신의 단골 술집이라고 말했는데, 빠텐더는 그를 처음 보는 손님처럼 대했다. 술이 몇 잔 들어가자, 시게루는 자신의 과거를 줄줄 읊기 시작했다. 창고에 처박힌 게임팩들만큼이나 고루한 이야기였다. 시게루는 내게 요즘 어떤 게임을 하느냐고 물었다. 나는 대학교를 졸업하면서 게임도 졸업했다고 답했다. 그러자 시게루가 맥주병을 흔들며 자신도 요즘 게임을 안 한다고 말했다.

― 요즘 게임들은 한결같이 전부 지루해. 왜 그런지 알아? 게임을 게임답게 안 만들어서 그래. 요즘 게임

들은 죄다 CG를 떡칠해서 진짜처럼 보이려고 하거든. 멍청한 놈들. 가상현실 같은 소리나 하고 자빠지긴. 게임은 진짜 같아선 안 돼. 게임은 게임다워야 한다고. 21세기 게임회사 놈들은 전혀 게임 같지 않은 게임으로 사람들한테 삥을 뜯지. 양아치 같은 놈들.

그는 맥주를 잔뜩 들이켜고 빠텐더에게 다가가 신청곡을 틀어 줄 수 있냐고 물었다. 신청곡의 제목을 본 빠텐더는 곤란한 표정을 짓더니, 이런 음악은 손님이 전부 나가면 틀어 주겠다고 시게루에게 말했다. 시게루는 불만 가득한 표정을 지으며 지껄였다.

—제기랄. 전부 삥 뜯는 양아치뿐이라니까.

바의 낡은 스피커에선 노르웨이 밴드 『아하』의 보컬이 날 좀 데려가라고 울부짖고 있었다. 때마침 시게루는 『아하』의 앨범 자켓이 그려진 티셔츠를 입고 있었는데, 그는 자신의 옷에 새겨진 『아하』가 밴드란 사실을 몰랐다. 내가 지금 들리는 노래가 『아하』의 노래라고 말하자, 시게루는 술을 잔뜩 들이켜며 말했다.

—알 게 뭐야. 그딴 옛날 밴드.

시게루의 신청곡이 나온 것은 그로부터 세 시간이 지난 뒤였다. 레트로 게임의 배경음악이 오래된 바를 가득 채울 때, 맥주 일곱 병을 마신 시게루는 테이블에 고개를 처박고 코를 드르렁 골았다. 술값은 그날 겸손한 월급을 받았던 내가 계산했는데, 오래된 빈티지 빠답게 하이트 맥주마저 비쌌다. 빈티지와 레트로의 차이는 그만큼이나 컸다.

빈티지 빠에서 나온 우리는 24시간 국밥집으로 들어갔다. 새벽이었지만 손님은 꽤 있었다. 우리처럼 밤을 새운 사람도 있었고, 일을 나가기 전에 이른 아침을 먹으러 온 사람도 있었고, 이도 저도 아닌 후줄근한 노숙자도 있었다. 국밥이 나오자 시게루는 국밥을 마셔 버렸고, 나는 몇 숟가락 뜨다 말았다. 국밥을 다 해치운 시게루는 소주를 시키며 말했다.

— 내가 왜 이름을 갑환에서 시게루로 바꾼 줄 알아?

시게루의 혀는 여전히 알코올에 절어 있었다. 질문을 제대로 못 들어서 나는 답하지 않고 애꿎은 깍두기만 뒤적였다. 소주 한 잔을 들이켠 시게루는 반찬으로 나온 고추를 씹으며 얘기를 이어나갔다.

— 예전에 게임을 하나 만들어서 포트폴리오로 게임 회사들에 돌린 적이 있었지.

매운 고추 때문인지 시게루의 혀가 조금 풀렸다.

나는 처음 듣네요, 라고 적당히 대꾸했다. 신이 난 시게루는 자신이 만든 게임에 대해 떠들기 시작했는데 『슈퍼 마리오』와 『포켓몬스터』를 적당히 섞은 게임이었다고 한다. 하지만 그의 게임에 관심을 준 회사는 한 곳도 없었다.

– 어떤 곳은 말이야. 한국 사람이 일본 게임 같은 걸 만들었다고 내 엉덩이를 걷어차더라고. 빌어먹을. 해 본 게 일본 게임뿐이니까 당연히 만들 수 있는 게임도 그런 것뿐인데. 근데 몇 년 뒤에 보니까 그 회사도 닌텐도 게임을 베끼더군. 양아치 같은 놈들.

시게루는 소주를 연거푸 마시면서 그래도 게임 개발자는 아직도 하고 싶다고 말했다.

– 가끔은 저기 판교나 구로 구석에 있는 시시한 게임 회사라도 다녔으면 어땠을까 싶어.

그게 시게루의 진짜 본심인지 아닌지 모르겠지만, 나는 추하게 취한 시게루를 안타깝게 바라봤다. 저렇게 안타까운 사람이 있을까 곰곰이 생각하며 집에 돌아왔는데, 엄마가 성난 목소리로 내 생각에 답하듯이 말했다.

– 남들처럼 아침에 출근하고 저녁에 퇴근하면서

사는 게 어렵니?

나는 딱히 할 대답이 없어서 세수를 한 번 하고 침대로 기어 들어갔다. 이불 속에 묻혀 있자니 까페 창고에 들어앉은 먼지의 기분을 조금 알 것 같았다.

까페 창고에서 게임팩들을 위태롭게 쌓아올리던 시게루는 정리의 필요성을 느꼈다. 그는 내게 상자를 주면서 이런 것들은 여기에 담고, 저런 것들은 저기에 담으라고 말했다. 이런 것과 저런 것을 구분 못한 나는 대충 비슷해 보이는 것들끼리 같은 상자에 담았다. 게임팩들을 상자에 엉망진창 집어넣고 있자니 일본군의 시체를 땅에다 매장하던 미군의 기분을 조금 알 수 있었다. 담배를 세 개비 태우고 온 시게루가 창고를 들여다보며 말했다.

– 그냥 되는 대로 얼렁뚱땅 집어넣고 있진 않겠지?

내가 그럼요, 라고 답을 하자마자 서울대 아저씨가 가게 문을 벌컥 열고 나타났다. 시게루는 열심히 하라는 말만 남기고, 아저씨와 『스트리트 파이터2』를 하러 갔다. 창고 정리는 시게루가 아저씨를 여든다섯 번 정도 때려눕히고 나서야 끝났다. 상자로 가득 찬 창고를 바라보며 뿌듯해진 시게루가 내게 말했다.

—깔끔해졌군. 내가 말한 대로 넣었지?

—그럼요. 나중에 확인해 보세요.

—그럴게. 수고했어.

다행히도 시게루가 상자를 하나씩 열어서 내용물을 다시 확인하는 일은 없었다. 게임팩이 담긴 상자가 귀찮을 정도로 많았기 때문이다. 이 세상에는 망한 것들이 그렇게나 가득했다.

한 학기가 지나고 대학원에서 제적을 당하게 됐을 때, 담당 교수가 내게 전화를 걸었다.

—그럴 리는 없겠지만. 대기업에 취직이라도 했나?

내가 아니라고 답하자, 교수는 왜 수업에 안 나왔냐고 물었다. 나는 솔직하게 답했다.

—아무도 기억하지 않는 소설로 아무도 읽지 않는 논문을 쓸 자신이 없어요.

교수는 한참이나 침묵하더니 혹시라도 공부할 마음이 다시 생기면 연락하라고 말했다. 나는 나중에 등록금이 반값이 된다면 그러겠다고 답했다. 그렇지만 부모님은 그럴 마음이 전혀 없었던 모양이다.

—집에서 꺼지래요.

시게루는 콧방귀를 뀌며 말했다.

─그게 뭐 대수라고. 난 대학교에서 첫 성적표를 받자마자 부모님이 나보고 미쳤다면서 집에서 쫓아냈어.

시게루는 노량진의 오락실에서 일하며 창고에서 새우잠을 자던 자신의 20대 시절에 대해 얘기를 했는데, 부모님에게 돈을 뜯어서 가게를 차린 시게루의 처지를 생각한다면 썩 들어 줄 만한 얘기는 아니었다. 나는 혹시 부모님에게 돈은 다 갚았냐고 물었고, 내 질문에 시게루는 기분이 상했는지 대답 대신 담배 한 개비를 입에 물고 바깥으로 나갔다. 몇 분 지나지 않아 시게루는 단골 여학생과 같이 가게에 들어왔다. 또 마주보며 담배를 피운 모양이었다. 시게루는 여학생에게 서비스 음료를 주라는 말만 남기고 먼저 퇴근했다. 나는 게임기를 두들기는 여학생에게 블루베리 시럽과 소다를 대충 섞어서 전해 줬다. 할 일이 없던 나는 그녀의 게임을 뒤에서 지켜봤다. 처음 보는 게임이었는데, 슬쩍 봐도 대충 만든 게임이란 걸 알 수 있었다. 얼마 지나지 않아 게임 오버를 당한 여학생은 내게 별로 신기하지도 않은 얘기를 들려줬다. 이 게임이 자신의 부모님과 나이가 똑같다는 것이었다.

―이 게임의 후속작의 후속작이 저와 나이가 똑같아요. 10년 주기로 후속작이 나왔거든요.

―이딴 게임도 후속작이 두 개나 있구나.

―별것도 없는 사람들이 자식 낳는 거랑 비슷하지 않을까요?

뭐가 웃긴지 여학생은 깔깔대며 웃었다. 나도 피식 웃는 척을 하며 컵을 들고 설거지를 하러 갔다. 나는 설거지를 하며 내 인생의 후속작에 대해 생각하기 시작했고, 그 지루한 생각은 몇 해 전 결혼한 동기한테 축의금으로 준 75,000원으로 이어졌다. 왜 하필 75,000원이었냐면, 결혼식이 그럭저럭 괜찮은 호텔에서 치러져서 스테이크가 포함된 식사 값이 70,000원이나 됐기 때문이다. 나중에 내가 그 친구한테 축의금을 받을 수 있을지는 모르겠다.

믿거나 말거나, 한때 나도 애인이라고 부를 만한 사람이 있었다. 구멍이 송송 뚫린 흑백 영화의 필름 같은 기억이지만, 가끔 그 추레한 기억이 떠오르면 허공을 걷어차곤 했다.

―오늘 동기 결혼식 갔는데 부케가 내 손에 떨어지더라고.

─ 원래 여자가 받는 거잖아.

─ 신부가 잘못 던졌어.

─ 그래서 어떻게 했어?

그가 웃으면서 되물었다. 나는 내 앞에 있던 커피를 한 모금 마시고 대답했다.

─ 다시 던지기로 했지. 두 번째는 정해 놓은 데로 잘 던지더라고.

이번엔 그가 커피를 한 모금 마시며 답했다.

─ 아쉽네.

그가 정말로 아쉬워했는지는 잘 모르겠다. 얼마 후, 그는 일본으로 떠났다. 떠나기 전에 그는 내게 미안하다고 말했고, 나는 얼른 꺼지라고 답했다. 그는 정말로 내 인생에서 꺼져 줬는데, 나도 그처럼 내 인생에서 꺼지고 싶다는 생각이 종종 들었다. 하지만 내 인생은 나를 내쫓는 대신, 땅바닥 아래로 파묻었다.

까페 매출이 땅바닥 밑으로 꺼져 버렸을 때, 시게루는 일본에 잠깐 간다고 내게 말했다.

─ 일본의 업자에게서 연락이 왔거든. 내가 오랫동안 찾고 있던 게임을 찾았다네.

─ 무슨 게임인데요?

– 무슨 게임인지 말해 주면 네가 알아?

시게루는 내 질문에 퉁명스럽게 답하며, 그동안 관리 잘하라고 신신당부하면서 낡은 캐리어를 끌고 까페를 떠났다. 그날따라 유독 손님이 오질 않아 나는 가게를 두 시간 일찍 닫았다. 요즘 까페를 찾는 손님은 둘뿐이었다. 오늘은 시게루가 없다고 말하자 아저씨는 분통을 터뜨리며 말했다.

– 그 비겁한 자식, 오늘은 질 것 같으니 도망쳤군!

아저씨는 한 시간 동안 시외버스를 타고 왔는데 괜히 시간 낭비했다고 투덜거렸다.

– 그렇게 멀리 사세요? 집 근처에 『스트리트 파이터2』가 있는 오락실이 없어요?

– 난 『스트리트 파이터2 터보』를 가장 잘해. 근처에 그 버전이 있는 곳은 여기뿐이야.

– 『스트리트 파이터2』면 『스트리트 파이터2』지. 『스트리트 파이터2 터보』는 또 뭔가요?

아저씨는 날 안타깝게 바라보며 『스트리트 파이터2』와 『스트리트 파이터2 터보』의 차이점에 대해 말하기 시작했는데, 아저씨의 말을 요약하자면 내가 지금까지 『스트리트 파이터2』로 알고 있던 것이 실은 『스트리트 파이터2 터보』였고, 두 게임은 다른 게임이라고 봐도 될 정도로 어마어마한 차이가 있다는 것이다. 나는 아저씨에게 되물었다.

─저기 있는 세가 게임기와 닌텐도 게임기만큼 차이가 있는 건가요?

─물론이지.

나는 속으로 그게 그거군, 이라고 생각했다. 구시대의 구닥다리 물건들을 나는 구분하기 어려웠다. 여전히 무엇이 아타리의 게임기고, 무엇이 세가의 게임기인지 잘 몰랐다. 그래서 종종 손님들에게 다른 게임기를 가져다 주곤 했다. 내가 네 번이나 엉뚱한 게임기를 가져다 줬을 때, 여학생은 나를 한심하게 쳐다보며 물었다.

─혹시 담배 태우세요?

내가 고개를 젓자, 여학생은 한숨을 내쉬더니 자기가 직접 게임기를 가져왔다. 그녀가 오늘 고른 게임은 용사가 마왕을 죽이러 가는 다소 뻔한 내용의 게임이었다. 끝내 마왕을 처단하지 못하고 까페에서 나가는 여학생의 뒷모습을 바라보니 어쩐지 망한 것 같다는 생각이 들었다. 내가 망한 건지, 여학생이 망한 건지,

시게루가 망한 건지, 빌어먹을 레트로 게임 까페가 망한 건지는 모르겠지만.

　비디오 게임을 처음으로 상업화한 사람은 랄프 베어라는 사람이었다. 그 이전에도 비디오 게임이 있긴 있었지만, 아날로그 모니터 위로 점 몇 개가 찍혀 있는 수준이어서 비디오 게임이라 부르기에 민망한 것들이었다. 아무튼, 랄프 베어는 자신의 공학적 기술이 집약된 게임기『마그나복스 오디세이』로 돈방석에 오르고 싶어 했다. 랄프 베어는 야심차게 비디오 게임의 특허권을 등록했지만 안타깝게도 랄프 베어의 꿈은 게임 회사 아타리가『퐁!』이라는 비디오 게임기로 개박살을 내 버렸다. 자신의 게임기 이름만큼이나 복잡하게 망해 버린 랄프 베어는 다툼이 생기면 율법으로 두들겨 패라는 유대인 정신에 따라 아타리를 고소했다. 당시 아타리의 사장이었던 놀란 부쉬넬은 70만 달러로 특허권을 구입하겠다고 랄프 베어에게 제안했다. 아타리에게서 70만 달러를 따내던 날 랄프 베어는 포도주를 들이켜며 큰소리를 쳤다.

　－호구 같은 놈! 그깟 비디오 게임에 70만 달러나 쓰다니!

그러나 진짜 호구가 누군지 밝혀지기까지는 그리 오랜 시간이 걸리지 않았다. 랄프 베어가 군수업체 전기 기술자로 눈 빠지게 일하는 동안 아타리는 게임으로 수천만 달러를 벌었다. 대충 만든 쓰레기 같은 비디오 게임도 수만 개씩 팔리는 지경에 이르자, 아타리의 사장 놀란 부쉬넬은 '비디오 게임의 아버지'라는 별명을 얻게 됐다. 어쩌면 부쉬넬은 랄프 베어에게서 특허권을 사던 날 속으로 이런 생각을 했을지도 모른다.

─호구 같은 놈! 고작 70만 달러에 팔아 넘기다니!

영화나 만화나 드라마였다면 이 얘기는 여기서 끝났을 것이다. 하지만 언제나 그렇듯이, 현실은 실패로 가득 찬 곳이었다. 성공에 도취한 아타리는 『E.T.』 같은 망작을 끝없이 찍어냈다. 그렇지만 사람들은 비디오 게임에 미친 것이었지 30달러짜리 쓰레기에 미친 게 아니었다. 게임팩의 탈을 쓴 쓰레기에 관심을 주는 사람이 사라지자, 아타리는 뉴멕시코에 파묻힌 『E.T.』 게임팩처럼 형편없이 묻혀 버렸다. 아타리가 망하자 놀란 부쉬넬은 퇴직금으로 피자집을 차렸다. 놀란 부쉬넬이 뜨거운 화덕 앞에서 피자와 씨름할 때, 앞서 망했던 랄프 베어는 거실 소파에 드러누운 채 연금과 자문료를 꼬박꼬박 받고 있었다. 이야기를 끝마친 시게루는 이렇듯 인생이란 놈은 레트로 게임처럼 흥함과 망함 사이를 뛰어다니며 호시탐탐 역가드를 노리는 교활한 녀석이라고 덧붙였는데, 언제나 망함과 망함 사이에서 두들겨 맞는 나로서는 전혀 공감이 되질 않는 말이었다. 그런 얘기는 레트로 게임이 유행하던 시절에나 먹혔을 것이다. 까페 화장실 소변기 위에 적힌 글귀처럼 말이다.

– 인생에서 헛된 것은 아무것도 없다.

까페에서 일하다 보면 하루에 몇 번씩 그 글귀를 마주하곤 하는데, 그 헛된 글귀를 볼 때마다 정말 헛된 것이 아무것도 없을지 궁금했다. 시게루는 그 말을 한 사람이 『슈퍼 마리오』를 만든 미야모토 시게루라고 알려 줬다. 나는 그제야 시게루가 왜 자신의 이름을 시게루로 바꿨는지 알 수 있었다.

– 이 사람이 마리오를 만든 사람이군요.

– 몰랐어? 내가 전에 말하지 않았나?

– 안했어요. 저 같은 일반인은 누가 마리오를 만들었는지도 모른다고요.

아무튼 그런 정신 나간 생각을 가지고 있어야 『슈퍼

마리오』 같은 대작을 만들겠구나 싶었는데, 막상 시계루를 보면 꼭 그런 것 같지만은 않았다. 그렇다고 대학원에서 엉덩이를 걷어차이고 제적당한 내가 뭐라고 할 처지는 아니었기에, 나는 입을 꾹 다물고 고슴도치 소닉이 그려진 컵을 닦았다. 그렇게 꼬박꼬박 컵을 닦고 월급을 받으니 정말로 인생에서 헛된 것이 없는 것 같았다. 등록금을 부모님에게 전부 되돌려 주기 전까지는 말이다. 예상보다 빨리 갚긴 했지만, 일곱 자리에서 세 자리 숫자로 변해 버린 통장 잔고를 보니 주식 시장에서 수천만 달러가 가라앉는 걸 지켜보던 놀란 부쉬넬의 심정을 조금이나마 알 수 있었다. 다행히도 부모님은 내게 이자 대신 다른 것을 요구했다.

─조그만 회사라도 좋으니 취직이라도 하렴.

나는 생각해 보겠다고 답했다. 물론 나는 생각을 채 1분도 하지 않았다. 하지만 시계루는 생각을 오래 한 모양이었다. 내가 열 번째 월급을 받는 날 그는 오래 전부터 품은 생각을 내게 말했다.

─까페를 처분할 거야.

집값이 떨어진 지방 도시의 인구가 줄어서인지 아니면 레트로 게임을 좋아하던 사람이 전부 죽어서인지는 모르겠지만, 까페를 찾는 손님의 숫자는 0에 수렴하는 중이었다. 시게루는 월세를 못 내서 보증금을 다 까먹었다고 말했다. 내가 시게루에게 해 줄 수 있는 말은 이것뿐이었다.

－그거 참 유감이네요.

유감스러운 사람은 나뿐만이 아니었다. 시게루는 여학생과 담배를 태우며 갖고 싶은 게임기나 게임팩이 있으면 들고 갈 수 있을 만큼 들고 가라고 말했다. 여학생은 담배를 한 개비 더 태우고 나서야 답했다.

－여기 가게에 있는 게임기랑 게임팩 잔뜩 가져가 봤자 저희 집 TV에 연결 안 돼요. 저희 집에는 구식 아날로그 TV가 없거든요.

－망할 HDMI.

시게루가 가래침을 뱉으며 말했다. HDMI 시대 이전의 게임기는 HDMI 시대 이후의 TV로 연결이 되질 않았다. 축구선수의 땀구멍까지 보여 주는 8K UHD 고화질 시대에는 저화질 시대의 8비트 레트로 게임기가 꽂힐 틈이 없었다. 닌텐도가 고전 게임이 30개 정도 들어 있는 HDMI 전용 레트로 게임기를 만들긴 했지만, 시게루는 팩을 못 꽂는 게임기는 엉터리라고 투덜거렸다. 담배를 다 태운 여학생은 간만에 『슈퍼 마리오』를 플레이했다. 물론 공주를 구하진 못했다. 나는 여학생에게 문 닫을 시간이라고 말했다. 여학생은 게임기를 치우며 말했다.

　―언젠가 피치 공주를 꼭 구할 거예요.

　―그래.

　그게 우리의 마지막 대화였다. 그녀가 피치 공주를 언제쯤 구할지는 모르겠다.

　시게루는 서울대 아저씨에게 까페를 닫는다고 말하는 대신, 『스트리트 파이터2』를 열 판이나 져 줬다. 이상한 낌새를 눈치 챈 아저씨는 제대로 하라고 시게루에게 버럭 소리를 질렀다. 그럼에도, 땅바닥에 드러눕는 캐릭터는 아저씨의 캐릭터가 아니라 시게루의 캐릭터였다. 게임을 끝마치고 아저씨는 멜론 소다를 한 모금 들이켜고 시게루에게 물었다.

　―혹시 까페를 닫는 거야?

　―그렇습니다.

　아저씨는 한동안 멍청한 표정을 짓더니, 멜론 소다를 다 마시고 난 다음 시게루의 어깨를 토닥거리며 말했다.

―괜찮아.

뭐가 괜찮은 건지 모르겠지만, 시게루는 고개를 끄덕였다. 아저씨는 우리에게 자신의 실패담을 들려줬는데, 흔한 한국식 실패담이라 귀담아듣진 않았다. 얘기를 끝마친 아저씨는 혼이 나간 사람처럼 『스트리트 파이터2』를 몇 판 더 하다가 까페를 나섰다. 멜론 소다 값을 받지 못했지만, 시게루도 나도 아저씨에게서 멜론 소다 값을 받고 싶은 마음이 들진 않았다. 망한 건 시게루의 까페였지만, 어째선지 아저씨가 더 망한 것 같았기 때문이었다.

인테리어 업자들이 레트로 게임 까페를 부수기 시작했을 때, 나는 면접을 보러 다니기 시작했다. 제일 처음 면접을 본 회사는 부모님이 알아봐 준 곳이었다. 집에서 17번 버스로 30분 거리에 있었는데, 처음 듣는 이름이었다. 부모님의 말에 따르자면, 사원 수는 적지만 서로 가족 같이 챙겨 주는 훈훈한 홍보 대행사라고 했다. 회사 앞에 '훈훈한'을 붙일 수 있을지는 잘 모르겠지만 면접은 보러 가겠다고 부모님에게 말했다. 버스에 올라타자, 차창 밖으로 몰락해 버린 공장의 풍경이 덜컹거리고 있었다. 옆 차선의 택시가 끼어들자 버스의 승객들이 왼쪽으로 크게 흔들렸다. 버스 기사는 욕지거리를 하며 액셀을 격하게 밟았다. 덕분에 버스에서 내리고 나서도 속이 울렁거렸다. 면접관 중 제일 늙은 사람이 자신을 대표이사라고 소개하며 내게 이것저것 물었다. 질문들은 하나같이 형편없었는데, 제일 형편없던 질문은 이것이었다.

　－대학원은 왜 그만뒀지?

　나는 솔직하게 대답했다.

　－대학원에서 빈둥거릴 바엔 취직이라도 하는 게 나을 거 같아서요.

　대표이사는 나중에 연락을 주겠다고 말하면서 나를 돌려보냈다. 그 말이 불합격이란 뜻이었다는 걸 알게 된 때는 면접을 두 군데나 더 본 뒤였고, 시게루를 다시 만난 밤이기도 했다. 야밤의 17번 버스는 사람들로 가득했다. 버스가 도시의 구석을 지날 때, 시게루가 게임팩이 가득 있는 상자를 들고 버스에 올라탔다. 큰 상자와 부딪힐 때마다 승객들은 시게루를 불쾌한 시선으로 쳐다봤다. 그는 용케도 승객들을 밀어내며 내 옆까지 왔다. 우리는 가볍게 인사했다.

　－어떻게 지냈어?

─그냥요.

내 대답을 듣고 시게루는 그렇군, 이라고 중얼거렸다. 시시한 대화였다. 시게루는 자신의 상자를 내려다보며 내게 말했다.

─헐값에 파는 중이야.

─저도 살 수 있나요?

시게루는 내 말을 듣고 피식 웃더니, 퇴직금 대신 줄 테니 한 번 골라나 보라고 말했다. 나는 제일 구석에 있는 게임팩을 하나 골랐다. 게임팩에는 『드래곤 퀘스트 Ⅲ』라고 황금색 글씨로 쓰여 있었다. 전혀 모르는 게임이었지만 시게루는 매우 귀한 걸 골랐다고 말했다.

─일을 헛으로 한 건 아니구만. 그거 한정판이야. 요즘 한정판 하고는 차원이 다르지.

─구식 TV와 구식 게임기를 구하면 해 볼게요.

나는 적당히 단단한 게임팩을 손톱으로 살짝 긁어 봤다. 어쩐지 구식 TV와 구식 게임기를 구하고 싶은 마음이 들었다. 물론, 마음만 들었을 뿐이다. 나는 시게루에게 잘 지내라고 인사한 후, 버스에서 내렸다. 시게루는 버스에서 나를 내려다보며 오랫동안 손을 흔들었고, 나는 정류장에서 시게루를 태운 버스를 오랫동안 쳐다봤다. 매일 버스를 타면서 종착점에 대해 생각해 본 적은 없었지만 오늘따라 저 버스의 종착점이 어디에 있는지, 어떻게 생겨먹었을지 궁금했다. 궁금증은 벨소리가 깨뜨렸다. 전화를 받으니 다음 주 월요일부터 출근하라는 소리가 들려왔다. 전화를 끊으니 시게루를 태운 버스는 이미 저 너머로 사라졌다. 집으로 걸어가는 길목에는 뭔가를 짓다 만 공터가 있었다. 황무지를 닮은 공터를 보니까 그 옛날 아타리처럼 게임팩을 황무지 아래로 파묻고 싶어졌다. 그래서 나는 게임팩을 얕게 묻어 뒀다. 한때 뜨거웠던 것들은 짜게 식기 마련이었고, 짜게 식은 것들은 땅바닥 아래로 처참히 묻히는 게 세상의 이치였다. 어쩌면 퇴근길을 지나갈 때마다 바닥에 파묻은 레트로 게임을 그리워할지도 모른다. 하지만 오래 그리워하진 않을 것이다. 왜냐하면, 레트로는 정말 먼 옛날의 이야기니까.

*   제목은 2014년 7월 15일 작업실유령에서 출간한 사이먼 레이놀즈의 『레트로 마니아』에서 따왔다.

발코니로 나오니 카리브 해변의 풍경이 가득 보였다.
새벽이라 그런지 해변은 파도 소리마저 고요했다. 조
용히 몰려드는 파도를 바라보며 레드애플 담배에 불
을 붙이자, 위층에서 누군가가 욕지거리를 했다. 담배
연기를 조금도 견딜 수 없는 투숙객이 묵고 있는 모양
이었다. 욕지거리를 무시한 채 담배를 다 태우고 침실
로 돌아오니, 머리카락을 수건과 함께 말아 올린 도영
이 화장대 앞에 앉아 달팽이 크림을 얼굴에 바르고 있
었다. 나는 미술관의 개관 시간은 아직 한참 남지 않
았냐고 물었다. 도영은 설레는 목소리로 답했다.

─ 안 씻고 조식을 먹는 건 호텔 예절이 아니죠.

  순식간에 예절 없는 자식이 돼 버린 나는 소파에 대충 널려 있던 청바지를 입으며 중얼거렸다.

  ─ 이렇게나 한심한 호텔에도 조식이 있다니.

  ─ 선배도 한심한데 아직 영화 찍잖아요.

  나는 화를 내는 대신 레드애플 담배를 하나 또 물었다. 담배를 태우며 내가 싫어하는 호텔들을 머릿속에 정리해 봤는데, 그런 호텔은 세 가지 정도로 분류할 수 있었다. 첫째, 나만큼 낡아빠진 호텔. 둘째, 모텔 같은 호텔. 셋째, 그럴듯한 고급 성냥이 없는 호텔. 놀랍게도 이 호텔은 세 가지 모두에 해당하는 곳이었다. 숙소에 들어서면서 나는 이딴 곳에서 절대로 밤을 보낼 수 없다 말했지만, 도영은 숙소를 이곳밖에 못 구했다고 당당하게 답했다. 도영이 굳이 이렇게 후진 곳을 선택한 이유는 금방 알 수 있었다. 호텔의 로비에는 리차드 바크만이라는 소설가의 큼지막한 초상이 걸려 있었는데, 액자 아래엔 스페인어로 '이곳에서 죽은 작자'라고 적혀 있었다. 도영은 술을 마실 때마다 바크만은 자신의 뮤즈이자 멘토라고 소리치며 울곤 했는데, 어제 침대에서 맥주를 마실 때도 그 헛소리를 지껄이며 울었다. 리차드 바크만에 대해 잠깐 소개하자면, 그는 왕년엔 단편 몇 편을 끼적였던 소설가였고, 말년엔 엠파이어스테이트 빌딩에서 새까만 우산을 쓴 채 옥상에서 뛰어내리려고 시도한 괴짜였다. 우리가 촬영을 하러 온 이 카리브해의 섬나라는 리차드 바크만처럼 몸도 마음도 지쳐 버린 퇴물 예술가들이 넋 놓고 보름달이 떠오르는 수평선을 바라보며 자살하는 곳으로 유명했다. 그래선지 이 나라의 관광지는 죽은 예술가들의 이름을 잘 팔아먹었는데, 우리가 묵고 있던 호텔은 리차드 바크만을 잘 팔아먹고 있었다. 우리가 입을 맞춘 침대의 머리맡에는 거대한 늪메기와 사투를 벌이던 보이스카웃 대원의 비명이 적혀 있었고, 우리가 뒹굴던 카펫에는 이웃집 할머니를 열심히 흐르는 송어 하천과 혼동한 꼬맹이가 내뱉은 감탄사가 적혀 있었으며, 우리가 마구 뭉개 버린 베개에는 스페인 여자가 수류탄을 던지며 내뱉은 욕이 적나라하게 적혀 있었다. 조그마한 티스푼에도 이따위 소설 대사를 적은 걸 보면 호텔 지배인은 '적당히'가 뭔지 모르는 놈인 게 확실했다.

─인생은 언제나 차악을 선사하지.

나는 티스푼을 뒤집으며 말했다.

– 권총으로 생을 마감하려다 실패한 사람답군.

리차드 바크만의 말년은 한심 그 자체였다. 늘그막에 우울증을 앓게 된 그는 이곳의 해변에서 권총 자살을 시도했지만 손을 끝없이 떠는 바람에 비싼 총알만 낭비하고 말았다. 결국 그는 호텔 카지노에서 만난 무라타 가쓰시라는 뜨내기 야쿠자에게 돈을 쥐여 주며 자신을 참수시켜 달라고 의뢰했고, 적지 않은 도박 빚에 시달리던 무라타 가쓰시는 별 고민 없이 리차드 바크만의 목을 쳤다. 그 색다른 자살 방법 덕분에 이 지역의 순회 판사는 가쓰시에게 어떤 죄목을 적용시킬지 고민하며 골머리를 오랫동안 앓았다고 한다. 도영은 『미국의 순록 사냥법』의 한 구절(이봐, 주방장! 이 형편없는 스테이크가 진짜 탱탱한 송아지 엉덩이로 만들어진 거냐? 내가 볼 땐 축 늘어진 할아방탱이 엉덩이인데?)이 새겨진 기다란 나이프로 베이컨을 썰면서 말했다.

– 선배도 권총은 못 쏘실걸요.

– 맞아. 난 총 못 쏴. 대마초를 실컷 빨다가 경찰한테 잡혀서 군 면제를 받았거든.

입에서 면제라는 단어가 튀어나오니 어쩐지 무안한 기분이 들었다. 나는 무안한 기분을 떨치기 위해 식당을 둘러봤다. 식당에는 손님들이 가득했는데, 모두 한결같이 시력이 나쁜 책벌레들이었다. 도영도 시력이 나빠서 꽤 두꺼운 안경을 끼고 있었는데, 그보다 더 두꺼운 안경을 끼고 힘겹게 프렌치토스트를 씹는 할머니도 있었다.

  ─오전에 갈 미술관이에요.

식사를 마친 도영이 내게 스마트폰을 들이밀며 말했다. 호텔에서 멀리 떨어지지 않은 곳에 위치한 미술관이었는데, 미술관보단 해수욕장의 공중화장실처럼 생긴 곳이었다. 도영은 오늘 일정을 설명한 후, 커피를 마실 거냐고 물었다. 나는 대답 대신 웨이터를 불렀다. 웨이터는 잽싸게 우리 테이블로 달려왔다.

  ─커피 한 잔, 그리고 데낄라 한 잔. 레몬 빼고.

내 주문을 듣고 있던 도영은 얼굴을 찌푸렸다.

  ─지금 술 드시면 음주 촬영이에요.

  ─난 맨정신으로 카메라 앞에 나선 적이 단 한 번도 없어.

웨이터는 리차드 바크만이 자주 마시던 데낄라를

가져다 줬다. 싸구려 데낄라가 담긴 유리잔에도 소설의 한 구절이 적혀 있었다.

  ─도대체 젊은것들은 남의 말을 들으려고 하지 않는군.

  나는 잔을 슬쩍 보여 주며 말했다.

  ─이건 꼭 널 위한 대사 같네.

  ─어쩌라고요.

  도영은 할 말이 없을 때마다 버릇처럼 그렇게 말했다. 덩달아 할 말이 없어진 나는 데낄라를 들이켰다. 데낄라는 싸구려답게 식도를 거칠게 할퀴며 내려갔다. 얼굴을 잔뜩 찌푸리며 해변을 바라보니, 누가 봐도 예수 그리스도처럼 생긴 사내가 있었다. 사내는 파라솔만한 장우산을 펼친 채 사탕을 뿌리며 해변을 거닐었는데, 생김새 때문인지 녀석이 짊어 멘 장우산은 십자가처럼 보였다. 꼬마들은 새처럼 웃으며 사내가 떨어뜨리는 사탕을 마구 주웠다. 도영은 예수를 닮은 사내를 바라보며 말했다.

  ─저 사람 잘생겼네요.

  ─저 사탕은 무슨 맛일까.

  도영은 커피를 들이켜며 말했다.

─사실 사탕 맛은 다 똑같아요. 향만 다를 뿐이지.

사탕 맛이 똑같거나 말거나, 사탕을 다 털어낸 사내는 골고다 언덕을 기어오르는 예수처럼 처량하게 걸어갔다. 똘똘한 아이들은 사탕이 없는 사내를 더 쫓아가지 않았다.

『라틴화첩기행』이라는 프로그램명을 처음 도영에게 들었을 때, 나는 출연을 단칼에 거절했다. 도영은 도대체 이유가 뭐냐며 내게 전화를 걸어 물었다.

─선배 지갑 사정이 딱한 것 같아서 추천 드리는 거라고요. 돈도 받고. 중남미 여행도 가고. 얼마나 좋아?

─프로그램명이 20세기 같아.

─선배 연기도 20세기잖아요.

나는 욕을 내뱉었지만, 도영은 내 욕은 못들은 척 프로그램에 관한 설명을 장황하게 늘어놓기 시작했다.

─『라틴화첩기행』은 EBS에서 제작하는 프로그램인데, 이름처럼 라틴 아메리카의 섬나라를 방문해서 그 나라의 생소한 미술 작품을 시청자에게 소개하는 교양 넘치는 프로그램이에요. 원래 EBS 1TV에서 방영할 예정이었는데. 작년에 펭수가 뜬금없이 유튜브 라

이징 스타가 됐잖아요? 그 바람에 방영 예정이던 몇 몇 TV 프로그램을 아예 유튜브 채널에 업로드하자는 내부 의견이 나와서 『라틴화첩기행』도 유튜브 프로그램이 됐어요. 라틴 아메리카의 재미없는 그림들이 유튜브에 먹힐지는 모르겠지만요. 아무튼, 다음 달에 사흘 동안 촬영할 거고 영상은 석 달 후에 올라가요. 반응이 좋으면 두 번째 에피소드를 찍으러 일본에 갈 건데, 그건 제목도 미리 지어놨어요. 『쇼와화첩기행』.

도영의 지나치게 긴 설명을 다 듣고 나서 내가 제일 먼저 한 생각은 '도대체 누가 그따위 노잼 동영상을 유튜브에서 볼까?'였다. 라틴 아메리카의 그림과 교양 방송, 그리고 유튜브라니. 조금도 어울리지 않는 시대착오적 짬뽕이었다. 아마도 이 프로그램을 기획한 사람은 『라틴화첩기행』을 예능과 다큐멘터리가 섞인 무언가로 만들 작정인 것 같은데, 그건 20세기와 21세기를 동시에 씹어 먹은 유재석이나 강호동을 데려와도 불가능한 일이었다. 나는 내 감상을 솔직히 말했다.

─『쇼와화첩기행』을 찍을 일은 없을 거 같아.

그러거나 말거나, 도영은 꿋꿋이 나를 캐스팅하겠

다고 고집을 피웠다.

　-원래 MC는 서울대 미학과 원로 교수였는데, 교양 국장이 고리타분할 거 같다고 말하며 갈아치웠어요. 초회 MC로는 너무 늙지도 너무 젊지도 않은 유명한 남자 배우이면서, 동시에 자기 그림으로 개인 전시회를 연 적이 있는 사람이면 좋겠다고 말씀하시면서요. 제가 아는 배우 중에 그런 사람은 하정우랑 선배뿐이에요.

　-그러면 하정우한테 연락해.

　-연락해 봤는데 까였어요.

　-진짜야?

　-가짜죠. 저는 하정우 번호도 몰라요.

도영은 유쾌한 척 너스레를 떨었는데, 재밌진 않고 안쓰럽기만 했다. 통화가 길어지자, 오래전에 정동진에서 녀석한테 얻어먹은 세꼬시의 따끔한 식감이 떠올랐다. 15년 전, 정동진에서는 지루할 정도로 이름이 길었던 영화제(아시아다양성청년영화제였던 것 같기도 아시아청년다양성영화제였던 것 같기도 하다)가 열렸는데, 놀랍게도 도영은 처음 제작한 영화로 우수상을 따냈다. 도영의 첫 단편 영화는 『석양의 건맨』과

『브로크백 마운틴』, 그리고『놈놈놈』을 섞어 만든 서부극이었다. 다양성영화제에서 우수상을 받은 영화답게 필리피노 게이 카우보이(그러나 배우는 한국인이었다)도 나오고, 중국인 비건 총잡이(역시나 한국인 배우였다)도 나왔지만, 이 영화에서 제일 다양성이 두드러진 부분은 따로 있었다. 영화제의 심사위원이었던 이후경 평론가는 이듬해『FILO』3/4월호에 그간 자신이 봤던 청년 독립영화를 소개하는 글을 기고했는데, 그중엔 도영의 영화도 있었다.

 ─해외 로케 없이 한국의 해수욕장에서 스파게티 웨스턴을 찍었다. 그래서 이 엉성한 영화는 조금 멍청하긴 해도 다양성 영화로 인정받을 만하다.

 도영이『FILO』의 구독을 끊은 것은 아마 그 이후부터였을 것이다.『FILO』의 열혈 애독자였던 과거의 도영은 상금으로 산 세꼬시를 호쾌하게 으적으적 씹으며 말했다.

 ─나중에 저 엄청 유명해지면 출연료 두둑하게 챙겨드릴게요. 우리. 영화계를 씹어먹자구요.

 그때 나의 출연료는 한없이 무상에 가까웠다. 15년이 지난 지금, 나의 출연료는 나쁘지 않았지만 내리막

길만 남은 롤러코스터처럼 다시 무상지옥에 처박힐 예정이었다. 이런저런 옛날 기억들을 떠올리며 나는 그 라틴화첩기행인지 라틴수첩기행인지의 출연료는 얼마냐고 물었다. 도영은 출연료를 일의 자리까지 알려 줬는데, 두둑함이라는 단어와 거리가 먼 액수였다. 교양 프로그램의 교양 없는 출연료를 듣고 있자니, 문득 도영도, 나도, 그리고 시대까지도 너무 멀리 와 버려서 구태가 돼 버렸다는 생각이 들었다. 한국의 아그네츠카 홀란드를 꿈꾸던 도영은 몇 년 전 낙동강 수달의 생태를 그려낸 다큐멘터리를 찍기 시작하더니 아예 EBS에 눌러앉아 버렸다. 후회하지 않느냐는 질문에 도영은 뻔뻔하게 답했다.

－그때는 필리피노 게이와 중국인 비건이 영화판에 흔치 않았지만, 요즘에는 흔해 빠졌잖아요. 차라리 낙동강 수달이 더 특이하죠.

나는 마지막으로 물었다.

－그 라틴화첩기행, 사람들이 많이 볼까?

－많이 안 보겠죠. 그래서 어쩌라고요. 선배는 이제 퇴물이라 상관없잖아요.

만족스러운 대답은 아니었지만, 나는 『라틴화첩기

행』에 출연하겠다고 답했다. 하필이면 그 전날에 김빠진 맥주를 마시면서 퇴물 영화의 대명사『록키 3』을 본 게 화근이었다. 며칠 후, 우리는 허름한 술집에서 맥주를 들이켜며 계약서를 작성했다. 나는 계약서에 대충 서명하며 물었다.

– 그런데 왜 하필 라틴이야?

– 원초적이잖아요.

– 애당초 원초가 무슨 뜻인데.

– 원초는 바로 샤론 스톤이죠.

옆에서 같이 술을 마시던 빠텐더가 한마디 거들었다.

– 원초도 호랑이 비디오 보던 시절 얘기가 됐군.

빠텐더의 몹쓸 농담을 듣고 도영과 나는 한참이나 웃었다. 자신의 시시껄렁한 싸구려 농담이 여전히 먹히는 걸 보고 기분이 좋아진 빠텐더는 서비스로 맥주를 세 병씩 공짜로 줬다. 그럼에도, 술값은 빈티지 빠답게 매우 비쌌다. 그 비싼 술값을 계산한 사람은 EBS였다. 먹지도 않은 모둠 소시지 5세트와 모둠 감자튀김 5세트가 새겨진 영수증을 휘두르며 도영이 말했다.

– 이걸 찍으면 우리 둘 다 뭔가 달라질 수 있을 거

예요. 거기. 신혼부부들이 은근 신혼여행을 많이 가는 곳이거든요. 우리도 뭔가가 새로 시작될지도 몰라요.

내가 글쎄다, 라고 시큰둥하게 말하자 도영은 영수증을 잔뜩 구겼다.

－선배, 저 엊저녁에 이혼했어요.

－난 네가 결혼했었다는 걸 여태 몰랐어.

도영은 피식거렸다.

－여전히 웃긴 사람이네요. 선배는.

딱히 웃기려고 한 말은 아니었지만, 나는 도영을 바라보며 따라 웃었다.

우리는 예정대로 공중화장실처럼 생긴 미술관을 제일 먼저 방문했다. 미술관은 생긴 것과 다르게 큐레이터도 있었는데, 그는 난쟁이였다. 얘기를 나눠 보니 그 조그만 녀석은 라틴 미술에 대해 아는 것이라곤 조금도 없었다. 그런 사람과 미술관에서 미술에 대해 대화하고 있자니, 전시된 작품들보다 이렇게나 조그만 사람이 미술관 천장에 걸린 조명을 어떻게 교체할지가 더 궁금해졌다. 내가 천장의 조명등을 갈려면 몇 분이나 걸리느냐고 묻자, 도영은 재미없는 20세기식 농담이라고 말하며 얼굴을 잔뜩 찌푸렸다. 의외로 큐레이터는 당당하게 대답했다.

－나는 루차 리브레의 달인이라 로프와 사다리만 있으면 높은 곳에 금방 올라가.

대체 루차 리브레가 뭐냐고 되묻자, 그는 미국말로 프로레슬링이라고 친절하게 대답하곤 주머니에서 토요일 오후 해변에서 열릴 프로레슬링 대회의 티켓을 꺼내 우리에게 줬다. 안타깝게도 우리는 금요일에 출국할 예정이었다. 큐레이터는 도영이 들고 있는 카메라를 가리키며 말했다.

－주말에 올 때 저 카메라도 들고 와. 그럼 내가 서비스로 생맥주를 줄게.

큐레이터는 지금까지 루차 리브레를 수백 번이나 했지만, 자신의 시합을 녹화한 적이 단 한 번도 없다고 말했다. 그는 자신의 시합 영상을 자자손손 가문의 가보로 물려줄 것이라고 말했는데, 정말 가치 없는 가보일 것 같았다. 도영은 고개를 끄덕거리며 말했다.

－정말 멋진 가보겠네요.

루차에 호의적인 사람을 오래간만에 만나서인지 큐레이터는 그 후로 한참 루차 리브레에 관해 신나게 떠들었다.

-내 링네임이 뭔지 알아? 엘 이돌로야. 엘 이돌로!

도영과 나는 엘 이돌로가 뭔지 놀라노 내란한 뜻인 것 같아 큐레이터와 눈을 마주치며 고개를 끄덕여 줬다. 믿거나 말거나, 엘 이돌로의 조상은 M16 자동소총으로 무장한 미군을 루차 리브레로 제압했다고 한다. 그의 한심한 프로레슬링 이야기를 다 듣고 나서야 우리는 박물관 중앙에 걸려 있는 그림에 대한 설명을 들을 수 있었다. 로데오를 하는 어떤 카우보이의 모습이 그려진 그림이었는데, 무채색을 거칠게 사용하여 황소를 신화 속의 괴수처럼 표현한 게 인상적이었다.

-그 그림의 제목은 『기억의 고집』이야. 누구나 기억에 휘둘리며 살잖아? 기억을 거친 황소로 표현한 그림이지. 이 황소는 인간의 머릿속에 쌓여가는 기억처럼 무채색을 하나씩 하나씩 쌓아서 그려냈어. 멋지지?

-이건 누가 그린 거죠?

-프란시스코 드라코라는 해적이 그린 거야. 그는 외다리였지만, 용케도 세상 모든 걸 훔쳐냈지. 심지어 그림 실력까지도 말이야. 그 해적은 나라에서 제일 유명한 화가를 납치해 그림 그리는 법을 배웠지. 나중에 그림을 화가처럼 그릴 수 있게 되자, 그는 화가를 고

래밥으로 만들었어. 드라코는 훌륭한 화가이자, 훌륭한 해적이었지.

큐레이터는 자신이 그 해적의 손자의 손자의 손자라고 말하며, 해적의 역사에 관해 줄줄 읊기 시작했다. 그는 평생 해적에 대해 공부한 사람처럼 말했는데, 나는 더 듣고 싶지 않아 화장실로 도망쳤다. 양변기 위에 앉아 멍하니 있을 때, 뜬금없이 전화가 걸려왔다.

– 여보세요.

– 이건후 씨 맞나요?

난생처음 듣는 목소리였다.

– 누구세요?

– 여기 마포 경찰서인데요. 선생님을 고소한 분이 일곱 분이나 계시네요. 지금 어디시죠?

더 들을 만한 얘기가 아닌 것 같아서 전화를 끊었다. 이쯤 되면 지루한 해적 얘기가 끝났을 거라 생각하며 화장실에 나왔을 때, 큐레이터는 이제 막 해적 역사의 프롤로그가 끝났다며 빨리 오라고 손짓했다. 한참 후, 박물관을 나오며 나는 이런 내레이션을 넣고 싶다 말했다.

– 21세기에 해적과 프로레슬링이라니. 정말 부질

없는 미술관이군요.

도영은 나를 한심하게 쳐다보며 말했나.

- 그래서 미술관인 거죠.

어쩌면 도영은 그때 우리가 부질없게 망했다는 걸 깨달았을지도 모른다.

부질없는 두 번째 미술관을 찾다가 길을 잃은 우리는 오래된 까페에 들어가 맥주 두 잔을 주문했다. 딱히 술 생각은 없었지만, 까페 주인이 길을 묻고 싶다면 음료를 한 잔씩 주문하라고 고집을 피우는 바람에 어쩔 수 없이 도영과 나는 맥주를 들이켰다. 미술관 사진을 한참이나 들여다본 까페 주인은 고개를 절레절레 저으며 말했다.

- 어딘지 전혀 모르겠군. 미안하오.

맥주를 단숨에 마셔 버린 도영은 투덜거렸다.

- 대체 이 좁은 섬에 미술관이 몇 개나 있길래 모른다는 거지?

나는 맥주를 한 모금 마신 뒤 혀를 끌끌 차며 말했다.

- 풋내기 같으니라고. 정말로 저 사람이 미술관 위치를 몰라서 저러는 거 같아?

나는 까페 주인을 불러 그냥 맥주보다 더 비싼 에

일을 두 잔 시키면서 미술관 위치를 정말 모르냐고 물었다. 주인은 뭔가 골똘히 생각하는 표정을 지으며 맥주를 내리더니, 식칼로 잔 위에 넘친 거품을 쓱쓱 긁어내며 답했다.

─정말 모르겠는걸?

─정말 모르나 보군.

─그래서. 풋내기가 누구라고요?

도영이 내 옆구리를 찌르면서 말했다. 나는 민망한 표정을 지으며 맥주를 들이켰는데, 이혼한 아내로부터 전화가 오자 더 민망한 표정을 짓고 말았다.

─지금 도대체 어디야?

아내는 결혼했을 때나 이혼했을 때나 내가 어디 있는지 항상 궁금해했다. 나는 해외에 촬영하러 왔다고 솔직하게 답했다. 아내는 믿지 않는 눈치였다.

─당신 같은 배우를 쓰다니. 형편없는 영화감독이군.

─영화가 아니라 다큐멘터리야.

─뭐가 됐든 형편없겠어.

그 형편없는 감독은 옆에서 치근덕거리는 백인 남자한테 욕을 내뱉는 중이었다. 도영의 목소리를 들었는지 정말 촬영을 하러 간 거 맞냐고 다시 물었다.

─여자 감독이야. 요즘에 여자 감독 많잖아.

─당신이 여자 감독 영화에 출연할 만한 남자 배우
는 아닌 것 같은데.

─이래 봬도 나는 생각보다 많은 여성 감독들에게
열렬한 지지를 받고 있지.

아내는 내 말을 듣고 피식 웃었고, 내 옆에 있던 도
영도 피식 웃었다. 생각보다 내가 유머러스한 편인가
보다.

─왜 전화했어? 시비 걸려고?

─헤어샵에서 머리를 다듬는데 갑자기 당신 생각
이 나서 말이야.

─헤어샵? 팔자 좋네. 내 돈으로 이번엔 어떤 머리
를 하려고?

아내는 잠시 말이 없었고, 나는 잠시 도영을 바라
봤다. 도영은 어느새 내 몫의 맥주까지 다 마시고 실
실 웃는 중이었다. 저럴 거면 대체 왜 아까 투덜거렸
을까. 아내는 갑자기 뜬금없는 말을 꺼냈다.

─나 한 달 후에 결혼할 거야. 축의금 두둑하게 준
비해.

─그건 또 무슨 개소리야?

전화는 거기까지였다. 도영은 무슨 전화냐고 물었다. 나는 대답 대신 맥주를 두 잔 더 시켰다. 카리브해의 태양은 정신이 나갈 정도로 뜨거웠다. 도영과 나는 정신 나간 햇빛 아래를 헤매며 두 번째 미술관을 찾아갈 자신이 없었지만, 이곳 사람들은 시뻘건 태양 아래에서도 정신을 붙들 자신이 있는 모양이었다.

─저거 좀 봐요.

도영이 가리킨 곳을 보니 원주민의 후손처럼 보이는 남자들이 커다란 물고기를 땡볕 아래에서 손질하는 게 보였다. 남자들은 너나 할 것 없이 꽤 단단해 보였는데, 녀석들의 이두근이 부풀어 오를 때마다 물고기의 내장이 피와 잔여물을 쏟으며 모래 위로 널브러졌다. 새하얀 모래알은 태양보다 더 빨갛게 물들었고, 시뻘겋게 달아오른 원주민들은 더 거칠게 물고기를 조각냈다. 물고기가 너덜너덜해지자 원주민 중 연장자가 연신 "뜨랑낄로, 뜨랑낄로"라고 외쳤는데, 그러거나 말거나 물고기는 사내들의 억센 손에 성급하게 박살 나고 말았다.

─저런 거라도 찍는 건 어때?

–쓸 만하네요.

도영과 나는 손차양을 하며 물고기를 손실하는 사람들에게 다가가 혹시 카메라로 찍어도 되겠냐고 물었다. 그들 중 제일 늙은 사내가 호탕하게 웃으며 얼마든지 찍으라고 말했다. 도영이 그들에게 카메라를 들이대며 물었다.

–이 물고기의 이름은 뭐죠?

–몰라요. 그냥 강가에 던져 놓은 그물에 걸려 있는 걸 잡아온 것뿐입니다.

–어부 아닌가요?

–어부 아닌데요.

알고 보니 사내들은 근처 농장에서 담배를 재배하는 농부들이었다. 그러니까 이 농부들은 뭔지도 모를 물고기를 해체하는 중이었다. 먹고 탈이 날지도 모른다고 농부들에게 말하자, 농부들은 괜찮다고 말하며 지나가던 길고양이에게 물고기 조각을 하나 던져 줬다. 고양이는 물고기 조각을 입에 물고 근처 나무 그늘로 달려갔다. 농부들은 모두 입에 시가를 물고 있는 잉어를 팔뚝에 새겨놨는데, 꽤나 그럴듯해 보였다. 물어 보니 일본에서 날아온 농장 주인이 새겨 준 거라고 답했다. 도영은 타투 작업도 따지고 보면 그림을 그리는 것 아니냐고 말하며 농장 주인을 찾아가자고 내게 제안했다. 나는 담배를 재배하는 농부들 앞에서 레드애플 담배를 한 개비 물며 물었다.

　－혹시 그 일본인이 요즘에도 타투를 새겨 줍니까?

　농부들도 주머니에서 어설프게 말린 수제 담배를 꺼내며 말했다.

　－아니오. 그 양반, 작년에 럼주에 잔뜩 취한 채 시가를 썰다가 자신의 손가락을 두 마디나 썰었습니다. 그 양반의 타투는 이제 전설이 되고 말았죠.

　－아픈 전설이겠군요.

　농부는 고개를 조심스럽게 끄덕거리며 담배를 깊게 빨아들였다. 그렇게 우리는 야자수 위에 가지런히 놓여 있는 물고기 내장들 옆에서 담배를 태우다 헤어졌다. 땡볕 아래에서 담배를 태우니 정수리가 뜨거워졌다.

　도영의 두 번째 영화는 일본을 배경으로 한 시대극이었다. 다른 사람이 버린 대본을 영화사가 주워서 도영에게 준 것인데, 원래 대본은 평범한 무사 영화였다. 도영은 이런 영화는 도저히 못 찍겠다며 자기 식대로 대본을 다시 쓰겠다고 영화사에 말했다. 나는 도영답게 재밌게 쓰겠지, 라고 생각했다. 애꾸눈 고양이를 키우는 채식주의자 외팔 사무라이가 주인공이라는 얘기를 듣기 전까지는.

— 근데 왜 하필이면 외팔이야?

— 그냥 일본인이면 불쌍할 것 같지 않아서요.

확실히 한국에서 그냥 일본인은 불쌍한 존재가 될순 없었다. 한반도에서 사무라이 영화로 투자를 받는법은 아마도 두 가지 정도일 것인데, 도영의 영화는두 가지 모두 충족했다. 하나는 수십 년 전에 폐기된유사 역사학인 '싸울아비—사무라이 계승설'에 입각하여 대본을 쓰는 것이었고, 또 다른 하나는 일본 자본이 많은 회사의 투자를 받는 것이었다. 아마 한국 영화 중 오프닝 화면에다 "투자 및 제공 — 산와머니"라고 자막을 띄운 영화는 도영의 영화가 유일할 것이다. 투자를 생각보다 많이 받았는지, 독립 영화를 하나만찍은 감독의 첫 장편 영화답지 않은 캐스팅이 이뤄졌다. 주연 자리에는 장래가 유망한 20대 후반 남자 배우를, 조연 자리에는 나름 팬덤이 두툼한 20대 초반남자 아이돌과 일본 여자 배우가 섭외됐다. 심지어 도영은 어디선가 '하후돈'이라는 이름의 애꾸눈 고양이 배우까지 구해 왔다. 모든 게 완벽해 보였다. 촬영이 시작되기 전까지는. 촬영 첫날, 어째선지 모르겠지만 구로사와 아키라에 심취했던 아이돌이 주연 배우에게 액션 장면에서 진짜 화살을 쏘자고 제안했는데, 주연 배우는 구로사와 아키라의 영화로 사이버 대학 석사 논문을 받은 사람답게 그 제안을 흔쾌히 받아들였다. 거기까진 좋았다. 잘못 날아간 화살이 블랙 매직 시네마 카메라의 렌즈와 촬영장 조명을 박살 내기 전까지는. 아이돌은 받지도 않은 출연료로 촬영 장비를 물어 주겠다는 말도 안 되는 소리를 지껄이며 촬영장에서 도망쳤다. 도영은 그날 사케를 퍼마시면서 하소연했다.

－애초에 사무라이 영화를 찍는 게 아니었는데.

－사무라이가 문제인 것 같지 않은데.

－선배. 그래서 어쩌라고요?

나는 아무 말도 하지 못했다. 도영은 내 멱살을 잡고 촬영장으로 끌고 가더니, 그대로 출연료가 없는 조연 자리(빌어먹을 아이돌 자식!)에 날 꽂아 넣었다. 촬영장은 모든 게 엉망진창이었다. 장래가 유망하다던 남자 배우는 이 영화가 망했다는 걸 직감했는지 매일 술 냄새를 풍기며 촬영장에 찾아왔고, 애꾸눈 고양이 하후돈은 주연 배우의 술 냄새에 질렸는지 촬영장 구석에 숨었고, 일본 배우는 촬영장 구석에서 매일같이 일본어로 투덜댔다.

　－간코쿠진와 민나 키모이고토바까리 이우.

　나는 투덜거리는 배우 앞에서 담배를 문 채 말했다.

　－한국 촬영장에서는 한국말로 해. 이 빌어먹을 자식아.

　그 일본 여자는 생각보다 한국말을 잘했고, 손바닥도 매서웠다. 그녀는 내 뺨을 치며 소리쳤다.

　－너네 전부 재수 없다고. 이 빠－가 새끼야.

　나중에 알고 보니 그 일본인 자식은 재일교포 3세였다. 재일교포 말마따나 재수 없음이 가득했던 그 영화는 내부 시사회를 거친 후, 산와머니 창고 깊숙한 곳에 처박히고 말았다. 어찌 보면 다행이었다. 그런 말도 안 되는 영화가 세상의 빛을 봤다면 도영은 낙동강 수달에 관한 다큐멘터리를 찍지 못했을 것이고, 그렇게 됐다면 EBS가 우리에게 술을 사 주는 일은 없었을 것이다.

—여기네.

우리는 한참을 헤맨 후에야 두 번째 미술관을 찾을 수 있었다. 사진으로 봤을 때는 커다란 상아색 기둥과 황금빛 십자가가 인상적인 미술관이었는데, 막상 실제로 보니 상아색 기둥이 아니라 때가 많이 탄 회색 기둥이었고, 황금빛 십자가가 아니라 양치를 전혀 하지 않은 이빨처럼 누런 십자가였다. 이곳은 원래 교회였던 곳인데, 신자가 줄어들어 예배에 아무도 오지 않게 되자 미술관으로 바뀌었다고 한다. 어디서나 신을 섬기기 어려운 시대였다.

—생각보다 오래된 곳인 것 같은데.

—미술관은 오래되면 좋지.

도영과 나는 조심스럽게 미술관에 들어섰다. 미술관 중앙에는 늙고 살진 할머니 경비원이 한 명 서 있었는데, 뉴욕 경찰처럼 커다란 도넛을 먹으며 커피를 마시는 중이었다. 실제로 그녀가 입고 있던 경비복에는 NYPD 로고가 큼직하게 박혀 있었고, 온갖 훈장이 치렁치렁 매달려 있었다. 아마도 그녀는 뉴욕의 전설적인 경찰이었거나, 전설적인 경찰의 가족이었던 게 분명하다. 뭐가 됐든 전설적인 그녀는 우리를 탐탁지 알게 쳐다보며 말했다.

　－관람 시간 끝났어요.

　－저희 한국에서 취재 왔는데요.

　－알 게 뭡니까. 관람 시간 끝났는데.

우리가 아그리파 석상 옆에 멍하니 서 있자, 경비원은 우리에게 나가라는 듯 손짓했다. 나는 도영에게 물었다.

　－섭외한 거 아니었어?

　－비싼 돈 주고 섭외했는데요.

도영은 경비원에게 자초지종을 설명했다. 도영의 설명을 다 들은 경비원은 콧방귀를 뀌었다.

　－어쩌라는 거죠. 지금은 퇴근 시간이라니까요. 그거보다 중요한 건 여기 없어요.

경비원 머리 위에 걸린 시계를 보니 오후 5시 하고 3분이었다. 도영은 30분만 시간을 달라고 사정했지만, 경비원은 퇴근만을 위해 사는 사람인 게 분명했다. 뜬금없이 홀스터에서 권총을 꺼내 갈긴 걸 보면 말이다. 아그리파의 머리가 어이없게 박살이 나자마자 도영과 나는 밖으로 뛰쳐나갔다. 경비원은 우리의 뒤통수를 향해 소리를 질렀다.

－ 댁들은 퇴근 시간도 없어요?

우리는 코홀리개들이 야구를 하고 있던 농구 코트까지 뛰어갔다. 이미 해가 절반 이상 넘어갔지만, 코홀리개들은 어스름 속에서도 공을 잘 던지고, 공을 잘 쳐냈다. 도영과 나는 코홀리개들의 야구를 보면서 얘기를 나눴다.

－ 내일 아침에 다시 갈 거야?

－ 그 미친 경비원을 죽일 거면요.

－ 우린 총이 없는 걸.

－ 총이야 사면 되죠.

도영은 농구 코트 옆에 있는 기념품 가게로 들어갔다. 도영의 기대와 달리 가게에는 총이 한 자루도 없었다. 가게에 제일 많이 진열된 상품은 인형이었다. 이렇게 더운 나라에 솜 인형이라니. 보기만 해도 땀이 날 지경이었다. 인형 옆에는 어울리지 않게 엽서가 가득했는데, 아까 호텔에서 잔뜩 본 리차드 바크만의 얼굴이 새겨진 엽서가 제일 많았다. 역시나, 도영은 리차드 바크만의 얼굴이 새겨진 엽서를 집어 들었다.

－ 그게 총이니?

－ 스탈린이 썼던 편지가 원자폭탄보다 강했단 말

못 들으셨나요?

도영의 말을 듣고 카운터 밑에서 점원이 벌떡 일어나며 소리쳤다.

─그 대사는 민음사 세계문학 전집 『후지산 꼭대기에서 돌아온 소련 장군』 39쪽 다섯째 줄에 나오죠.

도영은 얼떨떨한 표정을 지은 채 점원에게 엽서를 내밀며 말했다.

─쪽까진 모르겠는 걸요.

─집에 가서 확인해 보세요.

점원은 윙크하며 말했다. 내가 점원에게 여기서 오래 일했냐고 묻자, 점원은 안경을 추켜세우며 말했다.

─저도 처음엔 여러분처럼 여기에 관광하러 왔죠. 알다시피, 여긴 리차드 바크만이 죽은 나라잖아요. 그런데 여기 계속 머물다 보니 그처럼 여기서 죽고 싶다는 생각이 들어서 눌러앉게 됐어요.

─왜요?

─한국에서 죽기 싫었거든요.

딱히 찍은 것도 없던 우리는 촬영 분량을 위해서 잠시 점원과 인터뷰를 진행했는데, 이 자식은 우리 생각보다 더 미친 자식이었다. 인터뷰는 리차드 바크만이 아메리카 대륙에서 제일 큰 거품덩어리라고 주장한 영문과 교수의 정수리를 소설책 모서리로 찍는 대목에서 종료됐다. 카메라를 거두는 도영을 바라보며 점원이 말했다.

ㅡ왜요. 지금이 제일 재밌는 대목인데. 얘기 다 들어 주시면 이거 공짜로 보여드릴게요. 무려 리차드 바크만의 목을 벤 일본도라구요. 원래는 돈 받고 보여 주는 건데.

섬뜩한 표정을 짓던 점원은 카운터 밑에 있던 일본도를 우리에게 슬쩍 보여 줬다. 그게 정말로 리차드 바크만의 목을 내려친 일본도인지 아닌지는 알 수 없었지만, 점원이 제정신이 아니란 사실은 확실히 알 수 있었다.

ㅡ별로 관심 없어요.

우리는 귀신에 쫓기는 사람처럼 가게를 재빨리 빠져나왔다. 나는 고개를 절레절레 흔들며 말했다.

ㅡ저 점원. 너랑 같은 오타쿠인 거 같아. 정말 오타쿠들이란.

도영은 한숨을 쉬며 말했다.

ㅡ그래서 어쩌라고요. 선배.

지칠 대로 지친 우리는 마리아치 악단이 공연하는 낡은 식당에서 저녁을 먹었다. 마리아치 악단은 멕시코 깡촌에서 온 뺑코들이었는데, 멕시코 뺑코답게 라 쿠카라차를 미치광이처럼 날뛰며 불렀다. 다리가 다 떨어져 나간 바퀴벌레에 관한 가사를 들으며 칠리소스에 짓물러진 햄버거를 입에 넣고 있을 때, 전화가 왔다. 인천국제공항에 두고 온 매니저였다.

— 여보세요.

— 선배님, 혹시 가불 좀 해 주실 수 있나요?

— 무슨 일인데 그래?

내가 묻자 녀석은 흐느끼며 답했다.

— 제가 술김에 사람을 때렸어요. 아무래도 변호사를 불러야 할 거 같아요.

나는 대답 대신 통화 종료 버튼을 눌렀다. 도영이 무슨 전화냐고 물었다.

— 별 내용 아니야. 어제 사용한 비아그라가 효과 있냐고 묻는 전화였어. 순 사기꾼 같은 놈들.

내가 대답하자마자 멀리서 폭죽 소리가 들려왔다. 식당에 있던 사람들은 모두 창밖을 바라봤다. 마리아치 악단조차 악기를 집어 던지고 괴성을 지르며 창문

쪽으로 뛰어갔다. 하늘은 순식간에 짙은 노란색으로 채워졌다. 폭죽이 갈색 연기만 남기면서 사라질 때, 또 다른 폭죽이 터졌다. 더 큰 폭죽이 터지자 해변에 있던 사람들은 환호를 더 크게 질렀는데, 오래된 영화에서 봤던 군인들이 떠올랐다.

　- 옛날 영화 기억 나?

　눅눅한 감자튀김을 먹던 도영이 날 쳐다보며 물었다.

　- 무슨 옛날 영화요?

　- 군인들이 정글 속의 적진을 향해 돌격하다가 몰살당하는 영화.

　도영은 감자튀김을 입에 문 채 의자에 등을 기대며 말했다.

　- 그런 영화가 한둘인가요. 코카콜라만큼 흔해 빠진 장면인데.

　나도 도영을 따라 의자에 등을 기대었다. 오래된 식당답지 않게 의자는 말끔했다. 폭죽이 한 발 더 터졌다. 너무나도 소란스러운 폭죽이어서, 갑자기 나타난 테러리스트가 품속에서 AK-47을 꺼내 난사해도 총성이 묻힐 것 같았다. 나는 예전부터 부글거리는 인파를

볼 때마다 수류탄을 던지거나 총기를 난사하는 상상을 하곤 했는데, 상상 속에서 환호와 비명은 별 차이가 없었다. 잘은 모르겠지만 아마 실제로도 별 차이가 없을 것이다. 식사를 마친 도영은 입을 닦으며 말했다.

　-내일은 일찍 일어나야 해요. 경비원에게 머리가 날아가고 싶지 않다면 말이죠.

　나는 고개를 끄덕이며 주머니에서 담뱃갑을 꺼내 들었다. 담뱃갑은 텅 비어 있었다. 평소보다 더 많이 태우긴 했다. 나는 도영의 눈앞에서 빈 담뱃갑을 흔들며 말했다.

　-그럼 자기 전에 물담배 펴도 될까?

　도영은 호텔 근처에서 물담배 까페를 봤다며 거기서 피우자고 답했다. 우리는 저녁값을 치르고 식당을 나섰다. 우리의 저녁값을 계산한 건 역시나 EBS였다.

　우리는 까페에서 제일 구석진 자리에 앉았다. 도영이 선택한 물담배는 청포도 향이 가득했다. 손에 주름이 가득한 까페의 주인은 천천히, 그리고 적당히 빨라고 말했다. 나는 물담배를 깊게 빨아들이며 도영을 지켜봤다. 도영은 유리관 아래로 끓어오르는 기포에 모든 신경을 쏟고 있었다. 몇 초도 못 버티고 터져 버리는 기포를 집중해서 바라보니 뇌세포가 터져 버릴 것 같았다.

— 아무래도, 우리 망한 것 같죠?

한껏 나른해진 도영이 웃으며 연기를 길게 내뿜었다. 청포도 향이 코끝을 맴돌았다.

— 누누이 말했지만, 나는 프로그램 제목을 들었을 때부터 망할 것 같았어.

— 너무 솔직하시네요.

뒤쪽에 앉은 사람이 너무 깊게 빨아들였는지, 기침을 격하게 했다. 나는 연기를 천천히 내뿜었다. 담배를 피우고 있다는 느낌이 전혀 안 들어서 이번엔 아주 오랫동안 깊게 빨아들였다.

— 멍청아, 그러다가 죽어.

까페 주인이 어느새 나타나 내 손에서 물담배 파이프를 뺏었다.

— 멍청아, 난 지금 죽고 싶다고.

나는 다시 주인에게서 물담배를 뺏어 힘껏 빨아들였다. 도영은 우리의 실랑이를 보며 피식 웃었다. 실랑이 끝에 나는 주인의 뒷주머니에 구겨진 지폐를 잔뜩 꽂아 넣어 주며, 물담배를 태우며 들을 만한 음악을 틀어 달라고 말했다. 까페의 스피커에선 밥 딜런이 취객처럼 중얼거리는 소리가 재생됐다.

　–빌어먹을 밥 딜런보다 더 나른한 음악을 틀어 달 란 말이야.

　주인은 지켜보겠다는 말만 남기고 레코드판이 잔 뜩 꽂혀 있는 책장으로 걸어갔다. 도영은 책장을 바라 보며 자신이 자주 찾아갔던 대구의 빠에는 저것보다 더 많은 레코드가 꽂혀 있다고 자랑했다. 나는 어이없 어하는 목소리로 도영에게 핀잔을 줬다.

　–술 마시러 대구까지 가니?

　–원래 술은 집에서 멀리 떨어진 곳에서 마셔야 제 맛이에요.

　주인이 밥 딜런을 죽이고 새로 재생한 노래는 한참 전에 죽은 조니 캐시의 CCM이었다. 보컬은 걸걸하지 만 기타 소리는 부드러운『Peace in the Valley』가 물담 배 연기와 함께 까페를 가득 메웠다.

　–나른한 음악을 틀어 달라고 했는데 CCM을 틀다 니. 저 주인도 어지간히 미친놈이로군.

　–기도하고 싶어지네요.

　물담배를 실컷 빨고 있던 도영은 내 손을 잡으며

갑자기 주기도문을 외우기 시작했다.

－너 교회 다녀?

－교회 안 다녀도 기도는 할 수 있잖아요.

도영은 주기도문을 완벽하게 외웠다. 첫 문장을 사도신경의 첫 문장으로 외운 것만 빼면 말이다. 기도는 끝났지만, 우리는 한동안 잡은 손을 풀지 않았다. 기도만 했을 뿐인데, 어쩐지 몸이 나른해지는 기분이 들었다. 물담배의 성분이 뒤늦게 혈관을 따라 온몸에 퍼져서 그런 것일지도 모른다. 도영과 나는 내 스마트폰이 울기 전까지 손을 놓지 않았다. 전화를 받으니 전혀 반갑지 않은 목소리가 귓가에 들렸다.

－지금 외국이지? 정확히 어디야?

－카리브해.

－거기 돈 조금만 주면 권총 구할 수 있지 않아? 당장 네 관자놀이에 권총을 갈겨 버리라고. 너 때문에 기껏 찍은 내 영화가 극장에서 쫓겨났잖아. 이 쓸모없는 범죄자 새끼야.

－감독님. 나 총 한 번 안 쏴 본 미필인데.

잠시 침묵이 흘렀다.

－이런 제기랄. 그럼 구두끈에 구두끈을 묶고 다시

ㄱ 구두끈에 바위를 묶어서 카리브 바다에 뛰어들어 뒈지라고.

할 말이 많았지만, 이 녀석과 대화를 길게 하고 싶지 않았던 나는 거짓말로 둘러댔다.

–나 다큐 촬영 중이야. 끊어.

나는 전화를 끊고 도영과 마저 기도했다. 도영이 먼저 아멘을 했고, 나도 뒤따라 아멘 했다. 아멘. 당연하게도, 기도에 대한 응답은 들리지 않았다. 정말, 신을 믿기 어려운 시대였다.

–아폴로 13호가 된 기분이야.

물담배 향에 심하게 취한 나는 침대에 누우며 말했다. 커튼 사이로 달빛이 들어왔다. 도영은 달을 바라보다 내게 말했다.

–휴스턴. 문제가 생겼다.

–졸라 큰 문제지.

내가 만취한 노인처럼 중얼거리자 도영은 피식 웃으며 창문을 열었다. 창문이 열리자 차가운 바람이 커튼을 밀어젖히며 방으로 들어왔다. 창밖을 보니 만월이었다. 침대에 누운 채 라틴아메리카의 달을 보고 있자니, 달로 날아갈 것만 같은 기분이 들었다. 도영이 내 옆에 누우며 말했다.

─ 아폴로 13호는 달에 못 갔어요.

─ 그까짓 달에 가서 뭐 하게.

도영도 취했고, 나도 취했다. 나는 주머니를 뒤적이며 새로 산 담배를 한 대 꺼내 들었다. 도영이 내 담배에 불을 붙여 주며 중얼거렸다.

─ 사실. 못 가도 상관없긴 해요.

─ 역시 그렇지?

나는 실실 웃으며 담배를 태웠다. 위층에서 또 욕지거리가 들려왔다. 담배 연기도 못 견디다니. 나약한 놈 같으니라고. 해변의 끝자락에 커다랗게 떠 있는 달은 우리가 머무는 방으로 날아오기라도 하는 듯 조금씩 커졌다. 도영도 그 사실을 알아챘는지, 달을 쳐다보며 중얼거렸다.

─ 보름달이네요.

우리는 시시한 예술가들이 그랬던 것처럼, 리차드 바크만이 그랬던 것처럼, 해변의 보름달을 넋 놓고 바라봤다. 서로의 어깨를 감싸며, 지칠 줄 모르고 진동하는 스마트폰을 애써 무시하며, 끊임없이 해변으로 몰아치는 파도의 소리를 들으며. 나는 내일 아침에 먹을 조식에 대해 잠시 생각했다. 베이컨과 토스트에 관한 생각은 조만간 내가 꾸게 될 꿈으로 이어졌다.

－악몽을 꿀 것 같아.

도영은 내 턱을 쓰다듬으며 속삭였다.

－선배, 그래서 어쩌라고요.

아무도 없는 해변을 지친 마라톤 선수처럼 끝없이 거닐었다. 담배 기운 때문인지 술 기운 때문인지 모르겠지만 발걸음은 물에 잔뜩 젖은 걸레처럼 무거웠고, 주머니에선 휴대폰이 끊임없이 울었다. 벨소리를 애써 무시하며 걷다 보니 무채색의 황소가 거센 콧김을 내뿜으며 모래를 박차고 날뛰고 있는 게 보였다. 황소가 날뛸 때마다 모래가 폭죽처럼 퍼져나갔다. 허공으로 퍼져나가던 모래알들이 갑자기 얼굴 위로 잔뜩 쏟아졌는데, 꿈결만큼 부드러웠다. 무채색의 황소는 점점 작아지더니, 마침내 모래알보다 작아졌다. 나는 모래알 사이를 사납게 날뛰는 황소를 쳐다봤다. 고요했다. 해변도 고요했고, 파도는 더 고요했다. 나는 해변에 끝없이 쌓여가는 파도를 바라보며 중얼거렸다.

－정말 죽이는 그림이로군.

－뭐라고요?

옆에 누워 있던 도영이 잔뜩 피곤한 목소리로 물었다.

ㅡ나 죽고 싶다고.

도영은 꿈을 꾸는지 한참 후에나 답했다.

ㅡ선배, 그래서 어쩌라고요.

정말 어떡해야 할까. 알 수 없었다. 내가 아는 것이라곤 『라틴화첩기행』의 촬영이 이틀 후에나 끝난다는 것뿐이었다. 나는 눈을 감고 해변으로 굽이쳐 들어오는 파도 소리를 들었다. 리차드 바크만도 이 소리를 들으며 자신의 머리를 날려 버리려고 했겠지. 나는 손가락으로 권총을 만들어 겨눴다. 그리고, 방아쇠를 당겼다. 총성은 조용한 파도 소리에 처참히 묻혀 버렸다. 도영과 손을 맞잡고 찬송가를 함께 부르고 싶은 밤이었다.

* 제목은 2008년 1월 21일 랜덤하우스코리아에서 출간한 김병종 화백의 『라틴화첩기행』에서 따왔다.

천박하고
문제적인
쇼와 프로레스

㈜한국문학문제연구소라는 문제적인 회사에 취직하기 전, 나는 듣도 보도 못한 회사들(심지어 데이트 대행업체에도 지원했는데, 내 증명사진이 형편없었는지 연락은 오지 않았다)에 지원서를 마구 뿌려댔다. 그 비루하기 그지없던 구직 활동 시절의 일과는 프로레슬링의 쓰리카운트처럼 딱딱 맞아떨어졌다.

① 아침에 일어나서 아침밥을 거른 다음 세면을 한다.

② 점심밥을 거르고 지원한 회사에 면접을 보러 간다.

③ 연락을 주겠다는 말을 듣고 집으로 돌아온 다음, 저녁밥을 거른다.

정말이지 지루하고 난감한 하루들이었다. 쇼와의 사나이 역도산이 지껄인 헛소리를 몰랐더라면 나는 그 시절을 버티지 못했을 것이다.

―인간은 궁지에 몰릴 때 인간이 되는 법이다. 손을 쓸 수 없으면 발을 쓰고, 발을 쓸 수 없으면 입으로 물고 뜯어라. 그게 바로 인간인 거다.

잇몸약의 CM송 가사로 쓸 법한 말에 깊게 감명을 받아 버린 나는 자기소개서에다 역도산의 헛소리를 베껴 적어 뒀다. 인간은 궁지에 몰리면 그 정도로 바보가 되는 법이다. 다행히 나는 바보를 알아보는 바보를 만났다. 일어 번역 사원을 모집하던 ㈜한국문학문제연구소의 운영국장은 5공화국 시절부터 일본 프로레슬링을 본 사나이였다. 면접 때 자기소개서를 뚫어지게 보던 그는 내게 질문을 하나 했다.

―역도산. 알아요?

―조금 압니다. 역도산.

―역도산과 그의 제자 김일을 일본어로 번역해 보세요.

- 리키도잔또 카레노 데시 오오끼 긴타로.

- 요즘 흔치 않은 인재네요.

혼자서 신이 난 운영국장은 남은 면접 시간 동안 미국 프로레슬링은 쇼고, 멕시코 프로레슬링은 서커스라고 떠들더니, 급기야 일본 프로레슬링이야말로 진짜 프로레슬링이라고 떠들어대기 시작했다. 그는 일본 프로레슬링에 대단한 철학이 담겨 있다고 말했는데, 그저 재미로 프로레슬링을 보던 나로서는 이해하기 어려운 말이었다. 그래도 나는 예의상 고개를 끄덕였는데, 고개를 백 번쯤 끄덕이니 운영국장은 내게 당장 내일부터 출근하라고 말했다. 21세기 사회에서 현대 프로레슬링은 현대 무용보다 더 무용했는데, 그런 쓸모없는 취미가 막상 인생에 도움을 주니 얼떨떨했다. 어쨌든, 출근하라는 말을 들었을 때 나는 프로레슬링의 창조주 역도산에게 마음속으로 큰절을 올렸다. 그때의 나는 이제 내 삶이 진짜 쪽으로 굴러갈 거라 생각했다.

쇼와 38년, 무라타 가쓰시라는 애송이 야쿠자가 역도산의 복부에 식칼을 쑤셔 넣은 사건이 일어났다. 사흘 간 입원했던 역도산은 좀이 쑤시다며 병원을 뛰쳐나가 조선 불고기와 사이다를 입에 잔뜩 쑤셔 넣었고, 몇 시간 후 복막염으로 급사했다. 쇼와의 사나이다운 죽음이었다. 역도산의 죽음을 추모하는 장례 행렬은 길었지만, 무라타 가쓰시의 재판은 짧았다. 무라타 가쓰시의 변호인은 법정에서 역도산이 먼저 프로레슬링 기술인 가라데 춥으로 피고를 두들겨 팼으므로 피고는 '정당 방위'를 한 것이라고 항변했지만, 주장이 받아들여지진 않았다. 판사는 의사봉을 두들기기 전, 고이즈미 준이치로와 아소 다로 같은 일본의 우익 정치인들이 자주 인용하게 될 말을 가쓰시에게 했다.

－여긴 일본이지 미국이 아니오.

판사는 가쓰시에게 징역 7년을 선고하며 의사봉을 세 번 두들겼다. 지당한 판결이었다. 그곳은 일본이었지, 미국이 아니었다. 내가 ㈜한국문학문제연구소에 금세 질려 버린 이유도 비슷했다. 처음 이 연구소의 이름을 들었을 땐, 연구소가 생길 정도로 한국 문학에 문제가 있는지 의문이 들었는데, 막상 출근해 보니 문제가 있는 것은 한국 문학이 아니라 이런 곳에 덜컥 취직한 나 자신이라는 걸 깨달았다. 연구소의 소장 격으로 있던 운영국장이란 사람은 나보다 나이 많은 사람답지 않게 늘 존댓말을 쓰던 예의 바른 사람이었는데, 그렇다고 해서 좋은 사람이란 얘기는 아니다. 그는 툭하면 요즘 세계 문학이 어떻고, 일본 소설이 어떻고, 노벨문학상이 어떻다고 지껄이며 나를 피곤하게 만들었다. 어째선지 그는 한국 문학이 충분히 세계에 먹힐 거라는 괴상망측한 자신감을 갖고 있었다. 마침내 운영국장이 20년 내로 재일교포 여성 소설가가 노벨문학상을 받게 될 거라고 헛소리를 지껄였을 때, 나는 이렇게 말했다.

— 여긴 한국이지 프랑스가 아니에요.

운영국장은 내 말을 듣고 어이없어 하며 미소를 지었다. 때마침 우리는 연구소(라고 해 봤자 냄새나는 상가의 조그만 사무실 두 칸을 임대한 곳이었다)의 베란다에서 맞담배를 태우고 있었다. 나는 후련하게 담배 연기를 내뿜었다. 레드애플 담뱃갑 겉에는 새빨간 종양 덩어리 사진과 함께 스무 가지 이상의 암에 걸릴 수 있다는 경고문이 쓰여 있었다. 물론 나는 흡연자답게 그 경고문을 조금도 신경 쓰지 않았다. 그건 운영국장도 마찬가지였다. 국장의 입술 사이에 꽂혔던 레드애플 담배는 조금씩 타들어 갔다. 운영국장은 독한 연기를 길게 내뿜으며 물었다.

－프랑스 가 봤어요?

－여권이 없어요.

멍청한 질문에 어울리는 멍청한 대답이었다. 운영
국장은 고개를 끄덕이며 "프랑스, 못 가셨구나"라고
중얼거렸는데, 무슨 의미로 중얼거린 건지는 알 수 없
었다. '바보 같은 녀석, 나는 몽마르뜨 언덕에 세 번이
나 누워 봤지' 하며 비웃는 것인 것 같기도 했고, '머
저리 같은 녀석, 그 나이 되도록 여권이 없다니' 하며
안타까워하는 것 같기도 했다. 어느 쪽이든 달가운 반
응은 아니었다. 담배를 다 태운 나는 먼저 들어가 보
겠다고 말했고, 운영국장은 고개를 끄덕이며 답했다.

－난 이거 다 태우고 바로 퇴근할 거예요. 바깥에
일이 있거든요.

연구소의 퇴근 시간은 오후 6시였지만, 퇴근 시간
을 지키는 사람은 나뿐이었다.

누구나 그랬듯이 내게도 2주마다 한 번씩 모의고
사를 치르는 고등학생 시절이 있었다. 그 시절의 나는
내일의 그 시절의 나는 내일이라는 단어를 진지하게
받아들이지 못했다. 그도 그럴 것이, 담임이란 작자는

저 멀리 수능 이후로 써다린 '긴짜'가 우리를 향해 조금씩 다가오고 있다고 겁을 주곤 했는데, 나는 모의고사를 너무 많이 치른 나머지 그 '진짜'라는 것에 의구심을 품고 말았다. 진짜가 무엇인지 고민을 끝없이 하던 나는 옆자리 녀석에게 혹시 너는 진짜가 뭔지 아냐고 물었다. 녀석은 코를 후비며 답했다.

　－옛날 일본 프로레슬링이야말로 진짜지. 쇼와 시절 프로레슬링은 진짜로 치고받고 싸웠다고.

　그 친구는 제2외국어 영역을 공부한답시고 자습 시간마다 일본 애니메이션을 보던 녀석인데, 지금은 오사카 도톤보리에서 새우튀김과 카레를 만들고 있다. 소문에 따르면 녀석의 새우튀김이 끝내준다던데, 오사카에 갈 일이 없어서 정말로 녀석의 새우튀김이 끝내주는지는 나로선 알 수 없는 일이었다. 아무튼, 처음 일본 프로레슬링을 봤을 때, 나는 '생경하다'라는 단어를 난생 처음 머릿속에 떠올렸다. 내가 봤던 경기는 내가 태어나기 전에 열렸던 경기였는데, 그전까지 봤던 미국의 프로레슬링과 전혀 결이 다른 프로레슬링이었다. 가장 큰 차이점은 바로 주먹질이었다. 미국의 프로레슬링은 허공을 향해 주먹을 휘둘렀고, 일본의 프로레슬링은 상대방의 뺨에다 주먹 대신 팔꿈치나 손바닥을 힘껏 휘둘렀다. 굳이 따지자면, 일본 프로레슬링도 '가짜'긴 하지만 미국 프로레슬링보다 '진짜'라는 영역에 좀 더 가까운 위치에 있었다. 선수들끼리 진짜로 때리는 경우가 많아서 야만스럽다는 생각이 들었지만, 흥미로운 구석도 있긴 했다. 그렇게 나는 일본 프로레슬링에 빠져들기 시작했고, 자습시간마다 근현대사 대신 한물간 한국 프로레슬러가 집필한 역도산 평전을 읽었다. 평전에서 제일 기억엔 남는 부분은 역도산이 게으름을 피우던 제자들에게 일갈하는 부분이었다.

　－알겠나. 프로레슬링의 링은 망망대해만큼이나 넓다. 너희들이 게으름을 피운다면 그 망망대해에서 조난을 당하고 말 것이다.

　나무위키에 적힌 후일담을 보니, 역도산은 그 말을 하며 제자들에게 골프채를 있는 힘껏 휘둘렀다고 한다. 서울에선 사라졌지만 포항에는 여전히 사랑의 매가 남아 있던 시절이라 역도산이 우리 학교 체육 선생님이 아니어서 다행이라는 생각이 들었다. 역도산 평전의 마지막 페이지를 넘기고 며칠 후, 나는 수능을 보게 됐고 곧이어 내 인생의 진짜 성적표를 받게 됐다. 역도산과 일본 프로레슬링 덕분에 내 성적표의 숫자들은 형편없었고, 담임은 수능 성적 비율이 'o'에 가까운 충청도 쪽 사립대학교의 전형을 내게 추천해 줬다. 윤리 과목을 가르치던 담임은 운영국장만큼이나 피곤한 아저씨였다. 실제로 그는 피곤에 시달리는 사람이었는데 새벽 예배를 매일 참석해서 수업 시간마다 하품을 열 번씩 하곤 했다. 그 정도로 독실한 신자였던 담임은 수업 시간마다 성경이 진짜라며 성경의 구절을 인용(특히나 그는 요한계시록을 자주 인용하며 공부를 하지 않으면 우리 인생이 파멸에 이른다고 경고했는데 나중에 알고 보니 그는 사이비 교회를 다니고 있었다)하곤 했다. 담임은 자신을 구약 시절의 선지자 정도로 여기는 것 같았는데, 안타깝게도 학생들은 그를 선짓국이라 불렀다. 저녁마다 학교 근처 국밥집에서 선짓국과 소주를 먹는 그의 모습(담임이 이혼했다는 사실은 공공연한 비밀이었다)은 처량하기 그지없었다. 그런데 막상 그가 내 성적표를 처량하게 쳐다보자 어쩐지 화가 났다. 짧은 상담을 끝마치며 담임이 내게 물었다.

－그래서 요즘에 뭘 하고 있니?

－일본 프로레슬링을 보고 있습니다.

담임은 내 대답을 듣더니 못마땅한 표정을 지었다. 일본이 못마땅한 것인지 프로레슬링이 못마땅한 것인지 모르겠지만, 나는 머리를 긁적이며 덧붙였다.

－재밌거든요.

담임은 고개를 끄덕이면서 다음 번호를 불러오라고 내게 말했다. 나의 상담과 달리, 다음 번호와 그 다음 번호는 상담 시간이 20분을 훌쩍 넘겼다. 성적이 훌륭해서 선택지가 많은 친구들이었다. 어쨌든, 나는 담임이 추천한 대학교에 원서를 집어넣었다. 담임이 추천한 학과는 문예창작학과였는데, 그해 내가 지원한 문예창작학과의 경쟁률은 선동열의 전성기 시절 방어율과 비슷했고, 나는 무리 없이 대학교라는 곳에 몸을 쑤셔 넣을 수 있었다. 입학한 후, 나의 일상은 지루하고 조용하게 흘러갔다. 너무 조용한 나머지 나는 졸면서 시간을 허비했고 대학교를 졸업하고 나서야 나는 진짜라는 게 알고 보면 애매모호한 가짜보다 더 시시하다는 사실을 깨달았다.

취직한 후, 나의 일상은 지루하고 조용하게 흘러갔

다. 이름답지 않게 연구소에서 연구히는 문제가 딱히 없었기 때문이다. 우면동 구석 허름한 상가의 사무실에서 내가 하는 일은 하나뿐이었는데, 잘 알려지지 않은 신인 소설가들의 작품을 번역해 일본의 지역 문예지에 보내는 것이었다. 국장은 한국 문학의 문제를 전 세계에 퍼뜨리기 위해서 번역 사업을 하는 것이라 주장했는데, 바이러스도 아니고 굳이 그런 것을 다른 나라에 퍼뜨릴 필요가 있을까 싶었다. 그땐 한국이 일본과 사이가 좋지 않아서 내가 하는 일을 듣고 독립유공자였던 할아버지는 이런 시국에 일본어로 밥벌이라니, 하며 한탄했지만 어차피 시국이라는 건 한여름 태풍처럼 아무것도 없는 망망대해에서 소멸하기 마련이었다. 내가 첫 달에 번역한 소설은 두 작품이었는데 이런 소설들이었다.

 ─빠─가. 레이멘와 쇼쿠즈오 메챠쿠챠 푸리마쿠토 (바보, 냉면은 식초를 엉망진창으로 뿌려야 해).

 ─메챠쿠챠와 와타시타치노 진세이데스(엉망진창은 우리들 인생이지).

 여자 둘이 냉면을 나눠 먹으면서 웃기지도 않는 대화를 지껄이는 소설과.

― 소노오토코노 하라니와 케가 타쿠상하미맛데잇
따(그 남자의 배에는 털이 잔뜩 있었다).

한 남자가 털이 잔뜩 끼어 있는 다른 남자의 배를 정
성스레 애무하는 소설이었다. 이런 소설들을 번역하는
것은 10년 전이었다면 큰일이었겠지만, 요즘에는 별일
도 아니었다. 별일이라고 불릴 만한 것은 예전에 잠깐
했던 일이었는데, 그것은 바로 문제연구소답게 문제
를 만드는 일이었다. 연구소는 연구기금(이라 쓰고 '운
영국장과 나의 월급'이라 읽는다)을 마련하기 위해서
『독서능력인증시험』이라는 이름의 묘한 시험을 만들
었는데, 어떻게 한 건지 모르겠지만 이 30문제짜리 시
험이 생활기록부 등재 자격을 얻어서 학부모들 사이에
서 인기를 끌었다. 덕분에 나는 매달 시험 문제를 내야
했다. 요즘같이 전자 음성이 자동으로 책을 읽어 주며
스마트폰을 책처럼 접을 수 있는 시대에 굳이 독서능
력을 인증 받을 필요가 있을까 싶었지만, 운영국장은
요즘 같은 시대일수록 이런 문해력 시험이 필요하다고
역설했다. 국장은 유튜브에 길들여진 아이들은 나중에
은행에서 날아오는 상품안내서도 못 읽는 멍청이가 될
게 뻔하다고 했는데, 그런 건 읽지 않고 쓰레기통에 버

리면 되지 않느냐고 묻고 싶었다. 출근 첫 날, 운영국장은 베스트셀러이자 학부모 필독서인 『공부머리독서법』에서 우리 시험이 소개됐다며 나에게도 그 책을 일독하라고 권했는데, 나는 학부모가 아니었고 딱히 학부모가 될 생각도 없었기에 읽지 않았다. 사실 시험 출제는 원래 내 업무가 아니었다. 시험 출제를 담당하던 대리는 나보다 다섯 살 많은 국어교육과 출신의 여자였는데, 뜬금없게도 미국 가재 밀수 혐의로 경찰에 잡혀갔다. 대리는 100만 마리의 미국 가재를 밀수하여 건대와 대림에 있는 중국식당에 팔아 넘겼다는데 운영국장은 대리에게 여러 혐의가 걸려 있어서 그녀가 생각보다 교도소에 오랫동안 있을 것 같다고 말했다. 가재밀수가 생각보다 중죄인 모양이었는데, 나중에 유튜브에서 토종 메기를 인정사정없이 찢어 버리는 가재를 보니 환경부가 호들갑을 떨 만하다는 생각이 들었다. 운영국장은 대리가 사용하던 외장 드라이브를 내 자리에 가져다 놓으며 말했다.

─당분간 시험 출제도 하셔야 할 거 같아요.

─저는 문제 내는 법을 모르는 문제를 가지고 있어요.

－사람이라면 누구나 문제를 가지고 있는 법이지요.

운영국장은 내 어깨를 두들기며 말했다. 정말이지 피곤한 아저씨였다. 불행히도 내가 새로 만든 문제는 예전 것보다 구렸고, 구린내를 개만큼 잘 맡던 교육과학기술부는 재빠르게 생활기록부 등재 자격을 박탈했다. 자격 박탈에 충격을 받았는지 한동안 운영국장은 출근할 때부터 퇴근할 때까지 끊임없이 줄담배를 태웠다. 그러다가 어느 날, 깨달음이라도 얻은 듯, 담배를 창밖으로 던지며 내게 선언하듯 말했다.

－괜찮아요. 괜찮아. 가끔 두 걸음 정도는 뒷걸음 쳐도 그 다음에 두 걸음보다 더 큰 한 걸음을 내딛으면 된다고 프로레슬러 자이언트 바바가 말했죠. 자이언트 바바가 요미우리 자이언츠에서 투수를 하다가 크게 망했던 거 알고 있죠? 하지만 지금 그 사실을 알고 있는 사람이 있을까요?

－운영국장님과 제가 알고 있네요. 그리고 자이언트 바바의 키는 209cm고, 우리 둘의 평균 키는 175cm인데요. 그 사람의 두 걸음은 우리 둘의 열 걸음 정도 되지 않을까요?

나의 지적을 듣고 운영국장은 잠시 어이없는 미소

를 짓더니, 내 어깨를 세게 누늘기머 밀혰다.

─틀려요. 평균 키가 아니라 총합으로 말해야죠. 우리 둘의 키는 자이언트 바바보다 무려 141cm나 더 큰 거라고요. 우리의 걸음을 합하면 충분히 그 거인의 걸음을 따라잡을 수 있다구요.

도대체 이 사람의 피곤한 머릿속엔 진짜로 뭐가 있는 것일까. 상상만으로도 피곤했다.

지금으로선 상상하기 어려운 일이지만, 프레디 블래시라는 프로레슬러가 역도산의 이마를 힘껏 물어뜯자 경기 실황 중계를 보던 일본 노인 4명이 충격을 받고 심장 마비로 명을 달리한 적이 있었다. 신문 기자들이 자신을 공공연히 비난하자 프레디 블래시는 의기양양하게 소리쳤다.

─고작 이마 물어뜯는 걸 보고 놀라서 죽다니, 바보 같은 일본인들. 그래서 네 녀석들이 전쟁에서 얼간이처럼 진 거야. 너희 같은 바보들은 나 같이 훌륭한 미국 사람이 가르쳐야 해.

쇼와는 그 정도로 교육이 필요한 시대였다. 그런 문제 많은 쇼와의 중심부는 바로 70년대다. 70년대의 문제점도 끝없이 나열할 수 있지만, 제일 큰 문제점만 말하자면 당시 최고의 복서였던 무하마드 알리와 최고의 프로레슬러였던 안토니오 이노키가 링 위에서 결투를 벌였다는 것이다. 사실 둘의 대결은 결투라고 불리기엔 많이 민망했다. 이노키는 경기 전에 기자들에게 "그 검둥이 탈영병의 관절을 뽑아 버리겠다" 하고 호언장담했고, 알리는 "그 노란 턱쟁이의 턱을 박살 내겠다"라고 라디오 쇼 프로에서 소리쳤다. 하지만 정작 링 벨이 울리고 난 후 이노키가 한 것이라곤 15라운드 동안 링 바닥에 드러누워서 알리의 정강이를 걷어차는 것뿐이었고, 알리가 한 것이라곤 15라운드 동안 정강이를 걷어차이며 이노키에게 "겟 업!"이라고 소리치는 것뿐이었다. 경기는 시시하게 무승부로 끝났다. 일본을 떠나기 전, 무하마드 알리는 하네다 공항에서 격앙된 말투로 일본 기자들한테 이렇게 말했다고 한다.

　─ 이 세상에 누워서 돈 버는 족속들은 이노키와 창녀들뿐이지.

　그 말을 들은 이노키는 자신의 우람한 턱을 벅벅 긁으며 이렇게 말했다고 한다.

　─ 이 세상에 창녀 앞에서 아무것도 못하는 남자는

무하마드 알리 뿐이지.

결국 알리가 먼저 죽는 바람에 최후의 승자는 이노키로 결정됐다. 믿거나 말거나, 안토니오 이노키는 병상 위에서 골골대는 지금도 '알리는 나보다 약해 빠진 놈'이라 중얼거린다고 한다. 그러니까, 쇼와 시대는 딱 그 정도였다. 이노키와 알리 같은 사람들이 야만스럽게 서로 으르렁대지만 정작 아무 일도 없던 시대. 우연찮게도 내가 새로 번역하고 있던 소설에도 이노키와 알리의 이야기가 나왔다. 소설에는 빈민촌의 아이들이 커다란 은행나무에 매달려 부잣집 안방의 TV를 훔쳐보는 장면이 나오는데, TV 속 해설위원은 이노키와 알리의 대결을 '세기의 대결'이라 표현했다. 그때도 '세기의 대결'이라는 표현을 쓴 걸 보면, 예나 지금이나 사람들은 '세기'라는 단어를 쉽게 생각하는 게 분명했다. 아무튼. 내가 "그저 상대방만 때려눕히면 만사오케이─이렇게 생각하는 놈들은 한심한 싸움꾼에 불과하지"라는 문장을 건드리고 있을 때, 또 다른 문제가 일본에서 발생했다. 규슈의 지역 문예지인 『분게이쇼우세츠』의 편집자 미사와 씨는 A4 다섯 장 분량의 이메일을 운영국장의 지메일 계정에다 보냈는데, 그

내용을 두 줄로 요약하자면 아래와 같았다.

　－귀사가 번역한 소설을 읽고 연간 구독을 취소하겠다고 한 독자가 스물세 명이나 됩니다. 그게 얼마인 줄 압니까. 자그마치 46만 엔입니다. 46만 엔.

　운영국장은 내게 메일을 보여 주며 어떤 소설을 번역했냐고 물었다. 나는 게이들이 잔뜩 나오는 소설을 번역했다고 답했다. 사무실이었지만, 운영국장은 책상에 널브러져 있던 담뱃갑에서 레드애플 담배를 하나 꺼내 물었다.

　－규슈 같이 보수적인 지역에 소설을 보낼 땐 게이 소설을 헤테로 소설로 바꾸라고 하지 않았던가요.

　－처음 듣는데요.

　－옛날 번역 담당 직원이 잘린 이유도 바로 이 문제 때문입니다.

　운영국장은 담배를 길게 내뿜었다. 나는 국장에게 담배를 태워도 되냐고 물었고, 국장은 손짓하며 얼마든지 태우라고 말했다. 국장의 담뱃갑에서 담배를 꺼내자 국장은 헛기침을 크게 했다. 나는 아랑곳하지 않고 입에 담배를 문 채 국장에게 물었다.

　－레즈비언 소설은요?

－네?

　－레즈비언 소설도 헤테로 소설로 바꿔야 하나요?

　국장은 담배를 움켜쥔 손을 흔들며 답했다.

　－레즈비언은 문젯거리가 아니에요. 오히려 놈들은 그걸 더 좋아하죠. 쇼와 때 태어난 변태 할아버지들은 정신 나간 관능 소설을 보고 자랐거든요. 이를테면 커다란 문어가 나오는.

　국장은 이제 일본에서 문예지를 보는 사람들은 전부 쇼와 시대 때 태어난 늙은이들뿐이라며 한탄했다. 아무도 읽지 않는 한국 소설을 일본어로 번역하는 나로선 그게 한탄할 일인가 싶었다. 담배가 절반 정도 탔을 때, 국장에게 물었다.

　－저 잘리는 건가요.

　운영국장은 미사와의 편지에다 가래를 뱉고, 그 위에다 담배를 비벼 끄며 답했다.

　－직원이 한 명 더 있었으면요. 운 좋은 줄 아세요.

　그날 나는 퇴근하면서 정말 내가 운이 좋은 것인지 진지하게 고찰했는데, 만원 지하철에서 노인의 단단한 팔꿈치에 명치를 짓눌리니 운이 없는 게 분명하다는 결론이 욕설과 함께 저절로 튀어나왔다. 욕을 먹은 노인네는 더욱 더 강하게 내 명치를 짓눌렀다. 노인을 내려보니 틀니를 꽉 문 채 온 힘을 다 쏟고 있는 게 보였는데, '애송이 녀석, 이게 바로 쇼와 시대의 엘보다'라고 온몸으로 외치는 것 같아 살짝 어이가 없기도 했다. 나는 나의 패배를 시인하며 한 발자국 물러섰다. 노인은 만족한 표정을 지으며 다음 정거장에서 내렸다. 그건 내가 본 퇴장 중 제일 당당한 퇴장이었다.

그로부터 얼마 후, 나는 쇼와의 나라에 입국했다. 운영국장은 여권을 발급받으라고 내게 말했다.

—아무래도 일본으로 출장을 가서 다른 문예지를 뚫어야 할 것 같아요.

지난번에 번역한 소설 때문인지 『분게이쇼우세츠』에서는 더 이상 한국 소설을 싣지 않겠다고 일방적으로 통보했다. 국장은 어차피 이럴 생각이었다며, 그쪽 문예지 이름이 처음부터 마음에 들지 않았다고 투덜거렸다. 나는 귀찮은 표정을 지으며 국장에게 말했다.

—혼자 가시면 안 되나요?

—그러고 싶은데 그러면 아무도 출근을 안 할 거 같아서요.

—생각보다 사람 보는 눈이 정확하시군요.

여권이 발급되자마자, 국장은 후쿠오카행 비행기 티켓을 끊었다. 우리가 챙긴 것이라곤 세면도구와 신인 소설가의 작품 번역본(여자 둘이 냉면을 먹으며 이러쿵저러쿵 떠드는 그 소설)이었다. 저가 항공답게 기내식은 치킨 덮밥과 비프 덮밥뿐이었다. 처음 먹는 기내식이 이따위라는 게 유감이었지만, 수십 년 전 화물선을 타고 밀항을 하며 일본에 건너간 역도산과 김일을 생각하면 이 정도는 감사한 식사라고 국장이 내게 말했다. 나는 전혀 감사하지 않은 마음으로 퍽퍽한 닭가슴살과 푸석한 쌀을 간신히 넘기며 국장에게 물었다.

– 행선지는 정하셨나요?

국장은 폐타이어만큼 질긴 쇠고기를 간신히 넘기며 답했다.

– 다섯 군데.

– 한 군데도 안 되면 어떡하죠?

– 어떡하긴요. 술집에 앉아 침울한 표정을 지으면서 기린 맥주나 마셔야죠. 물론 안주는 200엔도 안 되는 은행 꼬치로.

이틀 후, 우리는 국장의 말대로 정말 침울한 표정

을 지으며 테이블에 깔린 기린 맥주와 싸구려 은행 꼬치를 쳐다봤다. 살짝 그을린 은행을 한 알 집으니 문득 휴가를 떠나고 싶다는 생각이 들었다. 나는 은행에 간장 소스를 듬뿍 묻힌 다음 입에 집어넣었다. 목 끝과 눈 끝 사이로 짠내가 가득 들어찼다.

　—휴가 가도 될까요.

　—며칠요?

　—3일 정도요.

국장은 잠시 침묵하더니, 꼬치를 집어 들며 말했다.

　—내일 마지막으로 한 군데 더 갈 건데요. 잘 되면 3일 휴가를 보내 줄 거고. 안 되면 평생 휴가를 보내 줄게요.

나는 얼굴을 찌푸리며 국장에게 말했다.

　—그거 화풀이하시는 거죠?

국장은 맥주를 전부 들이켠 후 답했다.

　—전혀요.

누가 봐도 화풀이하는 게 분명했지만, 나는 맥주를 들이켜며 국장의 말을 넘겼다. 애먼 데 화풀이를 하는 걸 보면 한국 사람인 국장도 이노키와 알리처럼 어쩔 수 없는 쇼와 시대의 사람이었다.

쇼와 시대가 저물고 있을 무렵, '세계 8대 불가사이'라는 별명을 가진 프로레슬러 앙드레 더 자이언트도 전성기의 끝물을 보고 있었다. 키가 220cm에 육박하던 그는 좀처럼 지지 않는 사내였다. 그가 어느 정도로 무시무시했냐면, 엉덩이에 맞는 변기가 없어서 욕조에서 매번 큰일을 봤을 정도로 무시무시했다. 하지만 아무리 무시무시한 앙드레라도 결국 사람인지라 40대부터 찾아오는 노쇠화를 피할 수 없었다. 그는 여전히 거대했지만, 오래된 공장의 방직 기계처럼 몸이 삐거덕거리기 시작했다. 하지만 앙드레는 그 사실을 인정하기 싫은 듯, 링 위에서 상대방을 힘껏 두들겨 팼다. 이 대목에서 오해할 사람이 있을 거 같아 다시 말해두겠는데, 프로레슬링은 실전이 아니라 사전에 승부를 합의하는 엔터테인먼트 쇼다. 그런데 쇼와 시대처럼 야만스러운 시절엔 그 합의란 것이 실전만큼이나 어려웠다. 앙드레 같은 상대라면 더더욱. 그 누구도 커다란 앙드레에게 감히 져달라는 소리를 할 수 없었다. 미국이었다면 앙드레의 거대한 머리통에 권총을 들이밀며 정중히 부탁할 수 있을지도 모르겠지만, 많은 사람이 얘기했듯이 그곳은 미국이 아니라 일본이었다. 일본의 링 위에서 앙드레를 쓰러뜨리는 방법은 두 개뿐이었다. 그 집채만 한 거인과 진짜로 싸워서 이기거나, 한 달 동안 계속 술 상대를 해 주거나. 참고로 말하자면 앙드레 더 자이언트는 하루에 맥주 108캔을 마시며, 자기 전 호텔에서 독한 프랑스 와인 13병으로 입가심을 하던 술고래였다. 술고래가 강자의 미덕이었던 시절이니까 그럴 만도 했다. 아무튼, 만약 술 상대하는 걸 하루라도 빼먹으면 앙드레에게 들을 대답은 이것뿐이다.

— Fuck you. My Win.

그 어려운 일을 해낸 사람은 동서양을 통틀어 두 명뿐이었다. 서양에서는 헐크 호건이 그 일을 해냈고, 동양에서는 안토니오 이노키가 그 일을 해냈다. 나는 국장이 손짓하자 그의 입에 담배를 꽂아 줬다. 국장은 담배를 입에 꼬나문 채 말을 이어나갔다.

— 그러니까. 세계적으로 성공하려면 술을 좀 마실 필요가 있단 말이에요. 이노키랑 호건이 세계적으로 성공한 이유는 술고래여서입니다.

국장은 담배 연기를 내뿜으며 단단히 각오하라고 덧붙였다.

— 지금 만날 사람도 앙드레만큼은 아니지만, 대단

히 술을 좋아하는 술고래 녀석이에요. 만약 우리 둘이 녀석보다 먼저 취하면 이번 일본 출장은 실패입니다.

국장은 피식 웃으며 열심히 마셔 보자고 내 어깨를 툭 쳤다. 우리가 까페에 앉아 커피를 일곱 번 정도 홀짝였을 때, 마침내 그 일본인이 나타났다. 『쇼우세츠 이찌방』이라는 문예지의 담당자였는데, 확실히 술고래처럼 보이는 일본인이었다. 그는 얼굴이 빨갛고 코가 길쭉했는데, 누가 봐도 알코올 중독자처럼 보였다. 두꺼운 서류 가방을 쥐고 있던 그는 전혀 죄송하지 않은 표정을 지으며 한국어로 우리에게 말했다.

– 죄송합니다. 많이 기다리셨습니까?

– 아니요. 별로 기다리지 않았습니다.

세 시간 동안 까페 의자에 처박혀 있던 국장은 미소를 지으며 담당자에게 손을 내밀었다. 두 사람은 악수를 정확히 17초 동안 했는데, 너무 길게 악수를 하는 게 아닌가 싶었다. 악수를 끝마친 두 사람은 일본 소설에 관한 이야기를 주거니 받거니 했다. 일본 변두리에서 문예지를 운영하는 사람답게 담당자는 대체로 나카무라 후미노리나 마에다 시로, 다카하시 겐이치로 같이 10년 전에나 뜨거웠던 소설가들에 대해 떠들었다. 물론, 요즘 잘나가는 일본 소설가가 누군지 잘 모르는 것은 우리도 마찬가지였다. 일본 소설 얘기를 끝내고 슬슬 계약에 대해 말할 때, 담당자는 약간 으스대면서 우리에게 말했다.

　－자랑은 아니지만 저희 문예지에는 무라카미 하루키의 수필이 실린 적이 있습니다. 인간의 본성은 천박함이고 그 천박함을 이겨내는 게 인생이라는 내용의 글이었는데, 나중에 『수리부엉이는 황혼에 날아오른다』에 실렸죠. 대단하지 않습니까?

　전혀 대단하지 않다고 생각했지만, 나는 고개를 끄덕이며 "그거 참, 대단하네요"라고 답했다. 이윽고 대단하지 않은 한국 소설들을 담당자에게 내밀었는데, 담당자는 심각하지 않은 내용의 한국 소설을 받고 심각한 표정을 지으며 읽어 내려가기 시작했다. 그는 번역한 내가 민망할 정도로 소설에 집중했는데, 어쩌면 그가 냉면을 싫어하게 될지도 모른다는 생각이 들었다. 다행히 소설을 다 읽은 그는 만족한 표정을 지으며 우리에게 말했다.

　－강렬하진 않지만, 일본 소설만큼 재밌군요.

　국장은 고개를 끄덕이며 "코레까 코레아노 소우세

즈데쓰"라고 자랑스레 말했는데, 내가 다 부끄러울 정도로 발음이 엉망진창이었다. 담당자는 웃음을 터뜨리더니 자리를 옮기자고 말했다.

  – 근처에 단골 선술집이 한 군데 있습니다.

국장은 테이블 밑으로 숙취 해소제를 내게 슬쩍 내밀었다. 나는 숙취 해소제를 받아들며 담당자에게 말했다.

  – 안내해 주신다면. 따라가겠습니다.

그는 호쾌하게 웃으면서 까페 밖으로 나갔다. 선술집의 이름은 『나가야』였는데, 까페 바로 옆에 있었다. 우리가 들어서자 술집 주인은 링 아나운서 같은 목소리로 "이랏샤이마세"라고 우렁차게 소리쳤다. 『나가야』(여러 세대가 나란히 이어진 채 외벽을 공유하는 좁은 연립 주택)는 이름답게 무척이나 좁은 술집이었는데, 황금고양이나 오뚝이 같은 일본식 소품들이 구석구석 있었다. 담당자는 술집 주인에게 손가락 세 개를 펼쳐 보였고, 술집 주인은 주방 바로 앞에 있는 카운터석에 자리를 마련해 주며, 소금에 절인 오이를 세 조각 내어 줬다.

  – 앉으시죠. 술은 뭘로 하시겠습니까?

―시작은 가볍게 맥주로.

내 말을 듣고 담당자는 빙긋 웃더니, 술집 주인에게 삿뽀로를 달라고 말했다. 담당자는 거품이 넘칠 듯 말 듯한 맥주잔을 우리에게 넘겨 주며 말했다.

―주로 이 지역에서 생산되는 삿뽀로가 한국으로 팔려 가죠. 홋카이도 지역 맥주 삿뽀로가 규슈에서 생산되어 한국에 팔리다니. 재밌지 않습니까?

전혀 재미없고 놀랍지 않은 사실이라 잠자코 있었지만, 국장이 옆구리를 찌르자 나는 뒤늦게 "아, 그렇습니까"라고 말했다. 정말이지 피곤피곤한 아저씨들이었다. 나는 한숨을 내쉬며 빠 구석에 있던 오뚝이를 쓰러뜨렸다. 오뚝이는 복면 프로레슬러처럼 차려입었는데, 어이없게도 다시 일어나질 못했다. 담당자는 빠 위를 한참이나 구르던 오뚝이를 세우며 내게 주의를 줬다.

―이건 고장 난 겁니다.

―오뚝이도 고장이 나나요?

―뭐든지 고장이 나는 법이죠.

나는 고장이 났다는 오뚝이를 한참이나 노려봤다. 그러거나 말거나 오뚝이는 나를 놀리려는 듯 고개를 살짝 갸웃거렸다. 정말 건방진 오뚝이었디.

믿기 어려운 얘기겠지만 일본 프로레슬링계에는 건방진 후배가 없다. 그건 바로 스모에서 유래된 '츠케비토(심부름꾼)'라는 것 때문이었는데, '츠케비토'는 이름처럼 후배가 선배들의 자잘한 업무를 대신 처리해 주는 부조리 문화다. '츠케비토'의 범위는 세세하게 정해져 있는데, '아이스크림 사기'부터 시작해서 '채권자에게 대신 두들겨 맞기'까지 시킬 수 있었다. 이런 부조리 문화는 일본인뿐만 아니라 외국인 프로레슬러들에게까지 적용됐는데, '죽음의 외과 의사'라고 불리던 스티브 윌리엄스도 예외는 아니었다. 링 위에서 그는 우람한 팔뚝으로 일본인 레슬러들을 번쩍 들어 올려 링 바닥에 후두부를 메다꽂아 실신시켜 버리는 무지막지한 기술 '백드롭 드라이버'를 구사했지만, 링 바깥에서 그는 우람한 팔뚝으로 마실 음료가 잔뜩 들어 있는 봉지를 들고 일본인 레슬러들에게 굽신거렸다고 한다. 스티브 윌리엄스의 아버지는 자신의 자랑스러운 아들이 패전국에서 심부름꾼 노릇을 하는 걸 보고 크게 충격을 받았다고 한다.

— 아들아. 너는 대학생 아마추어 레슬링 리그를 씹

어 먹은 놈이 아니더냐. 그런 대단한 놈이 쪽팔리게 쪽바리의 심부름이나 하고 자빠지다니. 이 애비는 너무 부끄러워서 권총 자살이 세 시간 참은 오줌만큼이나 마렵구나.

스티브 윌리엄스는 일본의 우익 정치인이 아니라 미국의 운동선수였지만, 재판장에서 가쓰시가 들었던 말을 인용해서 아버지에게 답했다고 한다.

－아버지. 여긴 일본이지, 미국이 아닙니다.

어느새 얼굴에 혈색이 가득 찬 담당자가 얘기를 멈추고 우리를 돌아보며 말했다.

－이게 무슨 뜻인지 알겠습니까?

나는 솔직하게 답했다.

－저는 한국인이라 모르겠네요.

술자리에서 프로레슬링에 관해 얘기를 먼저 꺼낸 사람은 국장이었는데, 알고 보니 담당자도 대단한 프로레슬링 매니아였다. 일본 프로레슬링에 대단한 자부심을 가지고 있었던 담당자는 소설가 마에다 시로에 대해 얘기할 때 점잖게 넥타이를 만졌지만, 프로레슬러 마에다 아키라에 대해 얘기할 땐 흥분한 목소리로 "이야, 그 시절 레슬링은 정말 대단했죠"라고 말하며 넥타이를 거칠게 풀었다. 딥딩자기 술에 잔뜩 취한 목소리로 "일본 프로레슬링은 시시한 반칙승이 없습니다. 고로 미국 프로레슬링보다 위대합니다!"라고 외치는 걸 들었을 때, 초장부터 프로레슬링 얘기를 하지 않은 게 다행이라는 생각이 들었다. 일본 프로레슬링에는 인생의 진리가 있다니 뭐라니 하며 지껄이던 담당자는 맥주잔을 강하게 내려놓더니, 뭔가 대단한 사실을 선언하듯 내게 말했다.

– 여긴 일본이지, 미국이 아닙니다. 이건 일본 현대사를 관통하는 말이에요. 아시겠습니까!

전혀 몰랐지만, 나는 얼떨결에 고개를 끄덕이고 말았다. 내 옆에 있던 국장도 고개를 끄덕였는데, 뭔가를 깨달아서 끄덕이는 게 아니라 적당히 데운 사케에 형편없이 취해서 꾸벅꾸벅 조는 것이었다. 정말이지 피곤피곤피곤한 아저씨였다. 역시 술에 취한 담당자는 우리가 정확히 이해했다고 생각했는지, 혼자 감격받은 목소리로 중얼거렸다.

– 문제가 많긴 해도, 쇼와 시대는 정말로 좋은 시절이었습니다….

– 네?

내가 의아한 목소리로 되묻자 그는 잠시 화장실에 다녀오겠다고 말하더니 선술집 밖으로 나갔다. 그의 취한 뒷모습을 보니 어쩐지 며칠 전에 번역했던 소설의 문장들이 생각났는데, 아무래도 마지막 문장을 잘못 번역한 것 같았다. 알리가 공항에서 떠나면서 내뱉은 대사를 '사요나라다. 코노 바카나 쿠니토(안녕이다, 이런 바보 같은 나라하고는)'라고 번역했는데, 마지막 문장치고 너무 밋밋한 것 같았다. 그렇게 쓸데없는 마지막 문장 생각을 하니 나는 더 피곤해지고 말았다. 화장실에서 돌아온 담당자가 내 얼굴을 바라보며 물었다.

　－문제 있나요?

나는 고개를 끄덕이며 중얼거렸다.

　－문제 있네요.

술자리가 끝날 무렵, 담당자가 내게 물었다.

　－김 상은 왜 프로레스를 좋아합니까?

나는 간단히 답했다.

　－한국 레슬링이 망해서요.

담당자는 고개를 끄덕이며 안타까운 시선으로 잠시 술잔을 바라봤다. 우리는 한동안 조용히 술만 마셨다. 담당자가 다른 질문을 한 건 술집 주인이 새로 시킨 사케를 우리에게 내밀고 있을 때였다.

– 한국에도 츠케비토 같은 단어나 문화가 있나요?

나는 사케를 세 모금 정도 더 마신 후에야 답할 수 있었다.

– 있습니다. 저급한 욕설이지만. 저희는 그런 걸 '시다바리'라고 부릅니다.

담당자는 고개를 갸우뚱하며 내게 되물었다.

– '시다바리'라면 일본어가 아닙니까?

– 그래서 저급한 욕설이죠.

담당자의 눈썹 끝이 살짝 일그러지는 걸 보고 실수했다는 생각이 든 나는 그대로 빠에다 머리를 박으며 술에 취해 자는 척을 했다.

그럴 필요가 전혀 없었지만, 담당자는 공항까지 배웅을 나왔다. 우리는 서로 잘 부탁한다며 작별 인사를 나눴다. 비행기에 올라탄 국장은 만족스럽진 않지만 괜찮은 출장이었다고 자평했다. 나도 나가야에서 먹었던 짭짜름한 오이를 떠올리며 그랬던 것 같다고 덧붙였다.

– 딱히 말실수한 거 없죠?

시다바리라고 지껄인 게 떠올랐지만, 나는 국장한테 고개를 저으며 없었다고 단언했다. 우리는 계절마다 『쇼우세츠이찌방』에 일본어로 번역된 한국 소설을 편당 20만 엔에 넘기기로 했다, 세금과 소설가에게 지급할 저작권료를 제한다면 우리에게 떨어지는 금액은 절반인 10만 엔 정도였는데, 그 정도면 나쁘진 않은 수익이었다. 국장과 나는 기내식으로 맥주를 한 캔씩 기분 좋게 들이켰다. 그 짧은 행복은 우리가 인천공항에 내리면서 끝났다. 우면동의 허름한 사무실을 우울하게 떠올리며 공항버스에 올라탈 때, 담당자로부터 전화가 걸려왔다.

– 계약서에 하나 빼먹은 게 있습니다.

– 뭐를 빼먹었나요?

– 김 상 메일로 보내드렸으니 한 번 참고하세요.

메일을 살펴보니 원고지 73매짜리 소설이 한 편 있었다.

– 이게 뭔가요?

내 질문에 담당자는 당당하게 대답했다.

– 소설입니다. 제 애인이 쓴.

담당자의 애인이 쓴 소설의 첫 문장은 어이없게도

프로레슬링에 관한 명상으로 시작됐다. 살짝 살펴보니 소설엔 프로레슬링 얘기 밖에 없었다. 나는 혹시나 하며 담당자에게 질문했다.

— 애인요? 남자인가요, 여자인가요.

담당자는 딱딱하게 굳은 목소리로 답했다.

— 비밀리에 사귀는 친구입니다.

도대체 지방 문예지의 담당자가 무슨 재주로 비밀 친구를 사귄 것인지, 비밀리에 사귄 친구가 있다면 공공연하게 사귀는 친구도 있는지 궁금했지만 그런 잡념은 담당자의 요구사항에 떠밀려 내려갔다. 담당자의 새로운 계약 조건은 간단했지만, 어려웠다. 그의 요구사항은 이 소설을 번역해 신춘문예 같은 공모전에 투고해 달라는 것이었다. 그는 무안한 목소리로 변명하듯이 말했다.

— 일본 쪽은 너무 어려워서 말이죠. 저희 문예지는 공모전도 없고요.

— 한국 쪽도 쉽진 않은데 말이죠.

— 쉬운 일이면 제가 어떻게든 했죠.

담당자가 뻔뻔스럽게 말하자, 나는 별다른 대답을 할 수 없었다. 마지막에 그는 전혀 죄송하지 않은 말투로 나를 은근히 압박했다.

　－김 상. 이런 부탁을 드려서 죄송합니다만, 부디 이번 한 번만 저의 '시다', 아니 '츠케비토'가 되어 주십쇼.

　일본인한테서 직접 시다바리와 츠케비토라는 단어를 들으니 어쩐지 대한독립만세를 외치고 싶어졌다.

　요즘 사람들은 이미 알고 있는 사실이겠지만, 알려진 것과 달리 프로레슬러 안토니오 이노키는 열정적인 브라질 리우데자네이루가 아니라 일본의 요코하마에서 평범하게 태어났다. 이노키가 이노키가 된 이유는 별게 아니다. 역도산이 브라질에 놀러갔다가 그곳에서 턱이 우람한 청년을 만났기 때문이다. 아마 역도산이 이노키를 브라질이 아니라 한국에서 만났다면 그는 박 이노키가 됐을 것이고, 러시아에서 만났다면 빅토르 이노키 정도가 됐을 것이다. 이노키가 한창 활동하던 시절에 그건 사기가 아니냐고 떠들어대는 사람도 몇몇 있었지만, 무시해도 될 만큼 소수였다. 어쨌든 그가 훌륭한 프로레슬러였다는 건 명백한 사실이니까(물론 그가 형편없는 정치인이었다는 것도 명백한 사실이다). 그건 꼬장꼬장하기 그지없던 나의 꼰대 아빠도 인정하는 사실이었다. 아빠는 맥주를 들이켤 때마다 레슬링 얘기를 하시곤 했는데, 그 얘기의 끝은 언제나 이랬다.

─그래도 역도산의 세 제자 중엔 이노키 씨가 제일이지.

믿거나 말거나, 아빠는 이노키와 같이 일을 하던 사이였다. 그렇다. 우리 아빠도 프로레슬러였다. 이노키나 자이언트 바바 만큼은 아니었지만, 1년에 한 번 정도는 지나가던 행인이 "혹시 미야모토 씨 아니십니까?"라고 아는 척을 할 정도로 얼굴이 알려진 사람이었다. 그럴 때마다 아빠는 너털웃음을 지으며, "네, 제가 바로 그 미야모토 겐스케입니다"라고 자랑스럽게 말하며 싸인을 해 주곤 했다. 아빠가 그럴 때마다 나는 수치스러워 죽을 것 같았는데, 아빠를 유명하다고 생각한 적이 없었기 때문이다. 싸인을 할 때마다 아빠는 남는 팔뚝으로 상대와 어깨동무를 하며 친근하게 굴었는데, 사실 그건 어깨동무가 아니라 헤드락에 가까웠다. 아빠의 팔뚝은 그만큼이나 두꺼웠다. 선수 시절, 아빠의 주특기는 헤드락이었다. 아빠는 자신의 헤드락을 퍽 자랑스러워했다.

－이건 이노키 씨가 나한테 특별히 사사해 준 기술이라고.

그래 봤자 헤드락은 헤드락일 뿐이다. 헤드락은 프로레슬링 기술이긴 하지만, 그저 상대방의 머리를 자신의 팔뚝으로 조르는 게 전부인 시시한 기술이다. 아빠는 그런 유치한 것에 주특기니, 누가 사사해 준 기술이니, 하며 구구절절 떠들었는데, 들을 만한 얘기는 아니었다. 아빠의 세상은 여전히 야만스러운 프로레슬링이 지배하고 있었다. 하지만 야만스러웠던 세상은 이제 우아하고 감상적인 축구와 야구의 시대로 바뀌었다. 나는 아빠한테 그런 시대의 흐름을 역설하며, 방학 때 스페인으로 날아가 발렌시아에서 쿠보 타케후시를 만나서 선물을 주고 올 거라고 선언했다. 아빠는 대답 대신 나한테 헤드락을 찐하게 걸었다.

－라는 내용으로 시작되는 소설입니다.

국장은 내가 번역한 소설을 대충 훑어보더니 곧바로 덮어 버렸다.

－이게 그 담당자의 애인이 쓴 거라고요? 이걸 공모전이나 신춘문예에 투고하지 않으면 우리가 번역한 소설을 문예지에 안 실어 준다고요?

—네.

국장은 혀를 쯧쯧 차면서 레드애플을 입에 물었다. 그는 연기를 슬쩍 내뿜으며 내게 물었다.

—이딴 게 뽑힐 거 같나요?

—이딴 게 뽑혔으면 누구나 등단하겠죠.

나는 솔직하게 답했다. 일본인이 쓴 소설이라 소재는 낯설었지만, 그게 전부였다. 흥미라고는 한 줄도 찾기 어려웠다. 이런 소설이 갈 곳은 문예지가 아니라 소각장이다. 내 감상을 다 들은 국장은 담배가 다 탈 때까지 골치 아픈 표정을 짓고 있었는데, 지금껏 내가 봤던 국장 중에서 제일 늙어 보였다. 국장은 담뱃재를 바닥에다 털며 내게 물었다.

—등단시켜달라는 말은 없었죠? 그냥 투고만 해달라는 말만 있었죠?

—그런 말은 없었는데, 등단을 원하지 않을까요?

국장은 레드애플을 하나 더 물며 말했다.

—일단 만만한 데 투고나 해 봐요.

—만만한 데가 있어야죠.

정말이지 옛날과 다르게 요즘엔 만만한 곳이 한 군데도 없었다.

역도산은 밀입국 죄로 잡혀 형무소에 갇힌 김일을 꺼내 주며 이렇게 말했다고 한다.

- 넌 조선 출신이니까, 절대로 만만해 보이면 안 된다. 명심해라. 넌 만만한 사람이 아니라 단단한 사람이 되어야 한다.

말을 마친 역도산은 신고 있던 나막신으로 김일의 머리를 무지막지하게 내리쳤다. 나막신만큼 단단하지 않던 김일의 이마는 금세 찢어지고 피가 줄줄 흘렀다. 까무러치며 바닥 위를 기는 김일에게 역도산은 엄숙히 선언하듯 말했다.

- 넌 조선인이니까, 지금부터 박치기를 익혀라.

조선인과 박치기가 도대체 무슨 상관인가 싶었지만, 김일은 순순히 스승의 가르침을 받아들였다. 역도산의 제자 사랑은 아주 갸륵했다. 나막신이 부러지면 재떨이로 김일의 머리를 내려쳤고, 재떨이가 일그러지면 골프채로 김일의 머리를 내려치며 제자의 머리를 단단하게 만들어 줬으니까. 그러던 어느 날, 의문점이 생긴 김일이 머리에 피를 줄줄 흘리며 역도산에게 물었다.

- 스승님. 조선인과 박치기는 대관절 무슨 상관입

니까?

역도산은 있는 힘껏 야구방망이를 휘두르며 답했다.

─나도 모른다!

그렇게 김일은 역도산의 바람대로 박치기의 달인이 됐다. 그 결과, 쇼와 시절 일본에서는 박치기를 "죠센 펀치"라고 불렀다. 가혹하긴 해도, 쇼와는 그렇게 만만한 것이 단단한 것으로 바뀔 수 있는 시절이었다. 물론 이제 그런 신화 같던 시절은 끝이 났다. 지금은 콩 심은 데 콩이 난다고 예측하고, 팥 심은 데 팥이 날 거라 예측하는 문명의 시대였다. 지금 수화기 너머의 소설가도 그런 문명의 시대를 살아가는 사람이었다. 그는 하고 싶은 말을 장황하게 지껄였는데, 그의 말을 대충 요약하자면 다음과 같았다.

─보내 주신 번역본을 얼마 전에 봤는데 제 의도와 다르게 글이 매우 과격한 분위기로 바뀌었더라고요. 제가 쓰지도 않은 예스러운 한자를 마구 추가하셨던데, 그건 원작을 왜곡한 거라고요. 이런 방식의 번역은 문제입니다, 문제.

나는 문제는 당신 소설이야말로 문제지, 라고 소리치고 싶은 걸 간신히 참았다.

– 그러면 제가 어떤 식으로 번역해야 했나요.

– "안녕이다, 이런 바보 같은 나라하고는"를 '고쿠 베쯔다, 코노 쇼우가요나 쿠니토'라고 번역하셨는데. 그냥 '사요나라'랑 '바카'라고만 간단하게 쓰셔도 됐 을 거 같은데요? '고쿠베쯔'나 '쇼우가요'는 너무 올드 하고 무거운 단어잖아요. 제가 원하는 느낌은 이런 게 아니라고요.

'고쿠베쯔'와 '쇼우가요'가 언제부터 올드한 단어 가 됐냐고, 혹시 학사 전공이 일본어인지, 아니면 일 본 AV나 일본 애니메이션을 나보다 많이 봤냐 따지 고 싶었지만, 내가 할 수 있는 말은 "앞으로 번역할 때 주의하겠다"뿐이었다. 통화가 길어지자 발코니에서 담배를 태우던 운영국장이 나를 빤히 쳐다보고 있었 기 때문이다. 그는 만족스러운 목소리로 답했다.

– 기대하겠습니다.

다음에 내가 번역할 소설들을 기대한다는 건지, 아 니면 조만간 지급될 자신의 원고료를 기대한다는 건 지 모르겠지만 내가 그에게 할 수 있는 말은 '감사합 니다'뿐이었다. 정확히 무엇에 감사한 건지는 그 말을 내뱉은 나도 알 수 없었다. 그건 수화기 너머의 일본인도 마찬가지일 것이다. 『현대인의 소설』이라는 문예지의 신인상에 투고했다는 사실을 알렸을 때, 그는 연신 "아리가또, 아리가또"라고 내게 말했다. 『현대인의 소설』이 시시한 삼류 문예지고, 작품이 실리게 되면 등단 비용을 요구하며 문예지를 50부 정도 강매하는 못된 회사라는 사실을 알게 됐을 때도 담당자가 내게 아리가또라고 외칠지는 모르겠다. 국장에게 조만간 일본에 갈 일이 또 있을지도 모른다고 말하니, 국장은 그건 그때 가서 생각하자고 답했다. 국장은 낡은 창가에다 담배를 비벼 끄며 말했다.

– 난 이거 다 태우고 바로 퇴근할 거예요. 바깥에 일이 있거든요.

아직 오후 세 시였다. 나도 국장이 담배를 비벼 끈 자리에다 담배를 뭉개며 말했다.

– 바쁜 일인가요.

– 무척이나요.

국장은 손목시계를 보며 너스레를 떨었고, 나는 고개를 끄덕이며 국장에게 "그렇군요"라고 말했다. 국장은 잠시 내 얼굴을 빤히 바라보다가 휴가를 언제부터 갈 거냐고 물었다. 휴가를 3일 받아 놓은 걸 까먹고 있었다. 나는 곰곰이 생각한 후 답했다.

- 나중에 가겠습니다.

아직 휴가를 가기엔 이른 때였다.

요즘도 나의 일과는 구직 때처럼 프로레슬링의 3 카운트에 딱딱 맞아떨어졌다.

① 출근한다.

② 일한다.

③ 퇴근한다.

정말이지 지루하고 난감한 하루들이었고, 문제가 없는 듯하면서도 막상 보면 문제가 있는 듯한 날들, 그러니까 쇼와 같지 않지만 막상 겪으면 쇼와 같은 나날들의 연속이었다. 세상은 여전히 애매모호했고, 내 삶은 아직도 진짜와 가짜 사이의 망망대해에서 헤매고 있었다. ㈜한국문학문제연구소에서 일하게 된 지 1년째 되던 날, 나는 새로운 자기소개서를 쓰기 시작했다. 자기소개서의 마지막 문장은 다음과 같았다.

- 그게 바로 인간인 거다.

Roman de la Pistoche

수영장 『라 삐스토체』의 관리인은 비루한 호보처럼 생겨 먹은 멕시칸이었다. 멕시코 사람이 방비엥 구석에 있는 수영장의 관리인으로 일하게 된 배경은 전혀 짐작할 수 없었지만, 녀석이 상당히 귀찮은 사람이라는 건 바로 알 수 있었다. 관리인은 메뉴판 한구석에 적혀 있는 빅 카후나 치즈버거라는 글자를 가리키며 자신이 만든 햄버거가 끝내준다고 자랑했다.

─30,000낍 밖에 안 하니까 이따가 수영하다 배고 프면 시키세요. 브래드 피트 그 양반이 이 햄버거에 반해서 나를 전속 요리사로 고용하려고 했다니까요?

한때 세기의 부부였던 안젤리나 졸리와 브래드 피트가 라오스에서 빈민층 여자아이를 한 명 입양했다는 기사를 본 적이 있지만, 지나치게 수다스러운 관리인의 너스레에 어울려 주고 싶지 않았던 나는 살짝 웃으며 고개를 적당히 끄덕여 줬다. 혼자서 신이 난 관리인은 밴드 『스톤 로지스』의 보컬 이안 브라운이 깊은 풀장에서 수영하다 뒤꿈치에 쥐가 나는 바람에 익사할 뻔한 얘기까지 들려줬는데, 아는 밴드 보컬이라곤 리암 갤러거뿐인 내게 그 이야기는 물 조심을 강조하던 여름 방학 가정통신문 같은 얘기였다. 이대로 관리인의 얘기를 계속 듣다간 『라 삐스토체』의 역사를 몽땅 들을 것 같아서 나는 관리인의 얼굴에 지폐를 들이밀며 말했다.

—탈의실은 어디죠?

관리인은 웃으면서 탈의실을 손으로 가리켰다.

—저기 매점 방갈로 뒤에 있습니다. 참고로 저희는 수영복 대여도 해드립니다.

관리인은 매표소 뒤쪽에 있는 옷걸이를 슬쩍 보여줬는데, 하나같이 과격한 디자인의 비키니들이 걸려 있었다. 치골과 엉덩이를 훤히 보여 주는 비키니를 보

고 질려 버린 내 표정을 읽었는지 관리인은 또다시 너
스레를 떨었다.

　－다행히 남자 수영복은 저렇게 안 생겨 먹었답니
다.

　－그거 정말 다행이군요.

　관리인은 내게 통이 넓은 반바지를 한 벌 빌려준 다
음, 탈의실로 안내해 줬다. 녀석은 라커를 열어 주며
즐거운 시간을 보내라고 말했는데, 나는 한국말로 "이
런 코딱지 같은 수영장에서 어떻게 즐거운 시간을 보
내란 말이야"라고 투덜대며 옷을 갈아입었다. 동네 빵
집만큼 좁은 탈의실에서 옷을 벗으니 목과 어깨가 잔
뜩 뻐근해졌는데, 어쩐지 한심한 기분도 잔뜩 들었다.

　－니가 가라, 라오스.

　편집장은 비장한 어투로 한물간 조폭 영화의 대사
를 따라했다. 내 기분을 유쾌하게 풀어 주려고 그런
어이없는 짓을 한 것 같은데, 성대모사가 너무 형편없
어서 기분이 유쾌해지기는커녕 오히려 불쾌해졌다.
나는 짜증이 잔뜩 섞인 목소리로 편집장에게 말했다.

　－저 석 달 전엔 스리랑카에 갔고, 반년 전엔 캄보
디아에 갔어요. 이러다 동남아 전문가 되겠어요.

－요즘 감성은 동남아잖아? 그거 알지? 못 살고 풍경 좋은 나라 여행하는 게 정신 건강에 좋다는 연구 결과. 지난 호에 실렸잖아. 나도 그런 여행지를 다니면서 힐링 좀 받아 보고 싶어. 너무 부럽다.

편집장은 전혀 부럽지 않은 목소리로 말했는데, 그것마저 불쾌했던 나는 고개를 거칠게 흔들었다.

－이제 고수 냄새만 맡아도 구역질이 나고, 인디카 쌀을 씹기만 해도 입맛이 사라져요.

－그건 바로 젊다는 증거지. 나 같은 늙은이는 고수랑 인디카를 소화 못해.

나는 계속해서 스리랑카와 캄보디아는 인도보다 후진 관광지라고 주장했지만, 편집장은 할 말을 마쳤는지 안경을 고쳐 세웠다. 더 나눌 얘기는 없으니 얼른 내 방에서 꺼지고 원고나 쓰라는 뜻의 싸인이었다. 나는 평소보다 문을 조금 더 세게 닫으며 나갔다. 건너편 자리의 우희가 파티션 위로 얼굴을 불쑥 내밀며 말했다.

－잘 안 됐나 봐?

우희는 주임이었고 나는 대리였지만, 나이는 같아서 서로에게 반말을 했다. 우희는 이런 쥐구멍 같은

회사에서 직급을 따지는 건 이런 곳에서 평생 일할 쥐
새끼들이나 하는 짓이라고 말했는데, 반쯤은 맞는 말
이라 생각했다. 나는 자리에 앉으며 답했다.

  - 잘 될 리가 있나.

  우희는 혀를 쯧, 하고 차더니 기왕 이렇게 된 거 재
밌게 잘 다녀오라고 덧붙였다. 다른 사람이라면 몰라
도 유럽에 일곱 번이나 다녀온 우희가 그렇게 말하
니 어쩐지 배알이 많이 꼬렸다. 내 직장『포인트』는
미식·여행 전문 월간지를 발행하는 잡지사다. 21세
기 잡지사답게 수익이 떨어질 대로 떨어져 이제 몰락
만 남은 이곳은 16년 전에 시작됐다. 내가 아직 중학교
에서 근의 공식을 머릿속에 쑤셔넣고 있을 때, 대학교
를 막 졸업한 편집장과 사장(사장이 마지막으로 회사
에 출근한 게 벌써 2년이 다 되어 가는데, 인스타그램
을 보니 여전히 잘먹고 잘살고 있었다)이 때마침 불어
닥친 웰빙 열풍을 바라보고 앞으로 대한민국에서 여
행과 미식 관련 산업은 절대로 망할 일은 없을 거라 판
단하며『론리 플래닛』과『미슐랭 가이드』를 적당히 섞
어『포인트』를 만들었다는데, 도대체 그들이 무엇을
믿고 여행 산업과 음식 산업이 망하지 않을 거라 단언

했는지 궁금했다. 수백만 명을 가뿐히 죽일 수 있는 치명적인 전염병이 퍼지거나, 어떤 나라가 미친 척하고 미사일을 쏜다면 모든 게 잿더미가 될 텐데 말이다. 너무 극단적인 예인 것 같지만, 세상은 알게 모르게 극단적이다. 편집장과 사장이 바라는 세상은 그저 놀고먹고 애무하는 세상뿐이겠지만. 아무튼 여행 전문 잡지답게 『포인트』는 달마다 국내와 국외의 관광지를 번갈아 가며 다루곤 했는데, 고맙게도(편집장의 지극히 개인적인 의견이다) 십여 명이 넘는 에디터들의 여행비는 회사가 전액 부담했다. 사실, 내가 이 김치 버전 『론리 플래닛』에 끌린 이유도 여행비 지원이었다. 어렸을 때부터 엄마는 세계에서 놀 수 있는 직업을 가지라고 꾸준히 말했는데, 어감이 좀 다르긴 하지만 여행 전문 잡지의 에디터도 세계에서 놀 수 있는 직업이었다. 안타깝게도 엄마는 내 직장과 내 월급을 썩 마음에 들어 하진 않았다. 별다른 스펙이나 시험 점수 없이 6년 동안 공부한 내 전공으로 갈 수 있는 곳이라곤 삼류 잡지사와 삼류 출판사뿐이었지만, 엄마는 그 사실을 인정하기 싫은 모양이었다. 사촌 누나 결혼식장에서 고작 잡지사에 취직시키려고 대학원까지 보낸 줄 아느냐고 친척들 앞에서 야만스럽게 야단맞을 때 니가 할 수 있는 거라곤 아무 답도 하지 않고 결혼식장에서 슬그머니 사라지는 것뿐이었다. 사실 엄마가 소리칠 만도 했다. 이 직장은 문제가 알게 모르게 많았다. 그중 하나는 여행지를 내 마음대로 고를 수가 없다는 것이다. 처음에는 역사와 전통의 방법인 '직급 순'으로 정하는 줄 알았다. 나보다 입사가 1년 늦은 우희가 매번 유럽에 가는 걸 보기 전까지는. 편집장은 가까워서 좋잖아, 라고 달래며 매번 동남아시아로 나를 날려 보냈다. 덕분에 우희가 와인과 맥주에 흠뻑 취할 때 나는 숙주와 느억맘에 흠뻑 시달렸다. 나는 의자를 뒤로 늘어지게 젖히며 한숨을 내쉬었다.

　－나는 언제쯤 유럽에 갈 수 있을까?

　달리 내 말에 답할 수 없었던 우희는 머리를 한 번 긁적이다가 파티션 아래로 스르륵 사라지면서 중얼거렸다.

　－유럽. 별로 안 좋아.

　저게 입구멍에서 나오는 말이야, 콧구멍에서 나오는 코딱지야? 우희의 헛소리 때문에 더 약이 오른 나는 신경질적으로 키보드를 두들기며 비엔티안 국제공

항으로 날아가는 항공권을 비즈니스석으로 예약했다. 물론 내 소박한 히스테리에 신경을 써 준 사람은 아무도 없었다. 원고 마감일이라 모두가 바쁜 날이었다.

수영장에 들어서니 고무와 플라스틱으로 만들어진 가짜 야자수들이 나를 맞이했다.『라 삐스토체』는 풀이 세 개뿐인 좁은 수영장이었다. 얕은 풀과 깊은 풀, 그리고 많이 깊은 풀. 모든 풀에는 사람이 가득 들어차 있었다. 자기 집에 딸린 수영장보다 좁은 곳에서 브래드 피트가 치즈 버거를 먹었다니. 브래드 피트는 생각보다 소탈했거나 누군가 건네준 뽕을 빨았던 게 분명했다. 어쨌든 이 조그만 수영장엔 백인은 많았고 황인은 나 혼자였다. 어제 호텔에서 봤던 영화 제목이 『흑인 사내, 하얀 지옥』이었는데, 여긴 누런 사내, 하얀 풀장이로군. 나는 그런 시시한 생각을 하며 썬 베드에 누웠다.『흑인 사내, 하얀 지옥』은 스파게티 웨스턴이었는데, 스파게티 웨스턴답게 줄거리는 다소 뻔했다. 흑인 주인공이 홀로 나쁜 백인들을 쏴 죽이면서 이야기가 진행됐는데, 뒤로 가면 갈수록 더 강력하고 더 못된 백인들이 등장했다. 마지막으로 나온 백인은 여의도만큼 넓은 옥수수 농장을 운영하는 촌뜨기

농부였다. 제일 강한 백인답게 너석은 주인공을 진득하게 괴롭혔지만, 결국 옥수수 분쇄기 속으로 던져져 닭 모이가 되고 말았다. 간밤에 이리저리 도망치는 편집장을 잡아다 분쇄기에 집어넣는 꿈을 꾼 걸 보면 나도 모르게 그 시시한 영화에 꽤 깊은 감명을 받은 것 같았다. 사실 이 형편없는 수영장에 방문하게 된 건 순전히 편집장 때문이었다. 편집장이 부족하다는 말만 지껄이지 않았더라면 나는 지금쯤 호텔에서 서울로 돌아갈 짐을 싸고 있었을 것이다. 맥주를 들이켜며 네 시간 동안 쓴 기행문에는 방비엥의 새파란 꽝시 폭포와 새까맣게 좁은 탐남 동굴을 탐험하는 액티비티 활동(무릎과 팔꿈치가 까질 정도로 액티브한 활동이었다)의 체험담이 상세하게 적혀 있었는데, 편집장은 이걸론 부족하다며 완곡하고 장황한 어조로 끝없이 말했다. 덕분에 레드애플을 세 개비나 태울 정도로 통화가 길어졌다. 나는 담배 연기를 내뿜으며 편집장에게 되물었다.

 ─부족하다뇨?

 ─기묘하게 생겨먹은 동굴이랑 푸른 물이 잔뜩 떨어지는 폭포는 이젠 식상해. EBS 전체 관람가 다큐멘터리

같다는 말이지. 적어도 15세 관람가를 써 보란 말이야.

편집장은『맥심』이나『플레이보이』같은 19세 관람가는 기대하지 않는다고 덧붙였는데, 눈에 보이진 않았지만 편집장이 어깨를 으쓱하며 지껄이는 모습이 눈에 선했다. 편집장은 자신이 이치에 맞는 말을 하고 있다고 생각할 때마다 어깨를 으쓱거렸는데, 우습게도 이치에 맞기는커녕 제5공화국 시절에나 먹힐 법한 발언이 대다수였다. 나는 한숨과 함께 담배 연기를 내뱉었다. 독한 냄새가 입안과 코끝에서 끊임없이 맴돌았는데 라오스의 레드애플은 한국의 레드애플보다 타르를 더 많이 집어넣는 모양이었다. 담배를 절반쯤 태웠을 때, 편집장은 라오스의 편견을 깰 만한 곳을 찾으라고 내게 요구했다.

─동굴 탐험을 하다 흡혈박쥐한테 피 빨리는 레저 활동도 재밌는 구석이 있긴 하지만, 분명 더 재밌는 게 있을 거야. 선진국 사람들이 왜 동남아에 환장하는지 알아? 아직 로망이 남아 있어서 그래. 선진국에서 멸망당한 그 로망을 보여 주란 말이야.

로망이라니. 그러니까 이 작자는 지금 라오스에서『발리에서 생긴 일』따위를 원하는 것이로군. 불륜 드

라마가 성행할 정도로 팍팍하기 그시없는 2021년 한
국에서 2004년식 드라마 로맨스를 바라다니, 차라리
라오스 앞바다에서 바다거북과 수영 시합을 하는 게
더 쉬운 일일 것 같았다. 나는 살짝 격앙된 목소리로
말했다.

　―클럽에서 대마초나 태우면서 질펀한 난교 파티
라도 할까요?

　웃길 의도는 아니었지만 편집장은 내 말을 듣고 한
참이나 웃었다.

　―넘는 선이라곤 횡단보도뿐인 주제에 무슨. 무리
하지 말고 적당한 걸 보여 줘.

　매주 룸을 들락날락하는 주제(편집장의 이혼 사유
가 터무니없는 술값이었단 것은 누구나 알고 있던 가
십이었다)에 선을 얘기하다니. 나는 속으로 피식 웃었
다. 요컨대 이 부도덕한 편집장은 대한민국의 선이란
걸 넘지 않는 유흥거리를 찾으라는 것인데 대한민국
의 선이란 것이 원체 까다롭기 때문에 과연 라오스에
서 그런 걸 찾을 수 있을지 의문만 들었다. 만약 싸구
려 호텔 성냥이 놓여 있던 테이블에서 정성스럽게 코
팅된 『라 뻬스토체』의 전단을 찾지 못했더라면 라오

스의 비어 라오와 베트남의 사이공 비어의 성분과 알코올 함량을 비교하며 '동남아시아 여행지에서 만난 이성에겐 사이공이나 라오보단 빈땅 맥주가 더 잘 먹힐 것이다' 같은 헛소리를 끼적였을 것이다. 나와 같은 고민을 한 여행자가 은근히 많았는지 수영장의 전경이 널따랗게 인쇄되어 있던 전단에는 여행자를 자극할 만한 문장이 영어로 잔뜩 적혀 있었다. '모두가 즐거운 워터파크', '모든 종류의 사랑이 이뤄지는 곳', '월드 클래스 DJ가 주최하는 워터파크 레이저 댄스파티', '해가 지면 맥주 두 병 무료 제공', '깨끗한 수질', '고독하게 혼자 퇴장하더라도 초박형 고급 콘돔 무료 증정'. 뜬금없이 마지막에 튀어나온 초박형 콘돔에 살짝 뜨악하긴 했지만, 딱히 떠오르는 대안이 없었다. 그리고 살짝 흥미를 끄는 구석도 있었다. 이 수영장에 들어오면 모든 종류의 사랑이 이뤄진다는 문구는 옛날에 극장에서 봤던 로맨스 영화인 『더 랍스터』를 떠올리게 만들었는데, 같이 본 사람이 전 여자친구였다는 쓸데없는 사실까지 떠올리고 말았다. 그렇게 전단을 여러 번 자세히 훑어본 나는 수영장에서 밤까지 얌전히 버티다가 월드 클래스 DJ의 공연을 마음껏 즐긴 다음 기행문에다 퇴장 때 받은 공짜 콘돔의 리뷰를 상세히 써넣으면 조금은 웃기지 않을까 하는 결론을 내렸다. 마지막 문장은 소년 만화『원피스』의 유명한 대사 "아무 일도 없었다"를 인용하면 그나마 유쾌한 구석이 있는 기행문이 될 거라고 생각했는데, 막상 수영장에 찾아와 보니 그 멍청한 생각은 조금도 유쾌하지 않을 거라는 결론이 바로 내려졌다. 풀장에는 남자만 가득했고, 여자는 한 줌에 불과했다. 그마저도 남자 애인이나, 혹은 레즈비언 애인이 있는 여자들이었다. 그러니까, 이 좁은 풀장에 있던 대다수의 남자는 나처럼 쥐뿔도 없는 놈들이란 얘기였다. 나는 그럼 그렇지, 라고 짧게 내뱉었다. 이렇게 바보 같을 정도로 밀도 높은 고추밭은 25사단 신병교육대 이후로 처음이었다. 썬 베드에 누운 채 마음속으로 욕지거리를 하고 있을 때, 두꺼운 밀짚모자를 관리인이 썬 베드 근처로 어슬렁거리며 다가오더니 내 어깨를 툭툭 건드렸다.

― 이건 서비스입니다.

관리인이 내민 막대기에는 길쭉하게 썰린 애플 망고가 꽂혀 있었다. 애플 망고는 막대기가 살짝 휘어질 정도로 묵직했는데, 서비스치고 과하다는 생각이 들었다. 내가 고맙다고 말하자, 관리인은 서부극의 사내처럼 밀짚모자를 슬쩍 들어 고개를 끄덕였다. 사소했지만, 어쩐지 위로받는 기분이 들었다. 애플 망고를 한입 베어 물자, 단 기운이 순식간에 혀끝을 타고 몸아래로 내려갔다. 그건 이 수영장에서 내가 누린 몇 안 되는 즐거움 중 하나였다.

친절하게도 우희는 사진을 보자마자 답장을 보냈다.

– 우리 동네 공원에 있는 어린이 물놀이장 같네.

– 그래도 애플 망고는 맛있어.

– 그럼 올 때 애플 망고.

나는 피식 웃으면서 손목시계를 바라봤다. 라오스는 오후 두 시였고, 대한민국은 오후 네 시였다. 사무실에서 글을 쓰다 보면 지루해져서 잠이 쏟아지는 시간이었다. 놀리려고 수영장 사진을 보냈는데, 막상 사진을 찍어 보니 오히려 내가 놀림감이 된 기분이 들어 흥이 금세 떨어졌다. 생각해 보니 몬테까를로의 식당에서 지중해 해산물에다 부르고뉴 와인을 흠뻑 적실 예정이라면 라오스의 허름한 수영장 따위는 알 바가 아닐 것이다. 프랑스 여행의 유일한 난관은 꼬불꼬불한 프랑스어였는데, 불어불문학과 출신인 우희에겐 별 문제가 아니었다.

　－그나저나 여기 수영장 이름이 라 삐스토체인데, 이거 프랑스어 아니야? 뭔가 그럴 듯해 보이는데. 무슨 뜻이야?

　－수영장이야.

　－뭐?

　－뜻이 수영장이라고. 그 수영장 이름 참 성의 없네.

　그러니까 이 수영장의 이름은 수영장이었고 나는 수영장이라는 이름을 가진 수영장에서 수영을 하는 중이었다. 수영장의 이름을 수영장으로 지은 사람이 누군지 몰라도 재미에 대해 일가견이 없는 사람인 게 분명했다. 재미없는 사람에 대한 생각은 자연스럽게 편집장에 대한 생각으로 흘러갔다. 편집장이 유머랍시고 늘어놓는 것(그놈의 최불암 시리즈는 아직도 쓰고 있는 사람이 있는 모양이다)중에 그나마 최신 유머라고 부를 만한 것은 이제 철이 한참 지나 버린 도널드 트럼프 유머뿐이었다. 어째선지 모르겠지만, 편집장은 트위터에서 '도널드 트럼프 망언 봇'을 팔로우하고 있었는데 회식 때마다 한 번씩 트럼프의 망언을 인용하곤 했다. 그 말에 웃는 사람은 아무도 없었지만, 편집장은 도널드 트럼프를 유쾌하게 비꼼으로써 자신이 그보다 상대적으로 괜찮은 사람이라고 생각하는 게 분명했다. 우습게도 에디터들 사이에서 그의 별명은『김치 트럼프』였지만.

  - 그나저나 편집장이 뜬금없이 회식하자고 하네. 뭔가 싸한데.

  - 저런. 김치 트럼프가 오늘은 어떤 헛소리를 늘어놓을까.

메시지를 보내고 잠자코 답장을 기다렸는데 아무리 기다려도 우희에게서 답장이 안 오자 나는 남은 애플 망고를 몽땅 입에 쑤셔 넣은 후, 귀에 무선 이어폰을 꽂은 다음 가방에서 소설책을 꺼내 들었다. 시카고 출신 소설가 필 브룩스(필명이라는데, 솔직히 필명치곤 구렸다)가 8년 만에 발표한 신간이었는데, 우희가 빌려준 책이었다. 초반부의 줄거리를 요약하자면 대충 이렇다. 도쿄에 거주하는 어떤 일본인 프로레슬러가 우연히 저지른 살인을 어찌저찌 수습한 뒤 일상을 위태롭게 보내던 중 의사로부터 알츠하이머에 걸렸다는 진단을 받게 된다. 주인공이 끝없이 절망하던 중 뜬금없이 대학교 시절 첫사랑(마지막 페이지를 슬쩍 읽어 보니 결국 이 친구도 주인공한데 죽는다. 우회는 맨 밑에다 미치광이 소설, 이라고 솔직한 감상을 적었다)이 나타나 양육비를 요구하며 주인공의 집에 눌러앉게 된다. 읽으면 읽을수록 머리가 답답해지는 소설이었는데, 가지고 온 책이 이것뿐이라 나는 머리를 두들겨 가며 계속 소설을 읽었다. 이어폰 속에서 JFK와 스탈린의 이름을 부르짖는 흑인 펑크 밴드들도 두통에 한몫했다. 소설가 필 브룩스는 대단하게도 알츠하이머 환자의 의식을 소설 문장으로 구현해냈다. 다르게 말하자면, 수영장에서 요란한 노래를 들으며 맨 정신으로 읽기 힘든 소설이었다. 간신히 다섯 줄을 읽은 나는 책을 덮고 노래를 끈 다음, 풀장에서 서로에게 비치볼을 있는 힘껏 던지는 백인들을 쳐다봤다. 녀석들은 뭐가 그리 좋은 건지 다른 녀석의 머리에 비치볼을 맞출 때마다 배꼽을 잡고 낄낄 웃어댔는데, 라오스의 땡볕에 단체로 더위를 먹은 건가 싶었다. 나도 멍하니 햇볕을 느끼며 막대기를 계속 씹었는데, 갑자기 머리 위로 커다란 그늘이 드리워졌다. 지나가던 관리인이 파라솔을 펴 준 것이다.

　－재미 좀 보고 있었습니까?

나는 편집장처럼 어깨를 으쓱하며 관리인에게 답했다.

－이 수영장은 너무 재밌는 곳이네요.

－나무 막대를 씹는 게 생각보다 재밌긴 하죠. 저는 아무 재미도 못 느낄 것 같은 불쌍한 손님들에게 애플 망고를 서비스로 드린답니다. 그러면 이 수영장에 있는 모든 손님이 재미를 느끼게 되는 거죠.

관리인은 자신도 종종 손님이 버린 나무 막대를 씹는다고 말하면서 내가 잔뜩 씹고 있던 나무 막대를 가져가더니 자신의 입술 사이에 집어넣었다. 내가 황당한 표정을 짓자, 멕시코인은 껄껄 웃으며 고개를 끄덕였다. 불쾌감에 입이 심심해진 나는 수영복 주머니에서 담뱃갑을 꺼내 들었다. 담배를 집으려고 하자, 관리인은 내 손에서 담뱃갑을 빼가며 말했다.

－흡연 구역은 탈의실 뒤쪽입니다.

－알겠으니 내 담배나 돌려줘요.

－난 릭 달튼이 광고할 적부터 이 담배를 피웠지요.

릭 달튼은 존 웨인과 클린트 이스트우드의 뒤를 잇는 서부극 스타였는데 선배들처럼 상당한 골초였고, 열렬한 공화당 지지자였다. 서부극 불모지나 다름없던 한국에서는 잘 알려지시 않은 배우였는데, 그나마 최근 할리우드 서부극에 무법자 역할로 출연한 하정우가 그의 연기를 많이 참고(한국인 배우가 백인 보수주의자한테 참고할 점이 뭐가 있는지 잘 모르겠지만 어쨌든 도움이 됐다고 한다)했다고 말하는 바람에 『서프라이즈』나 『차트를 달리는 남자』 같은 심심풀이 프로그램에 릭 달튼이 가끔 등장하곤 했다. 그전까지 나도 릭 달튼이 뭐 하는 영감인지 잘 몰랐다. 성조기를 흔들며 '이라크 전쟁은 21세기의 서부개척이다'라고 외치는 릭 달튼을 처음 뉴스에서 봤을 땐 바이든이 당선됐다는 소식에 분기충천하여 요양원을 뛰쳐나온 극우 노인네인 줄로만 알았다. 최근에야 그가 주연으로 등장한 70년대 서부 영화를 넷플릭스에서 봤는데, 저렇게나 날렵했던 서부의 영웅이 뚱뚱한 국수주의자가 될 거라는 애석한 미래 때문에 도저히 영화에 집중할 수가 없었다. 사실, 21세기를 살아가는 사람이 20세기 서부극에 집중하는 건 얼뜨기나 할 수 있는 일이었다. 멕시코 관리인도 그런 얼뜨기 중 하나였는데 녀석은 자신의 입술에 레드애플 담배를 하나 꽂으며 왕년의 릭 달튼처럼 지껄였지만, 멋쟁이 카우보이가 아니라 얼뜨기 카우보이처럼 보였다.

- 따라 오시죠, 신사 양반.

- 그런데 누구 맘대로 제 담배를 무는 건가요.

멕시코 관리인은 담배에 불을 붙이더니, 연기를 길게 내뿜으며 '내 맘대로'라고 다시 한번 릭 달튼처럼 지껄였다. 나는 녀석의 목덜미를 잡고 있는 힘껏 풀장으로 집어 던지려고 했는데, 약삭빠른 관리인은 내 손을 잡아채더니 오히려 나를 물에 집어 던졌다. 뜻하지 않게 수영장에 빠지는 바람에 물을 두 모금 정도 들이켰는데, 분하다는 생각보단 전단에 적힌 '깨끗한 수질'이라는 문장이 적확했다는 생각이 먼저 들었다. 수영장의 물은 소름끼칠 정도로 깨끗했다.

빅 카후나 치즈버거를 한 입 먹어 보니 확실히 관리인이 자랑할 법하다는 생각이 들었는데, 아무리 그래도 브래드 피트의 수석 요리사가 될 뻔했단 얘기는 과장이 너무 심한 것 같았다. 맛이 있어 봤자 햄버거는 햄버거일 뿐이다. 관리인은 햄버거엔 스프라이트죠, 라고 말하더니 제멋대로 스프라이트틀 한 병 건네 줬다. 나는 스프라이트를 밀어내며 비어 라오 두 병을 그에게 요구했다. 관리인은 곧 해가 지면 비어 라오 두 병을 공짜로 마실 수 있는데 굳이 시금 시길 기냐고 디시 물었다. 나는 눈썹을 치켜 올리며 또박또박 말했다.

  - 지금 당장 필요해요.

  - 오래 못 살 손님이로군.

관리인은 찬 이슬이 가득 맺힌 비어 라오 두 병을 내게 건넸다. 매점 방갈로의 빠에 앉아서 햄버거 패티를 한 번 씹고, 비어 라오를 반 병 마신 다음, 다시 햄버거 패티를 한 번 씹으니, 중학생인지 초등학생인지 모를 혼혈 꼬마가 내 옆자리에 앉으며 관리인에게 햄버거를 하나 주문했다. 축구팀 맨체스터 유나이티드의 저지를 걸친 꼬마는 축구와 전혀 어울리지 않게 생겨먹었는데, 의외로 그렇게 생긴 녀석일수록 축구공을 잘 차는 경우도 있어서 나는 녀석에게 포지션이 뭐냐고 물었다. 꼬마는 포지션이 무슨 뜻이냐고 내게 되물었다. 그럼 호날두라는 못된 놈을 알고 있냐고 다시 묻자, 녀석은 자신이 무려 8명의 로날도와 친하다고 답했다. 그러니까 이 녀석은 축구의 축자도 모르면서 축구팀 유니폼을 입고 있는 것이었다. 우스운 꼬마였다. 새하얀 피부와 달리 새까맣던 꼬마의 머리는 무척 곱슬곱슬했는데, 녀석도 그게 매력이라는 것을 아는

지 집게손가락으로 끊임없이 자신의 머리카락을 돌돌 말고 있었다. 관리인은 달궈진 팬 위로 패티를 한 장 올리며 곱슬머리 꼬마에게 말했다.

— 입장료는 냈니?

— 그건 저희 부모님이 아셔요. 저는 아무것도 몰라요.

— 너희 부모님이 어디 계시니?

— 몰라요. 갑자기 서로 입술을 맞추더니 어디론가 사라지셨어요. 수영장 구석에서 대충 섹스하고 계시겠죠. 아빠가 정말 오랜만에 집에 왔거든요.

— 저런! 어딘지 몰라도 수영장 구석이 상당히 지저분해지겠군!

관리인은 혀를 쯧쯧 차며 한쪽 면이 적당히 익은 패티를 뒤집었다.

— 나중에 아빠한테 너무 많은 사랑은 가망이 전혀 없다고 전해 주렴.

꼬마는 고개를 저으며 중얼거렸다.

— 요즘은 사랑이 조금도 없는 안타까운 시대라고 아빠가 말하더라고요.

관리인은 "누군지 몰라도 상당히 건방진 놈이군"

이라 투덜대며 빵을 굽기 시작했다. 똑똑한 건지 넝청한 건지 알 수 없는 그 꼬마 녀석은 빵과 패티가 구워지는 것을 계속 바라보다가 어느 순간 그 광경이 질렸는지 시선을 내 쪽으로 돌렸다. 녀석은 내가 햄버거를 씹어 삼키는 걸 유심히 바라봤는데, 무척 부담스러웠다. 꼬마 녀석이 입을 연 건 내 햄버거가 한 입 정도 남았을 때였다.

　－전부 192마리에요.

　－뭐가? 네 몸에 붙은 빈대 숫자가?

　－아뇨. 당신의 중국산 수영복에 새겨진 돌고래 숫자요.

　확실히 내가 입고 있던 남색 수영복의 겉면에는 조그마한 흰색 돌고래가 빽빽하게 새겨져 있긴 했다. 그게 정말로 192마리나 되는지 모르겠지만, 이 꼬마가 굉장히 발칙하다는 건 확실히 알 수 있었다. 나는 꼬마의 머리를 쓰다듬으며 말했다.

　－너 시력이 참 좋구나.

　－돌고래가 그럴듯해 보여서 세어 봤어요.

　관리인은 꼬마한테 햄버거를 건네며 혹시 이탈리아에서 온 놈팽이냐 물었고, 꼬마는 엄마가 방비엥 사람이고 아빠가 나폴리 사람이니 반쯤은 이탈리아 사람이 맞지만 놈팽이는 절대 아니라고 답했다. 관리인은 꼬마의 대답이 만족스러웠는지 너털웃음을 터뜨리며 꼬마에게 햄버거를 내밀었다.

　－재밌는 꼬마로군. 혹시 여기서 일할 생각 없냐? 넌 재밌어서 인기가 많을 거야.

　꼬마는 부모님에게 물어 보고 결정하겠다고 말한 후 햄버거를 한 입 베어 물었다. 나는 꼬마가 햄버거를 박살 내는 장면을 잠깐 흥미롭게 바라보다 남은 햄버거를 마저 먹은 후, 아까 다섯 줄밖에 읽지 못한 필브룩스의 소설책을 다시 넘기기 시작했다. 소설책의 띠지에는 예전에 흥행한 코미디 영화의 대사를 패러디한 문구가 적혀 있었는데, 띠지에 적혀 있던 다른 문장들처럼 줄거리와 상관없는 헛소리였다. "과격파 소설가의 발칙한 일탈! 이것은 연애 소설인가, 범죄 소설인가?" 햄버거를 절반쯤 해치운 꼬마는 내 소설책을 물끄러미 바라보더니 내게 물었다.

　－그거 재밌어요?

　－남자 바지에 그려진 돌고래 숫자를 세는 것보단 재밌단다.

-흥미롭네요. 그럼 그 책에서 제일 웃긴 부분 쫌 들려주세요.

나는 목을 가다듬고 소설 속 헤비급 프로레슬러처럼 거칠게 말했다.

-"그러니까 말이야. 모든 인간은 차별이나 받으려고 이 별에 태어난 거야."

-재미없어요.

소설책에 금세 흥미를 잃은 꼬마는 다시 햄버거에 집중하기 시작했다. 덩달아 흥미를 잃은 나는 소설책을 덮고 입에 레드애플 담배를 꼽은 다음 매점 뒤쪽으로 걸어갔다. 매점 뒤쪽에는 사방이 꽉 막힌 흡연 장소가 있었는데 다들 고약한 싸구려 담배를 피워서 그런지 담배 냄새가 곳곳에 배어 있었다. 담배에 불을 붙이자 아까 그 꼬마가 나타났는데, 녀석은 서부의 총잡이가 허리춤에서 권총을 뽑아내듯이 자신의 수영복 주머니에서 담배를 한 개비 뽑아 들었다. 녀석의 담배도 레드애플이었다. 꼬마는 금세 레드애플에 불을 붙이더니 연기를 한 모금 내뿜었다. 녀석은 내가 못마땅한 시선으로 빤히 쳐다보는 게 불편했는지, 눈썹을 살짝 찌푸리며 말했다.

— 왜 그렇게 쳐다보세요?

— 우리나라에서는 조금 놀라운 광경이라.

— 담배 가지고 뭘 놀라요. 저는 진짜 마리화나도 태운다구요. 그걸 태우면 무솔리니를 만날 수 있죠. 마을 아이들 중엔 저보다 더한 골초도 있는데 걘 히틀러를 만났대요.

— 그건 더 놀랍네. 부모님도 알고 계시니?

꼬마가 피식 웃으며 답했다.

— 저희 부모님도 저처럼 아무것도 몰라요.

— 훌륭한 부모님들이로군.

— 그 훌륭한 부모님들이 저기 계시네요.

녀석은 짧은 엄지손가락으로 자신의 등 뒤를 가리켰는데, 과연 그를 빼다 닮은 늙은 백인 한 명과 젊은 라오스 여자가 튜브를 끼고 서로에게 물장구를 치고 있었다. 나는 고개를 끄덕이며 즐거운 휴가를 보내는군, 이라 중얼거렸는데 녀석은 내 말에 부정이라도 하듯 고개를 절레절레 흔들며 자신의 이탈리아인 아버지는 시골 우체국에서 40년 근속을 할 정도로 지루한 사람이라 얘기해 줬다.

— 우리 엄마는 두 번째 아내래요. 저런 지루한 사

람의 두 번째 아내가 될 생각을 왜 했을까요? 전 도저히 모르겠어요.

들어 줄 만한 얘기는 아니었다. 그 녀석의 아버지는 풍채가 좋았는데, 나보다 머리 두 개는 더 컸다.

- 땀 냄새도 몸집만큼 대단하세요. 저를 없는 아이 취급하는 것도 대단하시고.

녀석은 얼굴을 찌푸리며 담배 연기를 잔뜩 내뱉었는데, 나폴리에서 수십 년 묵었던 땀은 담배 냄새보다 훨씬 지독하다고 덧붙였다. 나는 얼굴을 찌푸리며 고개를 흔들었는데, 꼬마가 뜬금없이 자신의 이름을 내게 알려 줬다.

- 제 이탈리아 이름은 브루노에요. 라오스 이름은 너무 어려우니까 안 가르쳐 드릴게요. 아저씨 이름은 뭐죠?

내가 이름을 답하자 녀석은 내 이름을 어설프게 발음하면서 이게 이름이 맞는 거냐고 말했다. 나는 귀찮아서 대충 고개를 끄덕여 줬다. 브루노는 내 이름을 몇 번 엉터리로 발음하더니 얼굴을 찌푸렸다.

- 이름 참 이상하네요.

- 넌 평범한 이름을 가져서 좋겠군.

내 말에 녀석은 살짝 발끈하며 말했다.

 ─ 브루노는 평범한 이름이 아니에요. 명망 높은 나폴리 귀족의 이름이라고요.

라오스의 깡촌에서 살고 있는 녀석이 나폴리 귀족을 운운하는 게 어쩐지 우스웠던 나는 적당히 대꾸해 줬다.

 ─ 내 성도 만만치 않아. 무려 2,000년 전부터 이어져 내려온 성이라고.

내 말을 듣고 브루노는 한참이나 머리를 긁적이더니, 혹시 조상이 예수님이나 부처님이냐고 되물었다. 나는 대답 대신 헛웃음을 지으며 담배 연기를 길게 내뿜었다.

우희는 꽤 거친 밤을 보내는 모양이었다.

 ─ 김치 트럼프가 여전히 저질스러운 농담을 지껄이고 있어.

퇴근 후 세 시간 동안 나에게 남긴 메시지가 이것뿐인 것을 보면 말이다. 나는 짤막한 메시지를 보냈다.

 ─ 화이팅. 모나코를 생각해.

브루노는 내 휴대폰을 슬쩍 보더니 사귀는 여자냐고 물었다. 담배를 함께 태우며 말을 섞다 보니 녀석은 내 썬 베드 옆자리에 슬쩍 났너니 친근하게 굴어대기 시작했다. 나는 사귈 뻔한 여자라고 답했는데, 뜬금없게도 브루노는 자신의 연애사를 늘어놓기 시작했다. 나는 그의 얘기를 잠자코 들어 줬는데, 인상 깊었던 대목이라곤 뒷골목에서 마리화나를 피우는 걸 들켜 버린 날 여자 친구에게 뺨을 맞고 차이는 부분뿐이었다.

- 제 인생 최악의 날이었어요.

- 인생 참 순탄하게 살았군.

나는 질린 표정을 지으며 가방 구석에 처박아 놓았던 소설책을 꺼내 읽기 시작했다. 브루노는 표지를 유심히 바라보더니 내게 말했다.

- 혹시 그 책, 프랑스 소설가가 쓴 거예요?

- 아니, 요상한 미국 소설가가 쓴 거야.

- 그렇군요. 저는 프랑스 소설가한테 프랑스어를 배우고 있어요. 사나운 치와와처럼 생긴 양반인데 이름은 모르고 뭘 썼는지도 몰라요. 자기가 소설가라고 하니까 소설가겠죠, 뭐.

브루노는 누군지도 모를 프랑스 소설가한테 프랑스어를 배우는 게 대단한 자랑이라는 듯 자신의 가슴을 손바닥으로 두들기며 말했는데, 가슴에 멍이 들 정도로 자랑스러운 모양이었다. 브루노가 무슨 뜻인지도 모를 프랑스어를 지껄이자 나는 짧게 대꾸하며 책장을 넘겼다.

 ─그래, 멋지구나. 그런데 치와와는 멕시코 강아지야.

 ─들어 봐요. 그 프랑스 양반이 얼마나 재밌는 양반인 줄 아세요? 무솔리니가 질투할 정도라니까요?

 브루노는 내 곁으로 가까이 오더니 프랑스 소설가에 대해 구구절절 얘기하기 시작했다. 그 프랑스 소설가는 공쿠르인지 콩쿠르인지 아무튼 대단한 문학상을 받은 적이 있을 정도로 대단한 사람인데, 무슬림들한테 위협을 받아 프랑스를 떠났다고 한다. 요즘엔 매주 수요일마다 『굿모닝 라오스』에 마작과 관련된 칼럼을 기고하는데 막상 그 사람이 마작에서 돈을 딴 적은 없다고 한다.

 ─그리고 알제리 여자와 결혼을 했다던데, 결혼한 지 석 달 만에 이혼을 당했다고 해요.

 ─그것 참 딱하네.

 ─좋은 거죠. 마작하다 전 재산을 잃어도 잔소리할 사람이 사라진 거잖아요?

정말로 그게 좋은 것인지는 잘 모르겠지만, 나는 고개를 적당히 끄덕여 주며 소설책을 읽어 나갔다. 그러거나 말거나 브루노는 옆에서 쉬지 않고 계속 떠들었다. 담배를 문 채 마작을 하며 짜증내는 프랑스인은 분명 재밌는 사람일 것 같았지만, 그 재밌는 소설가를 실제로 보고 싶진 않았다. 왜냐면 브루노가 그 소설가의 모든 것(심지어 마작을 할 때 입는 팬티가 무슨 색깔인지도 말해 줬다)을 말해 줬으니까 말이다. 브루노는 내 스마트폰에서 벨소리가 울려도 옆에서 쉬지 않고 계속 떠들었다. 사촌 누나 결혼식 이후로 엄마에게서 처음 걸려온 전화였다. 나는 브루노에게 좀 닥치라고 말한 후 전화를 받았다. 엄마는 감기에라도 걸린 모양인지 목소리가 맹했다. 엄마는 어디냐고 물었고, 나는 일하러 라오스에 왔다고 답했다. 수화기 너머의 엄마는 무심히 말했다.

― 그런 일을 열심히 하나 보네.

― 이런 일이라도 열심히 해야지.

엄마는 할 말이 없었는지 쯧, 하고 입맛을 다셨고 나도 엄마를 따라 쯧, 하고 가볍게 혀를 찼다. 우리는 그렇게 잠시 침묵을 지켰는데, 브루노가 끼어들지만 않았더라면 우리의 침묵은 영원히 이어졌을지도 모른다.

─누구길래 전화를 그렇게 성의 없이 받아요? 엄마?

─엄마야.

브루노는 역시 그렇군요, 라고 말하며 고개를 끄덕였다. 라오스 꼬맹이의 목소리가 들렸는지, 엄마도 옆에 누가 있냐고 물었다. 나는 그냥 어린 친구라고 답하려고 했는데 문득 결혼식 때의 수모가 생각이 났다. 나는 지금 내 옆엔 라오스의 날라리 꼬맹이가 있는데 이녀석한테서 마리화나를 잔뜩 산 다음 호텔 방에 누운 채 그것들을 전부 피울 거라 답했다. 엄마의 반응은 다소 무미건조했다.

─그래라.

그리고 우리의 통화는 그게 끝이었다. 브루노는 날이 덥다면서 물에 힘껏 뛰어들었는데, 녀석이 온몸으로 뛰어드는 바람에 물보라가 썬 베드에까지 뛰어 버렸다. 덕분에 내가 읽고 있던 필 브룩스의 소설책이 흠뻑 젖고 말았다. 나는 볼멘 목소리로 브루노에게 소설책이 젖었다고 말했다. 물속에 가득 잠긴 브루노는 중요한 건 소설책이 아니라 소설가니까 그깟 소설책

은 얼마든지 젖어도 된다면서, 당신도 그런 지루한 소
설을 읽을 시간에 한 번 물에 뛰어드는 게 어떻겠냐고
되물었다. 나는 아까 들이켠 물맛을 떠올리며 고개를
저었다.

실망스럽게도, 수영장이 마련했다던 월드클래스
DJ는 라오스 사람이었다. 녀석은 말레이시아 클럽에
서 테이블을 열심히 닦던 종업원이었는데 클럽에서
유명 DJ의 공연을 어깨 너머로 훔쳐 보며 디제잉을 독
학했다고 한다. 공연 시작 전 라오스 DJ는 원래 스웨
덴 출신의 DJ(이름을 들으면 누구나 알 정도로 유명
한 사람이라는데, 나는 처음 듣는 놈이었다)가 공연
할 예정이었는데, 갑자기 독감에 걸리는 바람에 자신
이 공연을 이끌게 됐다며 신나게 놀아 보자고 말했다.
물론 백인 손님들은 라오스 DJ의 부탁을 들어줄 생각
이 하나도 없었다. 그들은 욕지거리를 하며 DJ에게 야
유와 휴지를 열심히 던졌는데, 라오스 DJ는 두루마리
휴지에 실컷 얻어맞는 와중에도 음악을 마음껏 비틀
고 쥐어짰다. 썬 베드에 앉은 채 음악에 따라 머리를
살짝살짝 흔들고 있을 때, 관리인이 왕년의 릭 애슬리
처럼 온몸을 마구 흐느적거리며 나타났다.

– 정말 끝장나는 공연이죠?

– 저러다 정말 끝장나겠네요.

나는 수영장 구석에 설치된 DJ 부스를 가리키며 말했다. DJ가 첫 번째 곡으로 선택한 노래는 『Electric Zoo』라는 노래였는데, 같은 음이 끊임없이 반복되는 저질 댄스 음악이었다. 형편없는 선곡과 편곡에 흥분한 백인들이 부스에 난입하여 라오스 DJ를 관짝처럼 들더니 이리저리 흔들어 대기 시작했다. 유튜브에서 가나 사람들이 장례식장에서 관짝을 들고 춤추는 걸 봤을 땐 유쾌했는데, 막상 비슷한 광경을 실제로 보니 저쪽 세계와 이쪽 세계는 한참이나 다르다는 것이 새삼 느껴졌다. 깊은 풀장으로 힘껏 집어 던져진 라오스 DJ를 바라보며 나는 관리인에게 비어 라오 두 병을 가져다 달라고 말했다. 관리인은 음악에 맞춰 춤을 추며 답했다.

– 분부대로.

흥분이 전혀 가라앉지 않은 백인들은 풀장에 뛰어들며 물속에서 라오스 DJ에게 주먹을 휘둘러 댔다. 성난 상어들이 사냥할 때만큼 거센 물보라가 일어나는 풀장을 바라보니 이곳에 있는 모든 게 엉망진창이라는 생각이 들었다. 맥주 두 병을 들고 온 것은 관리인이 아니라 시건방진 브루노였다. 소름 돋을 정도로 차갑게 식혀진 맥주를 한 모금 마시니 기분이 가라앉았다. 브루노는 입에 담배를 하나 물며 내게 말했다.

　─ 정말 바보 같죠?

　─ 정말 바보 같군.

　나는 리듬에 맞춰 고개를 끄덕이며 답했다. 라오스 DJ의 바지가 수면 위로 둥둥 떠올랐다. 라오스 DJ가 어디로 사라졌는지 아는 사람은 아무도 없지만, DJ 부스에서 흘러나오는 노래는 모두가 아는 노래였다. 노래를 따라 흥얼거리던 브루노는 내게 하나 태울 거냐고 물었는데, 내가 대답하기 전에 내 입술 사이에 담배를 꽂아 줬다. 나는 이게 무슨 담배냐고 되물었고, 브루노는 레드애플 따위와 비교가 안 되는 진짜 담배라고 답하며 불을 붙여 줬다. 나는 그게 진짜 담배인지 가짜 담배인지 구분하지 못했지만 내 폐는 이건 진짜로 독한 담배라고 내게 알려 줬다. 브루노는 실컷 기침하는 나를 보며 피식 웃더니 등을 두들겨 줬다.

　─ 어때요, 진짜 담배? 혹시 무솔리니가 보이시나요?

　─ 무솔리니는 개뿔. 가짜 담배가 그리운 걸.

브루노는 아저씨는 배알이 없네요, 라고 말하면서 등을 더 세게 두들겨 줬다. 기침을 충분히 했지만 브루노는 점점 더 등을 강하게 두들겼다. 내가 그만하라고 외쳤지만, 브루노는 아랑곳하지 않고 더욱 세게 두들겼다. 나는 욕지거리하며 녀석의 손을 낚아챘다. 분명 브루노 녀석의 손을 잡았다고 생각했는데, 막상 내가 낚아챈 손은 브루노의 것이 아니라 관리인의 손이었다. 내가 어리둥절한 표정을 짓자 관리인은 살짝 웃으며 자신의 손목을 잡은 내 손바닥에 콘돔을 하나 쥐여 줬다.

　−아무래도 퇴장하실 때가 된 것 같군요, 손님. 취하셨네요.

　나는 손에 쥐어진 콘돔을 내려봤다. 아무것도 하지 못한 채 콘돔을 얻고 나오면 기분이 더러울 거라 생각했는데, 정말로 콘돔만 얻으니 기분이 무척이나 더러워졌다. 나는 머리를 긁적이며 브루노는 어디 갔냐고 관리인에게 물었다. 관리인은 브루노가 누구냐고 되물었다.

　−반은 이탈리아 사람이고 반은 라오스 사람인 꼬마인데요.

─이 동네에 그런 꼬맹이는 흔하지만, 손님 같은 취향은 흔치 않고 위험하죠.

관리인은 내게 더 건전한 곳이 있다며 조그만 전단을 건넸다. 전단에 벌거벗은 남자가 있는 걸 보니 아무래도 뭔가 단단히 오해한 모양이었다. 관리인이 나를 어떻게 쳐다봤는지는 굳이 얘기하지 않겠다.

～～～

내 글을 읽고 나서 편집장은 지금까지 내가 썼던 기행문 중 제일 형편없다고 단언했다. 나는 별다른 대꾸도 하지 않고 고개를 끔뻑 숙인 후 편집장실에서 빠져나왔다. 건너편 자리의 우희가 파티션 위로 얼굴을 불쑥 내밀며 말했다.

─이번에도 까였어?

─이번에도 까였네.

나는 살짝 웃으며 답했다. 어느새 주임에서 대리로 승진한 우희는 자신의 모나코 기행문은 벌써 세 번이나 까였다고 말하면서 울상을 지었는데, 어쩐지 많이 피곤해 보였다. 아무래도 비싼 관광지니까 편집장이 이래저래 요구하는 게 많은 모양이었다.

－다음엔 유럽 말고 다른 데로 보내 달라 하고 싶어.

－너야 뭐. 원하는 곳으로 갈 수 있겠지.

우희는 글쎄, 라고 말한 후 하품을 늘어지게 하더니 다시 파티션 밑으로 내려갔다. 우리는 말없이 키보드를 두들겼다. 우희가 입을 연 것은 내가 '담배'라는 단어를 '마리화나'로 바꾸고 있을 때였다. 우희는 상당히 조심스럽게, 그리고 천천히 내게 물었다.

－그런데. 그 수영장에선 정말 아무 일 없었어? 글만 보면 되게 재밌는 곳 같은데.

－아무 일도 없었어. 로맨스 없는 시대잖아. 뭘 기대해.

우희는 '그렇지'라고 씁쓸하게 말하더니 이내 자판을 두들겼다. 나는 잠시 키보드에서 손을 떼고, 입에 레드애플을 한 개비 물었다. 그리고 다시 모든 '마리화나'를 '담배'로 바꿨다. 이름이 수영장인 수영장에서 내가 한 일이라곤, 그것뿐이었다. 미성년자인 브루노와 레드애플을 함께 태운 것. 그 재미없는 수영장에서 내가 넘은 선은 그것뿐이라고 나는 기행문에다 변명하듯 고백할 것이다. 그러자 브루노가 멀리서 말했다. 아저씨는 정말 배알이 없네요, 라고.

도무지, 대머리목수리와는 대화를 나눌 수가 없습니다

조명 없는 사막 도로는 지루했다. 자동차의 기름이 남아나지 않을 정도로 페달을 세게 밟았지만, 단조롭게 반복되는 바깥 풍경 때문에 자동차가 아니라 축 처진 달팽이를 모는 것 같았다. 60년대 컨트리 음악만 내뿜고 있는 라디오도 더뎌지는 분위기에 한몫했다. 다른 채널의 주파수를 찾아보려 했지만, 이 촌 동네에는 올드 팝만 틀어 주는 한심한 방송국만 있는 모양이었다. 지금까지 존 덴버의 노래만 스무 곡이 넘게 흘러나왔는데, 이 도로를 벗어나면 두 번 다시 존 덴버의 노래를 들을 일은 없을 것 같다. 나는 존 덴버의 나긋한 목소리 뒤로 밀려오는 졸음을 떨치기 위해 수다쟁이 필을 떠올렸다. 그 정신 사나운 놈은 존 덴버가 1절을 끝마치기도 전에 곯아떨어질 게 분명하다. 그렇게 필이 코를 고는 모습을 상상하다 보니 나도 모르게 졸고 말았다. 언뜻 스쳐 지나간 꿈에선 엉뚱하게도 필이 아니라 직장 상사였던 월터가 등장했다. 그 사악한 대머리 녀석은 소리를 고래고래 지르며 해고 통지서를 내 얼굴에 던졌다. 물론 현실에선 그렇게 야만적인 방식으로 해고 당하진 않았다. 해고 통지서는 곱디고운 분홍색 봉투에 담긴 채 집으로 날아왔다. 그 봉투는 어딘가의 매립지에서 잘 썩고 있을 것이다.

악몽에서 깬 건 도로를 가로지르던 여우를 으깨고 난 후였다. 충격 때문에 놀라서 운전대를 힘껏 돌렸는데, 하마터면 선인장에다 차를 처박을 뻔했다. 나는 차창 밖으로 고개를 내밀어 내가 쓸어 버린 여우를 내려봤다. 녀석의 납작해진 갈색 등 위로 바퀴 자국이 선명하게 찍혀 있었다. 나는 차에서 내려 여우의 꼬리를 조심스레 잡았다. 녀석을 들어 올리니 피가 신발에 뚝뚝 떨어졌다. 나는 손사래를 치며 여우를 도로 밖으로 던졌다. 그리고 여우가 던져진 쪽을 향해 고개를 숙이고 기도했다. 이미 죽었으니까 내가 할 수 있는 일은 미안하다고 속으로 비는 것뿐이었다. 뜬금없지만, 기도를 한 김에 필을 위한 기도도 했다. 만약 필이 취직이라도 한다면 그에게 내가 짓밟은 여우에 대해 얘기를 꼭 해 줄 것이다. 무슨 헛소리냐고 말할 게 뻔하지만.

그리고 이혼한 아내에 대한 기도도 했다. 매기. 제발 매기의 말이 거짓말이 아니길. 그 빌어먹을 여자만 아니었어도 이 지루한 도로를 달리는 일은 없었을 것이다. 매기와 나는 5년 전에 결혼했고 3년 전에 이혼했다. 아이는 없었다. 매기는 내가 맥도날드 감자튀김을 케찹에 많이 찍어 먹어서 그런 거라 말했고, 나는 그 말을 듣고 며칠 후 이혼 서류에 도장을 찍었다. 이혼은 내 삶을 많이 바꾸지 못했다. 주량만 늘렸을 뿐이다. 그러다 며칠 전, 간만에 매기가 전화를 걸었다. 통화 내용은 우리의 결혼 생활만큼 단순했다.

－이번 주 토요일에 덴튼 헤이즈에 오면 팔십만 달러를 줄게.

당연히 매기의 말을 믿진 않았다. 이혼 후 내 재산의 절반을 라스 베가스 카지노의 슬롯머신에다 꼴아

박은 매기에게 팔십만 달러가 있을 리 만무했다. 하지만 난치병에 걸렸다는 그녀의 다음 말은 믿을 만했다. 나는 고개를 끄덕이며 그녀를 보러 덴튼 헤이츠에 가겠노라고 대답했다. 평소엔 코딱지만큼도 없던 동정심이 생긴 것이다. 그때 나는 필과 함께 잭 다니엘에 흠뻑 절여져 있었다. 내 인생은 언제나 필과 잭 다니엘이 문제였다. 제정신이었다면 매기에게 헛소리하지 말라고 소리쳤을 것이다. 빌어먹을. 아무튼, 그 대답 때문에 나는 매기를 보러 덴튼 헤이츠로 향했다. 그곳은 오지 중의 오지여서 기차나 비행기가 다니지 않았다. 덴튼 헤이츠에 갈 수 있는 교통수단은 두 다리, 말, 자전거, 자동차뿐이다. 나는 마지막 기도로 덴튼 헤이츠에 무사히 도착하게 해달라고 빌었다.

내 기도가 통했는지 날이 밝고 나서 목적지인 덴튼 헤이츠에 무사히 도착했다. 연초록색 바탕의 표지판은 헐어 있었지만, 이곳이 덴튼 헤이츠라는 사실을 똑똑히 알려 줬다. 14시간 만에 도착한 나는 주저앉으며 모래 바닥 위에 키스했다. 땅에다 얼굴을 박고 "여우야, 고맙다"라고 중얼거릴 때, 어깨에 도끼를 짊어진 남자가 표지판 뒤에서 걸어 나오며 내게 말했다.

- 거긴 방금 들개가 오줌(꿀벌이리고 들렸다)을 싼 자리라오.

수염을 덥수룩하게 기른 그 사내는 남부 억양, 그리고 호주식 억양과 뭔지도 모를 억양이 섞인 독특한 말씨를 가지고 있었다. 때문에 남자의 말을 듣고 3초가 지나서야 무슨 말인지 이해했다. 하지만 녀석의 말을 제대로 못 들었던 3초 전의 나는 "네?"라고 남자에게 되물었다. 도끼를 쳐다보며 조금 떨리는 목소리로 말이다. 사내가 짊어진 도끼에는 핏방울이 맺혀 있었다. 피 묻은 도끼 앞에서라면 누구나 나처럼 공손해질 것이다. 나는 이리저리 요동치는 눈으로 사내를 살펴봤다. 사내는 내 시선을 읽었는지 비웃으며 다시 말했다.

- 당신이 아까 키스했던 곳에 들개가 오줌을 쌌다고.

나는 뒤늦게 넌더리를 치며 침을 내뱉었다.

- 당신이 킴, 맞소? 반갑소. 나는 매기의 남편 본 토마호크요. 본이라고 부르시오.

본이 내게 손을 내밀었다. 나는 잠시 망설이다 그의 손을 잡았다. 억센 힘이 느껴졌다. 이건 도발인가? 하지만 나는 도끼를 들고 있는 사내를 힘으로 제압할

166

자신이 없었다. 그래서 잔뜩 비틀린 목소리로 본의 수염을 칭찬해 줬다.

─콧수염 손질 잘 하셨네요? 꼭 스캣맨 같군요. 멋지십니다.

─제멋대로 자란 거라오.

남자는 내 손을 놓아 주며 자신의 콧수염을 매만졌다. 남자의 시큰둥한 답변을 들으니 조금 민망했다. 남자는 주머니에서 레드애플 담배를 하나 꺼내 물며 말했다.

─그리고 내 스캣은 형편없지.

남자는 담배 연기와 함께 스캣을 내뿜으며 내게 따라오라고 손짓했다. 어이없게도 녀석의 스캣은 수준급이었다. 이놈은 한 입으로 두말하는 전형적인 남부 촌뜨기였다. 나는 아픈 손을 감싼 채 투덜거렸다. 매기는 도대체 어쩌자고 저런 건달이랑 재혼한 걸까? 도착의 기쁨은 어느새 사라지고 없었다.

위키피디아에 의하면 덴튼 헤이츠는 큰 규모의 마을이 아니었다. 네바다 주 블랙록 사막 한가운데 위치한 "시간이 멸망한"(위키피디아 덴튼 헤이츠 문서의 첫 문장이 이것이었다) 이 마을은 올해로 개척된 지

218년째였고, 현재 인구는 48넝이있다. 이 마을이 전성기는 골드 러쉬가 한창이던 1845년이었고, 그때 인구는 2,209명 – 백인들에게 혼쭐이 난 인디언을 제외한 수치였다 – 이었다고 한다. 마을의 집들은 한두 채 빼고 죄다 개척 시대 때 만들어진 오두막이었다. 한낮이었지만, 덴튼 헤이츠는 쥐 죽은 듯 고요했다. 황무지 위로 움직이는 것은 선인장 사이를 굴러다니는 회전초뿐이었다. 보기만 해도 갑갑한 마을이었다. 덴튼 헤이츠의 풍경은 조잡한 삼류 서부 영화의 세트장 같았다. 무법자 클린트 이스트우드와 보안관 존 웨인이 목숨을 건 결투를 펼쳐도 배경이 이따위라면 지루해서 하품이 나올 게 분명했다. 덴튼 헤이츠는 풍경뿐만 아니라 통신에서도 오지였다. 본은 내가 터지지 않는 휴대폰을 열심히 두들기는 걸 보고 여긴 폭스 TV도 – 세상에, 2020년에 누가 폭스 TV를 본담? – 안 나오는 곳이니 포기하라고 말했다. 매기는 어째서 이런 곳에 살고 있는 걸까. 한참을 걷다 보니 대머리독수리 세 마리가 늙은 참나무로 만든 오두막 위에 얌전히 앉아 있는 게 보였다. 본은 저곳의 집주인이 이틀 전에 죽었다고 내게 일러 줬다. 매기가 병에 걸린 후론 자기

네 집 위에도 한두 마리씩 날아다니기 시작했다는데 이 마을에선 독수리가 저승사자 취급을 받는다고 그가 말했다.

　―방금 전에도 지붕 위에 있던 대머리독수리를 도끼로 잡았다오. 불쾌해서 말이지.

　본은 피가 뚝뚝 떨어지는 도끼를 눈으로 가리키며 내게 말했다. 믿기 어려웠다. 날개가 있는 대머리독수리가 순순히 도끼질에 당할 리 없었다. 보나마나 병든 닭 같은 걸 잡고 으스대는 것이겠지. 도끼에 찍힌 닭 모가지에서 피가 분수처럼 뿜어져 나오는 모습을 상상할 때, 본은 죽은 이에 대해 말했다. 참나무 오두막의 주인은 선인장 열매를 따 먹다 가시에 많이 찔려서 파상풍으로 사망했다고 한다.

　―라스 베가스의 거지들은 배가 고프면 선인장 열매라도 따 먹으려고 사흘 넘게 사막을 걸어서 이곳으로 오는데, 저 집주인도 샌즈 호텔에서 모든 걸 잃어서 죽기 전까지 선인장 열매로 끼니를 해결했소. 비싸긴 해도 샌즈 호텔은 정말 좋은 곳이지. 매기와 나도 가끔 돈을 모아 그곳으로 간다오. 보다시피 이 사막 바닥은 심심하기 짝이 없거든.

그깟 선인장 열매가 맛있냐고 물으니끼, 본은 머을 게 없으면 맛있다고 답하며 자신도 열매를 따다 선인장에 찔려 죽을 뻔했다고 말했다. 피 묻은 도끼만 없었다면 그가 내 멍청한 친구 필처럼 한심하게 보였을 것이다.

ㅡ이백만(이십억으로 들렸다) 달러 얘기는 매기한테 들었소?

본은 은근 슬쩍 돈에 대해 말했다. 나는 의아해하며 언제 액수가 이십억으로 불어났나요, 라고 되물었고 본은 이백만이라고 했소, 라고 정직하게 답했다. 아까도 말했지만, 본의 발음은 확실히 어딘가 이상했다. 나는 얼굴을 긁적이며 겸연쩍게 말했다.

ㅡ그 얘기는 믿지 않았는데요.

ㅡ하지만 사실이오. 우리는 몇 달 전에 복권에 당첨됐소. 당첨 사실을 이제야 알았다는 게 문제지만.

본은 콧수염을 긁적이며 말했다. 나는 그에게 거친 콧수염을 제거하는 데 좋은 육중날 면도기를 추천할까 하다가 그만뒀다. 내가 면도기에 대해 잘 알게 된 것은 순전히 매기 덕분이었는데, 매기는 이 남자에게 면도하라고 명령하지 않는 것 같았다. 어째서일까. 턱과 코밑에 난 털이라면 질색하던 매기인데. 안 본 사이 취향의 변화라도 생긴 것일까. 본은 콧수염을 긁적이던 손을 공중에 휘휘 저으며 내게 말했다.

　－당첨금이 정확히 이백오십이만 팔천삼백팔십삼 달러요. 세금을 떼면 대충 백팔십만 달러지.

　－매기도 그리 말했습니다.

　나는 시큰둥하게 답했다. 복권에 대해선 하나도 믿지 않았다. 지난주, 지지난주, 지지지난주, 한 달 전, 두 달 전, 심지어 1년 전까지 되돌아 봐도, 당첨금이 이백오십이만 달러였던 복권은 하나도 없었다. 그리고 그 매기가 복권 당첨이라니. 말도 안 되는 소리다. 내가 아는 사람 중 제일 재수 없는 사람이 바로 매기가 아니던가. 남이 한 번 넘어질 걸 세 번이나 넘어지는 게 매기였고, 10달러 정도만 잃을 걸 100달러나 잃던 게 매기였다. 내가 그 사실을 본에게 지적하자 그는 동의한다고 말하며 어깨에 짊어진 도끼를 놓칠 정도로 자지러지게 웃었다. 도끼는 내 오른발 앞에 쿵하며 떨어졌다. 깜짝 놀란 목소리로 본에게 도끼를 조심하라고 말하자 본은 웃음을 멈춘 후 도끼를 다시 어깨에 짊어졌다.

─사실 우리가 당첨된 복권은 미국에서 발행한 게 아니라오. 한국에서 발행한 거지.

　─한국이라고요? 매기는 한국에 대해 아무 말도 안 했는데요.

　─당신이 안 믿는 눈치여서 길게 안 말한 거지. 우리는 몇 달 전 아시아에 여행을 갔다오. 거기서 기념으로 복권을 샀는데 나중에 알고 보니 그 복권이 당첨됐더군.

　이게 무슨 뚱딴지 같은 소리인가 싶었지만 나는 잠자코 본을 따라 걸어갔다. 오두막 위에 있던 대머리독수리들도 날개를 펼치고 어디론가 날아갔다. 까만 깃털이 사방에 흩날렸다.

　매기와 본의 집은 마을 입구에서 한참이나 떨어진 폐광 근처에 있었다. 그들의 집은 덴튼 헤이츠의 다른 낡은 집들처럼 겨울을 나려면 땔감이 필요한 오두막이었다. 말하자면, 덴튼 헤이츠는 여전히 도끼가 유용한 곳이었다.

　─집이 좀 더럽다오.

　오늘 들은 말 중 제일 신뢰가 가는 말이었다. 아닌 게 아니라, 집에 들어서자마자 마루를 가로질러 달리는 바퀴벌레 한 쌍이 보였다. 매기와 본이 청소를 하는지 의심스러웠다. 나는 헛기침을 하며 거실을 둘러봤다. 가구라고 부를 만한 것은 거실 구석에 처박혀 있던 분침 없는 괘종시계 하나와 몇 군데가 갈라진 물소 가죽 소파, 그리고 다리가 세 개 달린 테이블뿐이었다. 형편없는 장식품들도 있었다. 흑인과 인디언의 악몽이라고 불린 윈체스터 M1887과 반으로 쪼개진 불곰의 머리통이 그것이었다. 내가 벽에 걸린 그것들을 빤히 보자 본이 그 아래에다 도끼를 놓아두며 자랑스럽게 말했다.

— 내가 이 곰탱이의 미간에 도끼를 꽂았소. 피가 이만큼이나 튀었지.

나는 영혼 없이, 대단하십니다, 라고 말했다. 믿진 않았다. 사막에 곰이 있을 리가 없으니까. 차라리 사람의 머리를 찍는 게 취미라고 하는 것이 더 그럴 듯했다. 보나마나 곰 머리는 파산 당한 사냥꾼에게서 샀을 것이다. 도끼를 짊어진 채 값을 흥정하는 본을 떠올리니 상상 속의 사냥꾼이 딱해졌다. 그때, 본이 뒤에서 내 어깨를 툭툭 쳤다.

— 이쪽이오.

그는 나를 안방으로 안내했나. 안방도 거실만큼 너저분했다. 안방에는 낡은 옷장과 안테나가 너덜너덜한 구식 텔레비전과 왼쪽으로 심하게 기울어진 침대가 있었다. 침대의 오른쪽에는 매기가 위태롭게 누워 있었는데, 3년 만에 만난 그녀는 핼쑥해져 있었다. 내 주위 사람 중에서 제일 말라비틀어진 사람은 필이었는데, 이젠 매기일 것 같다. 몰골을 보니 몹쓸 병에 걸렸다던 그녀의 말은 사실인 것 같았다. 매기는 회색 딱지가 잔뜩 들어앉은 왼팔을 내밀며 내게 인사를 했다. 나는 그 흉측한 손을 잡을까 말까 잠시 고민했다.

– 간만이네.

– 간만이야.

3년 만의 인사는 그렇게 가식적으로 간단하게 이뤄졌다. 우리는 그렇게 한참이나 서로를 쳐다보며 어색하게 서 있었다. 몇 년 전 내 뺨을 힘껏 후려치던 매기가 지금은 침대 위에 볼썽사납게 박혀 있는 것이 안쓰러웠다. 예전에 그녀를 저주하던 나날이 자연스레 떠올라서 마음이 아팠는데, 그렇다고 그녀를 싫어하지 않게 됐다는 건 아니다. 매기도 나와 기분이 비슷했는지, 아무 말도 하지 않았다. 이런 불편한 침묵을 먼저 깬 것은 매기나 내가 아닌 본이었다.

　─치료법이 매우 까다롭고 비싼 난치병이오.

　─병 이름이 박호병이었던가요.

나는 생소한 병명을 말하면서 본과 매기를 번갈아 가며 쳐다봤다. 매기는 갈라진 목소리로 내게 답했다.

　─박연병.

성대에도 딱지가 들어앉은 모양이었다. 그렇지 않고서야 저런 기이한 목소리가 나올 리 없었다.

　─아시아 여행을 다녀온 후에 병에 걸렸소. 티베트 근처에서 그 병에 걸린 거 같은데, 다행인지 불행인지 여름 감기보다 전염성이 없는 병이라오. 치사율은 상상 이상이지만.

매기는 정말로 매기다운 병에 걸렸다. 그런데 본이 너무 덤덤하게 말해서 나는 그가 매기를 제대로 걱정하고 있는 건지 의구심이 들었다. 나는 본을 노려보며 쏘아붙이듯 말했다. 나중에 생각해 보니, 내게도 그런 용기가 남아 있었구나 싶었다.

　─아니, 그런 병이 있는 아시아에 왜 간 겁니까?

　─매기가 가고 싶다고 했소. 우린 아시아에 한 번도 안 갔거든. 재수 없게 병에 걸릴 거라곤 상상도 못했소.

본은 당당하게 답했다. 이 사는 지금 나를 만만하게 보거나, 상황을 대수롭지 않게 여기고 있는 게 분명했다. 어느 쪽이든 문제였다. 하긴, 왜소한 동양계 남자한테 겁먹을 남부 촌뜨기는 한 명도 없을 것이다. 그 사실은 날 충분히 열 받게 만들었다. 나는 보여 줄 수 있는 최대한의 분노를 몸밖으로 표출했다. 본의 콧수염이 살짝 흔들리는 게 보였는데, 녀석이 도끼를 들고 달려와 내 머리를 찍어 버릴 것만 같았다.

본은 도끼 대신 티슈를 들고 왔다. 그는 내가 뱉은 가래를 닦으며 투덜거렸다.

– 갑자기 가래를 왜 바닥에 뱉으시오?

나는 아무 말도 하지 않고 매기를 내려다봤다. 예전에 그랬던 것처럼 매기는 혐오스러워하는 표정을 지으며 나를 올려다봤다.

– 그러고 싶어?

– 뭐가?

그녀가 쏘아붙이자, 나도 쏘아붙였다. 이제야 어색하지 않다는 느낌이 들었다. 본은 가래가 잔뜩 묻은 티슈를 들고 밖으로 나갔다. 매기가 기침을 세 번 정도 한 후 내게 말했다. 나는 매기가 아파서 기침을 세 번 한 것이 아니라는 사실을 잘 알고 있다. 그녀는 언제나 나와 말싸움하기 전에 기침을 세 번 정도 했었다. 그 버릇이 아직도 남아 있었던 것이다. 아마 매기는 저 못된 콧수염이랑도 싸우기 전에도 기침을 세 번할 것이다. 매기가 운 좋게 살아남아 결혼을 또 한다면 세 번째 남편에게도 기침을 세 번 하고 말싸움을걸 것이다. 그게 매기만의 대화 방식이니까.

　─이러쿵저러쿵 떠들지 말고 한국에 다녀와 줘.

　─나 바빠. 진짜 당첨됐으면 너희들이 직접 가.

　─시한부 환자가 비행기를 타고 잘도 멀리 날아갈수 있겠네. 당첨금 절반 줄 테니까 그냥 조용히 다녀와. 그리고 바쁘기는 무슨. 너 회사에서 잘렸잖아. 지난달 인스타그램에다 "위후! 이제 자유다!" 하고 허세부리는 사진 올린 거 다 봤어.

　─전 남편 인스타그램을 왜 봐? 아니, 그전에 여긴휴대폰도 안 된다고 하던데?

　─보면 안 되나? 그리고 우리 같은 촌뜨기들도 가끔은 휴대폰이 잘 터지는 라스 베가스로 기어나가거든?

　─그럴 거면 도시에서 살지 그래? 인디언들이 살다가 뒈져 버린 이런 동네에서 살지 말고?

– 말조심해. 본이 혼혈이긴 해도 여기서 살다가 백인한테 뒈져 버린 인디언의 5대손이야. 밖에 있는 불곰 대가리 봤지? 알래스카로 여행 갔을 때 도끼로 잡은 거야. 내가 봤어.

매기의 말을 듣고 나는 본이 나간 쪽을 흘끗 쳐다봤다. 다행히 아직 도끼를 들고 올 기미는 안 보였다. 매기는 내 모습을 보더니 비웃으며 말했다.

– 그이는 귀가 워낙 좋아서 네가 하는 말은 다 들었을 거야. 너 어떡해? 큰일 났네.

나는 "듣든지 말든지"라고 말하며 짐짓 허세를 부렸지만 이미 가슴 한편엔 걱정이 자리 잡았다. 매기는 내 말을 듣고 한참이나 웃더니, 물이나 한 잔 달라고 말했다. 나는 주전자를 들어 그녀 옆에 있는 유리잔에 물을 부었다. 물은 환자가 마시기 딱 좋게 미지근했다. 매기가 물을 마시자 방 안에 꿀꺽거리는 소리가 울려 퍼졌다. 그 소리를 듣고 있자니 맥주 생각이 간절해졌다. 필 녀석은 아마 오늘도 술을 퍼 마시겠지. 갑자기 필이 보고 싶어졌다. 그래서 나는 매기에게 필에 관한 얘기를 했다.

– 여기 오기 전에 필이랑 술을 마셨지.

─그 말도 안 통하는 망할 알코올 중독자랑 아직도 어울려?

─망할 알코올 중독자라니. 필은 네 동생이라구, 매기.

매기는 멍하니 있다가 참, 그랬지, 라고 말하면서 머리를 문댔다. 비듬이 몇 개 그녀의 어깨 위로 떨어졌다. 비듬을 털어낸 매기는 나를 올려다보며 또박또박 말했다. 아침을 먹고 있던 내게 갑자기 청소기를 밀라고 명령할 때처럼.

─킴, 당장 한국에 가서 우리 당첨금을 받아와.

나는 매기에게 대체 왜 이러냐며 따지고 싶었지만, 입을 다물었다. 예전에 그녀와 말싸움을 실컷 했기 때문에 더 이상 할 말이 없기도 했고, 그녀를 말로 이길 자신도 없었다. 매기와 수많은 대화를 나눠 봤지만 결국 아침에 청소기를 미는 사람은 언제나 나였다. 우리 대화의 결말은 언제나 그랬고, 지금도 여전했다.

얼마 후, 매기는 곯아떨어졌다. 요즘 묽어진 잭 다니엘에 대한 내 불평을 듣다가 갑자기 잠에 빠져들었는데, 박호병인지 박연병인지 하는 병의 증상인 것 같았다. 투덜거리며 밖에 나와 보니 본이 낡은 물소 가

죽 소파에 앉아 있었다. 나는 본의 옆에 놓인 인체스터 M1887과 총알들을 보고 멈칫했다. 산탄총은 장식품이 아니었다. 도끼에서 산탄총이라니. 위협적인 변화였다. 그는 테이블에 커피를 올리고 손짓으로 내게 앉으라고 권했다. 순순히 소파에 앉자, 곳곳이 갈라진 물소 소파는 바람 빠지는 소리를 내며 밑으로 가라앉았다. 소파 덕분에 오묘한 기분이 들었다.

– 얘기는 잘 나누셨소?

본이 커피를 입에다 가져가며 내게 물었다. 나는 커피를 마시며 고개를 끄덕였는데, 커피의 맛에 눈살이 저절로 찌푸려졌다. 찬장에 너무 오랫동안 놓아둬서 바퀴벌레가 알을 깐 것 같은 맛이었다. 나는 넌더리를 치며 잔을 테이블에 내려놓았다.

– 그래서 한국에 가실 건가?

– 딱히 가고 싶지 않습니다만…. 복권에 대해선 아직 믿기지가 않네요.

내가 머뭇거리며 답하자 본은 곤란한 듯 콧수염을 쓰다듬었다. 그는 기분이 이상해질 때마다 콧수염을 만지는 것 같았다. 본은 산탄총을 슬쩍 쳐다봤다. 괜히 긴장이 됐다.

―시간(라임이라고 들렸다)이 별로 없소.

본은 후룩하며 한 번에 커피를 다 마셨다. 안 뜨거울까, 하는 생각이 들었다. 본은 주머니에서 종이를 꺼내 보이며 이게 당첨된 복권이라고 말했다. 내가 그 종이에서 알아볼 수 있는 건 숫자들이 무지막지하게 적혔다는 것뿐이었다. 본은 산탄총에 슬쩍 손을 대면서 내게 말했다.

―거길 보면 돈을 찾을 수 있는 날짜가 2주도 안 남았더군.

―그렇게 급한 거면 직접 찾아가시는 게 어떨지….

본은 내 말에 대답하는 대신 매기가 있는 방 쪽을 눈으로 가리켰다. 매기는 여전히 대단한 핑곗거리였다. 내게 직장이란 것이 있던 시절에 매기는 참으로 유용했다. 아마 월터는 매기가 죽었다고 생각할지도 모른다. 매기가 아침에 넘어져서 어딘가 부러졌다는 얘기를 두 달에 한 번씩은 들었으니까.

―그럼 다른 지인한테 부탁하시죠.

―안타깝게도 매기와 나는 친구가 없소. 우리의 지인은 당신뿐이지.

본이 한심하고 슬픈 말을 너무 덤덤하게 해서 비웃

을 뻔했다. 하지만 녀석이 산탄총에 총알을 한 발씩 장전하는 걸 보고 나는 제멋대로 올라가는 입꼬리를 간신히 잡으며 핑계를 댔다.

– 저는 직장이 있습니다.

– 지난달 24일 페이스북에 썼던 '구직 중입니다'라는 글 이후로 당신의 페이스북에선 어떤 취직의 징조를 찾아볼 수 없었소만. 만약 진짜로 직장을 새로 가지셨다면 축하드리오. 어떤 직장이오?

난 미친놈 보듯이 본을 쳐다봤다. 이 콧수염이나 기르는 촌놈도 SNS를 하고 있었다. 빌어먹을 마크 주커버그. 나는 고개를 절레절레 흔들며 본에게 말했다.

– 전 한국말을 한마디도 못하는데 어떻게 당첨금을 받죠?

본은 옹알이를 하는 아기를 쳐다보듯 날 바라보며 내 어깨에 손을 올렸다. 힘이 어찌나 세던지 어깨가 빠질 것 같았다. 녀석은 내게 속삭이듯 말했다.

– 잘 듣고 따라 하시오. 844회차 당첨금 주세요.

아마도 당첨금을 달라는 한국어인 거 같은데, 내 귀에는 대단히 기묘하고 위압적인 말로 들렸다.

불행히도, 나는 거절하는 방법을 잘 모른다. 그래

서 나는 이혼 서류에 순순히 도장을 찍었고, 매기와 본의 부탁도 들어 줬다. 여전히 복권이 진짜인지 가짜인지 모르지만 말이다. 내가 복권인지 유치원 수학 문제지인지 모를 종이를 주머니에 넣으며 한국에 가겠노라고 말하자 본은 고개를 끄덕이며 몸을 일으켰다.

— 그냥 매기의 유언이라고 생각하고 다녀오는 거요.

절대 산탄총이 무서운 게 아니라는 것을 덧붙이고 싶었지만 우습게 보일까 봐 참았다. 본은 알겠다고 말하며 자신은 바깥에 다녀와야 할 것 같다고 말했다.

— 대머리독수리를 쫓아내고 오겠소. 방금 전 지붕에서 푸드덕거리는 소리가 들렸다오. 심심할 테니 그동안 안방에 가서 TV나 보고 계시오. 케이블이나 공중파는 안 나오지만, 비디오는 볼 수 있다오. TV 밑을 보시면 잔뜩 깔려 있는 비디오테이프들이 보일 거요.

아까 TV 밑에 B급 영화 테이프가 무더기처럼 쌓여 있는 걸 보긴 했다. 하지만 매기 옆에서 일본 여고생 킬러의 머리가 박살 나는 영화를 보고 싶진 않아서 고개를 절레절레 흔들며 괜찮다고 말했다. 그때가 덴튼 헤이츠에서 내가 제일 진실했던 순간이었다.

— 오래 걸릴지 모른다오.

본이 윈체스터 M1887을 늘빈서 밀했다. 신탄총외 총구가 날 향하자 나도 모르게 몸을 소파 속으로 욱여 넣었다. 분명 멍청하게 보였을 것이다. 본은 피식 웃으며 내게 말했다.

─ 나도 이건 쓰기 싫지만, 대머리독수리는 말이 안 통하는 놈들이오. 이게 도끼보다 쓰기 편하지.

본이 밖에 나가자 아주 또박또박한 총성이 들려왔다. 총성이 들릴 때마다, 몸이 움찔거렸다. 산탄총은 자기 주인보다 발음이 정확한 친구였다. 그사이 나는 한국엔 도대체 어떻게 가야 할지 고민하기 시작했다. 자랑은 아니지만, 나는 미국에서 벗어난 적이 한 번도 없었고, 당연히 여권도 없었다. 여권에 대해 고민할 때, 갑자기 주머니에서 스마트폰이 울렸다. 우연히 신호가 잡힌 모양이었다. 필에게서 온 전화였다. 내가 전화를 받자마자 필은 욕지거리하며 인사했다.

─ 어디 갔어, 후레자식아? 술 마셔야지. 오늘 시카고 컵스가 야구하는 날이야.

─ 너희 누나 집에 왔다.

내가 간결하게 답하자, 전화기 너머의 필은 잠시 침묵했다. 그러더니 딸꾹거리는 소리와 함께 입을 열었다.

- 우리 누나가 어디 살고 있는데?

- 덴튼 헤이츠.

- 무슨 헤이츠? 빌어먹을. 무슨 마을 이름이 그따 위야?

필은 내게 지금 당장 오지 않는다면 며칠 전에 마시다 남겨둔 제임슨 12년산을 자기가 몽땅 마시겠다고 으름장을 놓았다. 나는 그에게 맘대로 하라고 말했다. 총성 때문에 술 생각이 싹 사라졌기 때문이다. 내 말을 듣고 필은 취직이라도 한 거냐고 물었다.

- 그런 게 아니야. 매기의 남편이 샷건이랑 도끼 들고 협박을 해서 술맛이 싹 달아났어.

- 그거 완전 미친놈이네. 그 미친놈이랑 사는 우리 누나는 어때?

- 죽기 일보 직전이야.

내가 전하는 안부를 듣고 필은 덤덤하게 말했다.

- 원래 우리 가문은 오래 못 살아. 아버지도 22살에 돌아가셨거든. 아마 나도 이듬해 겨울에 죽을 거야. 유산으로 너한텐 옥수수 위스키 한 병 정도는 남겨 줄게.

- 미친 소리 작작하고 술 적당히 마셔.

필은 어떻게 술을 적당히 마시냐고 내게 되물었다. 필과 함께 잭 다니엘을 비워 본 243번의 경험을 떠올려 보면, 녀석은 지금 이미 한 병을 다 마신 상태인 것 같았다. 아닌 게 아니라 녀석의 발음은 본만큼이나 뭉개져 있었다.

　－누나가 나 보고 싶어 하지 않아?

　－망할 알코올 중독자 녀석이라고 하더라.

　그 말을 듣더니 필은 욕을 한마디 내뱉곤 전화를 끊었다. 내게 하는 욕인지, 매기에게 하는 욕인지는 모르겠다. 필이 하는 말은 대체로 그랬다. 녀석의 말은 도통 알아먹을 수 없었다. 전화를 끊고 보니, 월터에게서 메시지가 하나 와 있었다. 내용은 그리 길지 않았다. 급히 상의할 게 있으니 전화를 걸라는 것이었다. 아마도 퇴직금이 잘못 지급됐다거나, 혹은 미처 고려하지 못한 노동고용법이 뒤늦게 생각난 게 분명한 것이다. 월터에게 전화를 걸어 보려 했지만, 전화는 다시 불통이 되고 말았다. 그 사이, 바깥에서 총성이 또 들려왔다.

　본은 해가 다 지고 난 후에 집으로 돌아왔다. 녀석은 대머리독수리 세 마리를 질질 끌면서 들어왔다. 매기는 여전히 곯아떨어져 있는 상태였고, 할 일 없던 나는 망가진 괘종시계를 들여다보며 지금 시각이 몇 시일지 추측하는 중이었다.

－미안하오. 내가 손님을 너무 외롭게 둔 거 같군. 멀리까지 날아간 대머리독수리를 쫓느라 늦었다오.

어깨에 묻은 까만 깃털을 툭툭 털어내며 본이 내게 말했다. 대머리독수리들은 곰의 머리 밑에 놓여졌다. 전부 머리가 박살이 난 상태였다. 나는 으깨진 독수리들을 곁눈질하며 전혀 아니라고, 형식적으로 기계적으로 본에게 말했다. 본은 딱한 사람 보듯 나를 쳐다봤다. 그는 부엌 쪽으로 가면서 내게 말했다.

－저녁이나 먹읍시다.

나는 본이 제대로 된 요리를 못 할 것이라 짐작했다. 그래도 뭔가 데울 줄은 알겠지 싶었는데, 그는 내 최소한의 희망을 3초 만에 깨부쉈다. 본은 차디찬 옥수수 통조림 하나를 내게 던져 줬다. 제조일자는 2017년이라고 찍혀 있었다. 먹어도 될까, 하는 생각 뒤로 2017년의 일들이 떠올랐다. 매기도 그 일 중에 포함됐는데, 추억거리로 삼을 만한 기억은 아니었다.

－이런 동네에선 이런 걸 먹어야 제맛이라오.

본은 도끼로 통조림을 박살내며 내게 밀었다. 나중에 살펴보니 그의 통조림은 2014년도에 제조된 것이었다. 그는 서툴긴 해도 손님 대접을 할 줄 아는 남자였다. 그래도 오래된 통조림의 맛은 끔찍했다. 내가 인상을 찌푸리는 걸 보더니, 본은 한참을 가만히 있다가 바깥에 나가서 뭔가를 들고 왔다. 술이었다. 더 정확히 말하자면 진과 토닉이었다. 평소라면 반가웠겠지만, 지금은 반갑다기보다 두려웠다.

－이건 정말 특별한 날에만 먹는 술이오. 멀리 떠날 당신을 위해 한 잔 드리겠소.

－진 토닉이 특별하다고요?

이틀 전에도 필 녀석이랑 주야장천 마신 술이었다. 내가 별로 기뻐하는 눈치가 아니자 본은 콧방귀를 뀌며 말했다.

－나는 권하는 사람이 아니라오. 거절을 거절하는 사람이지. 냉큼 들이키시오.

그는 커피 잔에다가 진과 토닉을 대충 섞은 후 내게 내밀었다. 그 모습을 보고 있노라니 마시지 않을 수가 없어서 나는 한 잔을 금세 마신 후 더 달라고 그에게 말했다. 본이 인심이 후했던 건지, 아니면 내가 알코올 중독자처럼 보였던 건지 모르겠지만, 그는 진을 콸콸 넣고 토닉은 눈물 한 방울만큼 넣었다. 야만스러운 방식이었지만, 조금 마음에 들었다.

괘종시계가 열한 번 울 때, 우리 둘은 그 괴팍한 진토닉을 열 잔째 먹었다. 본의 얼굴이 빨갛게 달아오르자, 나는 녀석에게 슬쩍 물어봤다.

―내가 만약 한국에 안 가겠다고 끝까지 버텼으면 어떻게 했을 거요?

―도끼로 두개골을 갈라 버린 다음 뇌에다가 산탄을 먹이려고 했지. 너덜너덜해진 시체는 대머리독수리들에게 던졌을 거고. 이 달러도 아니고, 이백만 달러나 되는데. 그걸 허공에다 없애 버린다니. 죽어 마땅하지. 난 그 돈으로 매기를 치료하고 싶소.

녀석은 무뚝뚝하게 말했지만 난 이 촌뜨기의 심정을 명확히 알 수 있었다. 그건 그렇고, 갑자기 오줌이 마려웠다.

―그런데 왜 내게 반이나 주는 거죠? 내가 그럴 자격이 있다고 봅니까?

―매기가 그러자고 했소. 나는 반대했지만, 매기가 그러자고 하니 어쩔 수 없었소. 저 여편네가 무슨 생

각을 하는지 도무지 모르겠소.

도대체 매기가 왜 나한테 그런 친절을 베푸는지 짐작할 수 없었지만, 그 이유를 굳이 알고 싶진 않았다. 그 대화를 끝으로 우리는 별다른 말도 하지 않고 계속 술을 들이켰다. 오줌이 마려웠지만 꾹 참고 본이 주는 대로 술을 마셨다.

진을 네 병째 비우고 있을 때, 괘종시계가 열두 번 울었다. 조용히 술을 마시던 본은 매기에 관한 질문을 했다. 그는 과거의 매기가 어땠는지 궁금해했고 나는 그의 질문에 답해 줬다. 매기와 장모의 시시콜콜한 관계에 대해 말할 때, 매기는 얼굴을 잔뜩 찌푸린 채 밖으로 걸어 나왔다. 표정을 보니 우리의 대화를 들은 것 같았다.

— 지금 뭐하는 짓거리야?

매기가 딱지가 덕지덕지 붙은 손으로 우리를 향해 삿대질하며 소리쳤는데, 매기의 손이 너무 부들거려서 누구를 가리키는 건지 몰랐다. 본은 혀가 잔뜩 꼬부리며 매기에게 답했다.

— 보시다시피 술을 마시고 있다오. 당신도 한잔 하시겠소?

190

매기는 비틀거리며 우리 쪽을 향해 다가왔다. 다년간 매기와 함께 살아 본 경험 덕분에 매기의 다음 행동을 쉽게 예상할 수 있었다. 그건 본도 마찬가지였다. 그는 순순히 자신의 왼쪽 뺨을 매기에게 내밀었다. 몇 분 후, 아까보다 더 불쾌해진 뺨을 어루만지며 본이 내게 말했다.

— 예전에도 저렇게 과격했소?

나는 어깨를 으쓱하며, 매기는 언제나 매기였다고 대답했다. 처음으로 그 콧수염이 안 됐다고 느꼈다. 매기를 이길 수 있는 남자는 이 세상에 아무도 없을 것이다. 본은 노곤하게 하품을 한 후 내게 말했다.

— 그만 마셔야겠소. 잠은 아무 방에나 들어가서 자시오.

본은 기지개를 펴고 매기가 있는 방으로 들어갔다. 조금 아쉬웠지만, 매기를 생각하면 이쯤에서 들어가는 게 맞았다. 본의 말대로 나는 아무 방에 들어가서 매트리스 위에 누웠다. 거슬리게도 삐걱거리는 소리가 밤새 울려 퍼졌다. 그래서인지 악몽을 꿨다. 이번에도 월터가 나왔는데, 그 망할 놈은 분홍색 서류 봉투로 내 뺨을 있는 힘껏 때렸다. 꿈이었지만, 매기가 때린 것만큼이나 아팠다. 해고는 꿈에서도 당할 만한 것이 아니었다.

눈을 떴을 때, 바깥은 여전히 어두컴컴했다. 거실에 나와 시계를 들여다보니 시침이 새벽 세 시 언저리를 가리키고 있는 게 보였다. 몸이 찌뿌둥해서 스물일곱 시간 동안 잤는지, 아니면 세 시간밖에 못 잤는지 분간이 가질 않았다. 매기와 본은 아직 자는지 안방에선 아무 소리도 들리질 않았다. 아침까지 기다릴까 싶다가, 괜히 그럴 필요가 있을까 싶어서 그냥 떠나기로 했다. 떠나는 이유에는 본의 도끼와 산탄총을 포함해서 여러 가지가 있었지만, 시카고 블랙호크스의 경기가 가장 큰 이유였다. 야구는 안 봐도 되지만, 미식축구만큼은 핵폭탄이 떨어져도 꼭 봐야만 했다. 핑계가 아니다. 아마 시카고 블랙호크스를 나만큼 좋아하는 사람은 세상에 없을 것이다. 거실에 굴러다니는 종이 쪼가리에 두 분이 베푸신 친절에 감사하며, 나는 이만 가겠노라고 짧게 적은 후에 — 시카고 블랙호크스에 대해 적을까 싶었지만 그만뒀다 — 문을 나섰다. 사막이라 그런지 새벽 공기가 굉장히 차가웠다. 새벽이었지만 불이 켜져 있는 오두막이 몇 군데 보였다. 이 새벽에 다들 뭘 하는 것일까. 궁금했지만 알 수 없는 노릇이었다. 새벽에 깨어 있는 사람은 마을 사람뿐만이 아니었다. 선인장 밭을 지나자 거지들이 가시에 찔려 가며 열매를 뜯어먹는 게 보였다. 선인장 열매를 따먹는 거지들은 정확히 다섯 명이었다. 인종과 나이와 성별이 제각각이었지만 그들은 모두 같은 곳에서 온 게 분명했다. 그 중 중국인처럼 보이는 여자 거지가 내게 다가오더니 손을 내밀었다. 카지노에서 혀를 뽑혔는지, 아니면 날 때부터 벙어리였는지, 그녀는 아무 말도 하지 않고 그저 손을 내밀었다. 나는 주머니에서 50센트 동전 하나를 꺼내 그녀의 손에 쥐여 줬다. 그 거지는 눈을 찌푸리더니 50센트를 저 멀리 황야에 던져 버렸다. 그러곤 내 뺨을 한 대 갈기고 선인장 쪽으로 돌아갔다. 얼얼해진 뺨을 만지니 아까 꿨던 꿈이 저절로 떠올랐다. 정말 거지같은 꿈이었다.

세 시간 동안 달렸지만, 나는 여전히 사막 도로를 벗어나질 못했다. 한 가지 위안이 되는 점은 이제 라디오에서 존 덴버의 노래가 안 나온다는 것이다. 동쪽에선 태양이 뜨고 있었다. 차창에 들어오는 햇빛을 바라보니 악몽에서 깬 기분이 들었다. 덴튼 헤이츠에서 200km정도 멀어져서 그런가 싶었다. 그렇지만 언젠가 그곳에 다시 돌아가야 했다. 당첨금을 찾고 잠적할까 했는데, 본이 눈앞에 아른거렸다. 콧수염을 기른 사내가 산탄총과 도끼를 들고 날 쫓아오는 상황은 10시간 동안 액셀을 밟아야 집에 도착할 수 있다는 사실만큼 끔찍했다. 조금 한심한 기분이 들었지만, 몇 시간 후면 잊을 게 뻔한 기분이었다. 비행기 표처럼 현실적인 것을 궁리하면 그런 기분은 사라지기 마련이었다. 그러고 보니 매기와 본이 비행기 표를 준다 했던가? 비행기 표를 구해달라고 하면 그들이 줄까? 내게 비행기 표를 살 돈이 남아 있을까? 2주일 안에 한국에 가는 표가 있을까? 그나저나 정말 이게 당첨된 복권일까? 괜히 헛걸음 하는 게 아닐까? 그런 시시한 고민들과 마주하고 있을 때, 뜬금없이 전화벨이 울렸다. 드디어 통화권 이탈 지역에서 벗어난 것이었다. 차를 멈추고 휴대폰을 내려봤다. 월터였다. 나는 한숨을 내쉬며 이 양반이 또 무슨 욕을 지껄일까하며 전화를 받았다.

– 여보세요?

예상대로 월터는 소리를 질렀다. 전 직장 상사의 욕

지거리를 들으며 차창 너머를 바라보니, 저 멀리 태양 아래로 여우의 사체를 움켜쥔 대머리독수리가 날아가는 게 보였다. 느리게 날아가는 독수리를 보니, 어쩐지 긴 여행을 떠날 것 같은 예감이 들었다.

제임슨의
두 번째 주인

빈티지 빠『제임슨』은 제임슨이 운영하는 술집이다.
코로 보나 모로 보나 제임슨은 토종 한국인이었지만,
그는 자신이 아일랜드계 한국인이라고 말했다. 제임
슨은 손님이 없는 밤이면 야식으로 김치찌개를 끓이
곤 했는데, 통통한 감자와 두꺼운 소시지를 잔뜩 넣고
끓인 김치찌개의 맛은 그의 정체만큼이나 애매모호
했다. 나는 뻣뻣해진 소시지를 간신히 씹으며 제임슨
에게 물었다.

　－선생님. 모름지기 아일랜드 사람이라면 붉은 머

리카락이나 주근깨가 있어야 하지 않나요?

– 그거 인종차별 발언이야.

제임슨의 말에 따르자면, 그의 할아버지의 할아버지는 19세기 중반 무렵 아일랜드 대기근을 피해 배를 타고 바다를 건너 아시아로 이주했다고 한다. 내가 그 시절 아일랜드 사람들은 전부 아시아의 반대편인 아메리카로 건너갔다고 지적하자, 그는 코를 후비면서 답했다.

– 내 조상님은 아일랜드에서 제일가는 힙스터였지.

– 선생님. 굶주림을 피해서 가난한 나라로 간 건 힙스터가 아니라 머저리 아닐까요.

제임슨은 위스키를 홀짝이며 답했다.

– 그 시대엔 그게 그거야.

내가 『제임슨』에 첫발을 디딘 것은 8년 전 초겨울이었다. 『제임슨』은 대학로의 허름한 상가 지하에 있었는데, 'Jameson'이라고 큼직하게 적혀 있는 문 옆으로 짐 모리슨의 사진과 오래전에 개봉한 아일랜드 영화의 빛바랜 포스터가 덕지덕지 붙어 있었다. 입구가 너무 난잡해서 들어가기 꺼려졌지만, 우리는 안 교수를 따라 가게에 들어섰다. 『제임슨』은 벽도, 천장도,

테이블도, 기둥도, 심지어 메뉴판까지도 새까맸다. 흐릿한 조명도 어두침침한 분위기에 일조했다. 그렇게나 어두운 곳에서 우리는 테이블 구석에 놓인 촛불에 메뉴판을 비추며 생소한 이름의 위스키와 그 꽁무니에 붙은 낯선 숫자를 들여다봤다. 안 교수는 위스키를 시켜도 된다고 말했지만, 처음 보는 술값에 기가 눌린 나는 하이트 병맥주를 시켰다. 그때 거기 적힌 술 중 제일 저렴했던 하이트 병맥주는 4,900원이었는데, 그 돈이면 다른 가게에서 저렴한 수입 맥주를 한 병 마실 수 있었다. 나는 메뉴판을 덮으며 너무 비싼 것 같다고 중얼거렸다. 그러자 안 교수는 앞에 놓인 뻥튀기를 하나 집어서 내게 던졌다.

– 건방진 놈. 비싸다는 말이 튀어나오는 걸 보니 아직 덜 취한 모양이군.

나는 안 교수가 집어 던진 뻥튀기를 주워 먹으며 아무리 취했어도 비싼 건 비싼 거라고 중얼거렸다. 안 교수는 우리 주위에 벽처럼 쌓인 레코드판을 가리키며 이게 전부 술값이라고 말했다.

– 모든 팝송이 여기 어딘가에 처박혀 있지. 옛날 팝송 아무거나 대 봐.

딱히 알고 있던 팝송이 별로 없던 나는 엄마가 낮잠을 잘 때마다 듣던 재즈 가수의 이름과 그의 유일한 히트곡의 제목을 댔다. 조개무덤처럼 쌓인 레코드판을 뒤적거리던 안 교수는 30분 만에 그 앨범을 찾아냈다. 그는 제임슨에게 노래를 신청하며 말했다.

─오늘 같은 날엔 이런 재즈도 좋지.

그날 안 교수는 저명했던 평론가의 이름이 새겨진 문학상을 받았다. 그는 수상 소식에 흥분한 나머지 수업을 일찍 끝마치고 학생들을 몽땅 고깃집으로 데려갔다. 고깃집 다음은 치킨집이었고, 치킨집 다음은 『제임슨』이었다. 『제임슨』까지 따라온 학생은 15명 중 2명뿐이었다. 나는 내 옆자리에 앉은 미규를 슬쩍 바라봤다. 3차까지 이어지는 술자리에서 그녀가 마신 거라곤 냉수뿐이었는데, 도대체 술도 안 마시는 이 친구가 왜 여기까지 따라온 건지 알 수 없었다.

─5년 전만 해도 여기까지 따라오는 학생이 7명이었는데.

─그때는 지갑이 쓸쓸하셨겠네요.

─지금은 마음이 쓸쓸하지.

정말로 마음이 쓸쓸했던 안 교수는 그로부터 몇 년

후 종군 기자가 되어서 양귀비와 내전으로 유명한 중동의 나라로 취재를 떠났는데, 그 이야기에 대해선 나중에 따로 할 기회가 있을 것 같으니 굳이 더 언급하진 않겠다. 얼마 후, 제임슨이 하이트 맥주 2병과 프링글스 12조각이 담긴 그릇(놀랍게도 3,000원이었다)을 들고 우리 테이블에 왔다. 안 교수는 우리에게 제임슨을 소개(안 교수도 제임슨이 아일랜드계 한국인이라고 주장했는데, 우리 둘 중 그걸 믿는 머저리는 없었다)하며, 자신의 동문이니까 너희들은 이 녀석도 선생님이라 불러야 한다고 덧붙였다. 미규와 나는 떨떠름한 표정을 지으며 그를 선생님이라고 불렀다. 제임슨은 선생님이란 호칭에 기분이 좋았는지, 우리에게 서비스로 아일랜드의 참이슬을 맛보라며 제임슨 6년산을 한 잔씩 줬다. 미규는 거절했지만, 나는 아일랜드의 참이슬을 조심스럽게 들이켰다. 그날 처음 위스키를 마셨던 나는 『제임슨』의 화장실에 위스키에 관한 소감을 소소하게 남겼다. 『제임슨』의 어두컴컴한 화장실은 남녀 공용이었고, 심각하게 지저분했다. 내가 소변을 보고 있을 때, 제임슨이 비틀거리며 화장실에 들어왔다. 혼자서 위스키를 한 병 비웠던 그는 소변기에 딱 붙어 있는 내 어깨를 두들기며 말했다.

　- 네가 좋아하는 곡이야.

　흑인 가수의 노래가 화장실 밖에서 은은하게 들려
오고 있었다. 내가 좋아하는 노래가 아니라 엄마가 좋
아하던 노래였지만, 나는 제임슨을 바라보며 고개를
끄덕였다. 그러자 그가 내 뒤통수를 강하게 후려쳤다.
내가 억울한 표정을 짓자, 제임슨은 바닥을 가리키며
말했다.

　- 튄다.

　바닥을 내려보니, 정말 소변기 밖으로 몇 방울 튀
어 있었다. 나는 무안해하며 그에게 말했다.

　- 죄송합니다, 선생님.

　제임슨은 입에 레드애플 한 개비를 물며 심드렁하
게 말했다.

　- 모름지기 사내는 끝에 신경을 써야 하는 법이지.

　흐릿한 화장실 조명 아래로 끝없이 올라가는 담배
연기를 바라보고 있자니 취한 기분이 들었다. 취기는
그대로 식도를 따라 올라왔고, 구역질을 참지 못한 나
는 그대로 대변기가 있는 칸으로 달려 들어갔다. 화장
실에 미규가 없던 게 다행이라면 다행이었다. 제임슨

은 혀를 끌끌 차며 내 등을 거세게 투들겨 줬는데, 그
때까지만 하더라도 나는 내가 『제임슨』에서 일하게
될 거라고 상상조차 못했다.

내가 『제임슨』의 잡일꾼으로 일한 지 5년째 되던 날,
제임슨은 이제 『제임슨』을 물려줄 때가 된 것 같다고
선언했다.

　─ 난 이 일을 하기에 너무 늙었어. 지겹기도 하고.

제임슨은 1969년생이었다. 1969년에는 흥미진진한
일이 우주적으로 많이 일어났는데, 그렇다고 해서 제
임슨이 우주적으로 흥미진진한 인간이란 소리는 아
니었다. 나는 그에게 아직 노령연금 나올 나이는 아니
지 않냐고 물었다. 그는 망할 연금 받을 생각 따윈 애
초에 없었다며, 자기가 바라는 연금은 『제임슨』에서
나오는 수익 배분금뿐이라고 답했다. 나는 그건 또 무
슨 뚱딴지 같은 소리냐고 되물었다.

　─ 간단한 얘기야. 『제임슨』 한 달 수익의 10프로를

나한테 주는 거야.

　—교회도 안 다니는 주제에 십일조를 걷다니. 양심이 없군요, 선생님.

　—우리 조상님이 독실한 신자여서 나는 교회에 나갈 필요가 없어. 내 몫까지 나가셨거든.

　나는 그러셨군요, 라고 말하며 대충 고개를 끄덕였다. 사실 제임슨이 수익 배분금이나 십일조를 운운하는 것은 나름 정당했다. 원래 이곳은 모던한 스타일의 지하 까페였는데, 제임슨은 이곳을 임대하자마자 모던한 것들을 모조리 때려 부순 다음 자기가 좋아하는 것들로 가득 채웠다. 벽을 가득 메운 레코드판부터 검은 피눈물을 흘리는 예수 그리스도의 천장화까지, 『제임슨』에 있는 소품 중 그의 손을 거치지 않은 것은 없었다. 나는 『제임슨』을 물려받고 싶진 않았지만, 그렇다고 달리 할 수 있는 일이 없었기에 결국 『제임슨』을 물려받겠다고 말했다. 그날부터 제임슨은 전혀 알고 싶지 않았던 단골들의 비밀을 하나씩 내게 알려 주기 시작했다. 이런 술집 장사는 단골 장사가 되어야 한다는 것이 제임슨의 장사론이었는데, 과연 맛대가리 없는 한국 맥주를 6,900원(제임슨은 물가 상승률을 꼼꼼

히 따졌다)에 파는 장사꾼다녔다. 그의 기준에 따르자
면, 『제임슨』의 단골 숫자는 70명 내외였다. 그는 그
70명의 신상 정보가 적힌 노트를 내게 넘기며 말했다.

  ─너는 내가 노트에 적어 놓은 70명의 신상 정보를
몽땅 외워야 해. 무슨 술을 좋아하는지, 어떤 가수를
좋아하는지, 정당은 어딜 지지하는지, 호모인지 헤테
로인지, 부먹인지 찍먹인지.

  ─선생님, 친구 없는 사람한테 너무 많은 걸 바라
시네요.

  제임슨은 내 말을 듣고 킁, 하며 코를 훌쩍였다.

  ─친구는 나도 없어.

  나중에 들은 얘기지만 그때 제임슨의 몇 안 되는
친구 중 하나였던 안 교수는 중동에서 자신의 머리 위
로 우아하게 날아가는 RPG-7의 탄두를 멍하니 보고
있었다고 한다. 나는 손님들은 친구가 아니냐고 물었
고, 제임슨은 고개를 절레절레 저었다. 확실히 『제임
슨』의 단골들은 친구로 삼을 만한 사람들은 아니었
다. 『제임슨』의 단골들은 좋게 말하자면 늙고 부유한
힙스터였고, 나쁘게 말하자면 21세기에 절망한 20세
기 소년들이었다.

－진짜배기 힙스터는 힙스터라고 불리는 걸 싫어
한다.

　　어느 삼류 평론가가 페이스북에 썼던 그 글을 읽
었을 때, 나는 고개를 끄덕이며 진짜 힙스터라면 그
럴 만하지라고 중얼거리며 수긍했다. 솔직히 말해서,
『제임슨』을 찾아오는 단골 중 진짜배기 힙스터라고
불릴 만한 사람은 100명 중 한 명이 될까 말까였다. 나
는 마음에 안 드는 손님을 볼 때마다 이렇게 조롱하곤
했다.

　　－당신 정말 힙스터스럽군요.

　　그 말을 들었던 손님들은 모두 내 멱살을 거칠게 잡
았다. 그러니까 진짜배기 힙스터도 거짓 힙스터도 모
두 힙스터라 불리는 걸 싫어하는 셈이었다. 그런 관점
에서 보자면 애초에 힙스터는 말도 안 되는 단어였다.
어쨌든 『제임슨』에 모여드는 단골들은 힙스터답게 국
산 담배보다 2,000원 비싼 레드애플을 피웠고, 중국집
에서 늘 송이버섯덮밥만 시켜 먹었으며, 자신들이 듣
는 얼터너티브 록밴드가 지구 최강의 뮤지션이라고
주장했다. 얼터너티브인지 뭔지 하는 밴드들은 대체
로 차고에 틀어박혀 음울한 가사 따위나 내뱉는 한심

한 친구들이었는데, 이해할 순 없었지만 그 정도는 참을 만했다. 누구나 별스러운 취향은 있는 법이었으니까. 내가 그들을 견딜 수 없었던 이유는 따로 있었다.

　－여기 자매손 12년산 줘.

　싸구려 화투패 같은 이름을 처음 들었을 때, 나는 당황했지만 고개를 끄덕이며 주문서에다 자매손 12년이라고 모나미 볼펜으로 꾹꾹 눌러썼다. 주문을 받고 나는 제임슨에게 이 빠에 자매손이라는 술이 있냐고 물었다. 그는 대답 대신 찬장 구석에 있던 제임슨 12년산 한 병을 내게 건네 줬다. 라벨에 딱딱하게 새겨진 'JAMESON'을 보고 있자니 짜증이 치밀어 올랐다. 나는 손님들에게 제임슨 12년산을 서빙하며, 주문하신 제임슨 12년산입니다, 라고 말했다. 그러자 주문을 한 사람이 열이 잔뜩 오른 목소리로 소리쳤다.

　－이런 멍청한 놈. 우리는 제임슨이 아니라 자매손을 시켰다고!

　녀석이 테이블을 힘껏 두들겨 대자, 옆에 앉은 손님들이 키득거리며 웃었다. 나는 한숨을 내쉬며 그가 원하는 답을 내 줬다.

　－죄송합니다. 주문하신 자매손 12년산 나왔습니다.

그제야 손님은 흡족한 표정을 지으며 내게 팁이라며 1,000원을 내밀었다. 어울려 준 값인 모양이었다. 어쩐지 잔뜩 구겨진 퇴계 이황이 나를 비웃는 것 같았다.

제임슨의 노트를 뒤적거려 보니, 그 자매손 운운하던 사람은 지나가던 미국인을 두들겨 팬 적이 있는 반미주의자였다. 반미주의자가 힙스터라니. 어이가 없었다. 21세기의 힙스터들은 대체로 미국의 부산물들을 좋아했기에 반미주의자와 거리가 꽤 멀었다. 반미주의자이면서 동시에 힙스터였던 인물은 근현대사교과서 속에서나 찾을 수 있었다. 나는 자매손의 정보가 적혀 있는 페이지에 '힙스터 홍선대원군'이라고 덧붙였다. 노트를 다시 살펴보던 제임슨은 어째서 홍선대원군이 힙스터냐고 내게 물었다.

─수제로 담근 비싼 소주를 마시면서 인디 가수인 기생의 공연을 즐겨 들었으니까요.

제임슨은 그런 식으로 따지면 양반 놈들 절반이 힙스터라고 말하며 '힙스터 홍선대원군'을 지웠다. 갑자기 손님들이 들이닥치지만 않았다면 나는 조선 시대 양반들이야말로 진정한 힙스터였다고 제임슨에게 따졌을 것이다. 몰려온 손님 중엔 자매손 녀석도 끼어 있었는데, 그날 나는 자매손한테 팁으로 2,000원을 받았다. 자매손 녀석은 속상한 일이라도 있었는지 앉은 자리에서 위스키를 두 병이나 들이켰고 더러운 화장실에 주저앉아 토했다. 나는 녀석의 등을 2,000원어치만큼 두들겨 줬다. 녀석은 토한 것이 부끄러웠는지, 그 후로 『제임슨』에 나타나지 않았다. 제임슨은 노트에서 자매손의 페이지를 찢으며 말했다.

─녀석들은 팔팔할 때 시끄럽게 돌아다니지만, 늙으면 소리소문없이 사라져. 힙스터의 최후는 조용한 법이야.

─선생님도 조용하게 사라질 건가요?

제임슨은 내 머리를 한 대 때리며 답했다.

─조상님은 힙스터였지만 난 아니야.

삼류 평론가가 쓴 글이 떠올랐다. 역시나 제임슨도 힙스터였다.

내가 『제임슨』을 물려받게 됐다고 말하자, 미규는 나를 실컷 비웃었다.

─평생 술만 마시면서 살고 싶다더니. 결국 꿈을 이뤘네.

─나중에 놀러 와. 너한텐 특별히 술값을 두 배 비

싸게 받을 테니까.

─ 난 술 안 마셔.

내가『제임슨』에서 일하게 된 건 순전히 안 교수와 미규 덕분이었다. 안 교수는 용돈이 필요한 학생들에게 출판사 아르바이트를 시켜 주곤 했다. 하지만 정작 내가 출판사에서 일하고 싶다 말하자, 안 교수는 망설임 없이 내 손을 잡더니 그대로『제임슨』으로 뛰어갔다.

─ 미규가 며칠 전에 그만둬서 잡일꾼 자리가 생겼다네.

제임슨은 나를 보더니, 얼굴을 잔뜩 찌푸리며 말했다.

─ 똑똑한 여학생을 데려오라고 했잖아.

─ 여학생은 아니지만 똑똑하긴 해.

하지만 내가 똑똑한 녀석이 아니란 사실은 금세 들통났다. 제임슨은 하룻밤 만에 계산 실수를 10번이나 한 나를 보고 한숨을 내쉬었다. 제임슨이 종종 미규와 나를 비교하는 건 어쩔 수 없는 일이었다. 그의 말에 따르자면 미규는 나보다 열 배는 더 유능한 친구였다.『제임슨』에는 테이블이 총 10개가 있는데, 미규는 모든 테이블이 손님으로 쏙쏙 차 있을 때도 딩황히지 않았다고 한다.

— 누군 다섯 테이블도 힘들어 하는데 말이지.

제임슨은 내가 잘못 계산한 영수증을 찢으며 말했다. 매일 그의 꾸지람을 듣던 나와 달리 미규는 3년 동안 제임슨의 꾸지람을 한 번만 들었다고 했다. 나는 미규에게 무슨 꾸지람을 들었냐고 물었다. 미규는 주머니에서 레드애플을 한 개비 꺼냈다. 그렇다. 위스키를 마시진 않지만 미규도 힙스터였다. 여자 힙스터는 담배에 불을 붙이며 답했다.

— 장래 희망이 금연이라 말했거든.

— 장래 희망답게 어렵군.

— 하지만 제임슨은 그렇게 생각 안 하더라고.

제임슨은 직업 따위가 장래 희망이 될 수 없듯이 금연 같은 것도 장래 희망이 될 수 없다고 화를 내며 미규에게 단언했다. 미규는 담배 연기를 길게 내뿜으며 제임슨에게 물었다고 한다.

— 그럼 선생님의 장래 희망은 뭐죠?

제임슨도 담배 연기를 길게 내뿜으며 미규에게 답했다.

― 내 장래 희망은 1988년에 죽었어.

얘기를 다 듣고 나는 미규에게 제임슨의 장래 희망이 호돌이였을지도 모른다고 말했다.

― 의외로 호돌이를 좋아하는 힙스터들이 많아. 백두산 호랑이가 멸종 위기잖아.

미규는 나를 한심하게 바라보며 담배를 태웠다. 힙스터의 입에서 나온 담배 연기가 부질없이 흩어졌다.

제임슨의 노트를 보고 있노라면, 세상에 한심하고 부질없는 사람이 너무나 많다는 생각이 절로 들었다. 나는 노트를 제임슨에게 넘겨 주며 단골에 대한 정보를 모조리 외워 버렸다고 말했다. 제임슨은 품에서 안경을 꺼내 쓰더니 노트를 뒤적거리며 내게 이것저것 묻기 시작했다.

― 존.

― 에스토니아인. 모바일게임 학과 교수. 데스메탈 좋아함. 한국인 여자와 결혼했지만 게이.

― 태희.

― 곰 인형 공장 사장. 스토크 시티를 좋아하는 거친 훌리건이면서 녹색당을 지지함.

― 윤호.

- 빌어먹을 시인.

- 상수.

- 엄마가 한남 더힐, 아빠가 반포 자이 소유. 마르크스에 심취한 아나키스트.

- 시게루.

- 레트로 게임 까페 사장. 중국인과 돈을 걸고 격투 게임을 즐겨하는데, 맨날 져서 원화를 유출함.

이런 문답을 일곱 번 정도 더 하고 나서야 제임슨은 고개를 끄덕이며 노트를 덮었다.

- 이제 다음 단계로 넘어가도 되겠군.

- 다음 단계요?

그는 대답 대신 『제임슨』의 사방을 가득 메운 레코드판을 가리켰다. 그러니까, 단골 70명의 정보를 외우는 건 프롤로그 수준이었다. 어쩌면 세상에서 제일 부질없는 것은 나일지도 모른다.

레드애플의 연기마저 힙하다고 떠들어 대는 사람들답게 『제임슨』에서 손님들이 나누는 대화들은 대체로 나만큼 부질없었다. 내가 코끼리를 만지는 장님처럼 레코드판의 모서리를 더듬고 있을 때, 구석에 처박힌 수학과 교수와 신학과 4학년 여학생은 숫자 1에 관

212

해 대화를 나누는 중이었고, 반대편에선 인디밴드의 보컬과 일러스트레이터가 반려동물에 관해 이러쿵저러쿵 떠들고 있었다.

– 나는 개나 고양이보다 미국 가재를 키우고 싶어. 요즘 시대엔 큰 동물은 부담이니까.

– 난 거북이를 키우고 싶어. 어떨 거 같아?

– 그 거북이가 우리보다 오래 살겠지.

보컬과 일러스트레이터가 맥주를 사이좋게 들이켤 때, 수학과 교수는 여학생의 손을 만지며 속삭였다. 신학과 학생과 수학과 교수가 도대체 어떤 사연으로 『제임슨』의 구석까지 흘러들어왔는지 알 수 없었지만, 둘이 유쾌한 관계는 아니란 것은 한눈에 알 수 있었다.

– 난 긴장할 때마다 소수를 외워. 2, 3, 5, 7, 11, 13…. 그러면 마음에 평안이 찾아오지. 소수가 뭔지는 알지? 1과 자신 외에는 절대로 안 나뉘는 숫자.

여학생은 고개를 살짝 끄덕였다. 학창 시절 산수 과목에서 9점을 맞았던 제임슨은 수학과 교수가 주문한 수십만 원짜리 위스키를 테이블에 거칠게 내려놨다.

– 주문하신 글렌 리벳 1973년 셀러 컬렉션입니다.

수학과 교수는 잠시 얼굴을 씨푸리더니 세임슨을 노려보더니 짐 모리슨의 노래를 하나 신청했다. 손님이 많아 분주했던 제임슨은 내게 짐 모리슨의 레코드판을 찾으라고 주문했다. 수학과 교수가 짐 모리슨이라니. 전혀 어울리지 않았다. 내가 투덜거리며 짐 모리슨의 레코드판을 찾는 사이 수학과 교수는 다시 여학생의 얼굴을 탐구하듯이 바라보며 말했다.

─1이 무엇이냐. 바로 네가 4년 동안 공부한 절대자를 뜻하는 숫자야. 알아? 그러니까 사람들은 누구나 가슴 속에 1을 품고 사는 거야.

─아멘.

뜬금없는 아멘에 웃음이 터져 나올 뻔했다. 여학생은 꽤 독실한 신자인 것 같았다. 새벽 3시까지 위스키를 진탕 마시던 두 사람은 콜택시를 부르더니 근처에 있는 모텔촌으로 날아갔다. 그 여학생이 아멘스러운 밤을 보냈는지 야만스러운 밤을 보냈는지는 잘 모르겠지만, 보컬과 일러스트레이터가 어떤 밤을 보낼지는 알 수 있었다. 맥주에 엉망진창 취한 그들은 테이블에 엎어진 채 술주정을 부리고 있었다.

─저는요. 미국 가재가 가득 들어 있는 어항을 가

지는 게 꿈이에요. 근데 이제 불법이래요.

－뇌 없는 동물을 키우는데 불법이라니. 너무하지
않나요?

제임슨은 너무한 건 새벽 4시까지 술을 마시는 너
희라고 말하며 주저 없이 빗자루로 그들을 바깥으로
쓸어냈다. 나는 그들이 남겨둔 잔해를 치우며 제임슨
에게 물었다.

－선생님도 혹시 꿈이 있나요?

－짐 모리슨처럼 27살에 죽는 거.

－그런데 선생님은 52살이잖아요.

제임슨은 입에 레드애플을 꼬나물며 답했다.

－그래서 꿈인 거지.

짐 모리슨의 얼굴이 커다랗게 새겨진 책장 끄트
머리에 닐 영의『Harvest』, 닐 다이아몬드의『Solitary
Man』, 닐 세다카의『Oh Carol』이 나란히 꽂혀 있다는
사실을 간신히 깨달았을 때, 제임슨은 휴가를 다녀오
겠다고 말했다. 나는 쌓여 있는 레코드판을 가리키며
말했다.

－선생님. 저 아직 덜 외웠는데요.

－누가 그만둔다고 말했냐?

제임슨은 기침을 하며 입에다 레드에플을 가져다 댔다. 빠의 흐릿한 조명 아래로 끝없이 올라가는 담배 연기를 바라보고 있자니 몽롱한 기분이 들었다. 제임슨은 경주에 며칠 머물며 겨울 바다를 질릴 때까지 바라보다가 올 것이라고 말했다.

– 경주에도 바다가 있나요?

– 이런 무식한 놈.

그는 혀를 끌끌 차며 짐과 술이 가득 들어 있던 후줄근한 가방을 들면서 혹시 안 교수가 오면 찬장 구석에 있는 '제임슨 18년산'을 주라고 말했다. 제임슨은 다소 쓸쓸한 목소리로 함께 마시던 술이라고 덧붙였다. 덩달아 쓸쓸해진 나는 혹시 제임슨에게 바다에 빠져 죽으러 가냐고 물었다. 제임슨은 고개를 절레절레 흔들며 걸걸한 목소리로 답했다.

– 힙스터는 두 번 죽는 법이야.

그는 나가기 전에 『제임슨』을 돌아보면서 내게 믿는다는 말을 마지막으로 남겼는데, 정확히 무엇을 믿는다는 건지 알 수 없었다. 제임슨 없이 술을 파는 건 5년 동안 내가 경험하지 못한 일이었다. 그건 『제임슨』의 잘난 힙스터들도 마찬가지였다. 그날 『제임슨』

에 찾아오는 손님들은 모두 한결같이 내게 물었다.

　－제임슨은?

　－가출했어요.

　대부분의 손님은 제임슨의 가출에 실망하며 발걸음을 돌렸지만, 열에 하나 정도는 고개를 끄덕거리며 이렇게 말했다.

　－52살이면 한창 가출하고 싶을 나이긴 하지.

　50대가 가출할 만한 나이인지 살짝 의문이 들었지만, 뜨거운 모래 위를 뒹굴며 쏟아지는 총탄을 피하는 안 교수를 상상해 보니 딱히 틀린 말은 아닌 것 같아서 나도 덩달아 고개를 끄덕였다. 그날 『제임슨』의 매출은 평상시 매출에 훨씬 못 미치는 63,000원이었고, 제임슨은 경주 바닷가에서 70,000원짜리 회를 먹었다. 제임슨은 방어와 광어가 조각조각 담긴 그릇의 사진을 메신저로 보내며 오늘 얼마나 팔았냐고 물었다. 나는 꼼꼼히 기록한 오늘의 매출장부를 제임슨에게 전송했다. 충격을 받았는지, 제임슨은 답장을 하지 않았다.

　흔치 않은 일이지만, 가끔씩 손님들의 신청곡을 『제임슨』에서 못 찾는 경우가 있었다. 1920년대 알 존스의 앨범부터 2010년대 NCT-127의 앨범까지 있는

이곳에서 신청곡을 못 찾는 경우의 수는 두 가지 중
하나였다. 제임슨이 손에 닿지 않는 『제임슨』의 어딘
가에 앨범을 처박아 뒀거나, 아니면 그 노래가 들어
줄 만한 구석이 한 마디도 없어서 버렸거나. 마리오처
럼 콧수염을 기른 남자 손님은 신청곡을 찾을 수 없다
는 내 말을 듣자, 마리오처럼 방방 뛰며 화를 냈다.

　－없을 리가 있나! 내가 제임슨한테 레코드판까지
선물했는데! 젠장, 없으면 유튜브로 틀어!

　나는 난감한 표정을 지으며, 손님들이 다 빠져나가
면 틀어 주겠다고 답했다. 그 신청곡이 재생된 시간은
새벽 세 시였고, 신청한 손님은 테이블에 엎어진 채 코
를 골았다. 『제임슨』의 어두컴컴한 실내에서 울려 퍼
지는 슈퍼 마리오의 배경음을 듣고 있자니, 게임 오버
를 당한 기분이 들었다. 나는 제임슨에게 슈퍼 마리오
배경 음악은 들어 줄 만하냐고 메신저로 물었다. 여전
히 제임슨은 답하지 않았다. 대신 간만에 안 교수가 메
시지를 보냈다. 나는 그에게 어떻게 지내냐고 물었다.

　－여기 사람들도 김치를 좋아해서 괜찮게 지내고
있어.

　－중동 사람들이 김치를 좋아한다고요?

－내가 말 안 했나? 나 지난주에 러시아의 어딘가로 끌려왔어. 러시아군이 날 잡았거든. 이 녀석들은 김치랑 도시락 라면을 안주 삼아 보드카를 시원하게 들이켜.

나는 안 교수에게 살아만 있어 달라고 말했다. 짧은 대화를 끝마치고, 나는 냉장고에 있는 김치를 꺼내 보드카와 함께 먹어 봤다. 혓바닥 위에서 격렬하게 레슬링을 하는 고춧가루와 보드카를 만끽해 보니 어쩌면 러시아 자식들이야말로 세상에서 제일 가는 힙스터일지도 모른다는 생각이 들었다.

설거지를 끝내고 빠에 멍청하게 서 있으면 몇몇 단골들이 내게 쓸모없는 질문을 하곤 했다. 그들이 던지는 질문은 그들이 가지는 관심 분야만큼 폭넓고 다양했지만, 첫 번째 질문은 예외 없이 늘 한심한 질문이었다.

－아저씨는 어느 나라 사람이에요?

아마도 그들은 제임슨이 아일랜드계 한국인이라는 사실을 철석같이 믿는 모양이었다. 나는 그 사실을 종종 잊었지만. 아무튼, 그 멍청한 질문을 받을 때마다 나는 최대한 통명스럽게 답했다.

- 한국 사람인데요.

그 답변에 대한 반응은 제각각이었다. 몇몇은 웃어 넘길 만했지만, 몇몇은 도저히 내 머리로 이해할 수가 없었다. 제일 짜증 났던 반응은 머리를 90년대 미스코리아처럼 기른 어느 레즈비언의 말이었다.

- 평범한 한국 남자라니. 특별하지 않네요. 재미없는 사람.

나는 그녀에게 레즈비언은 특별하게 재미있는 거냐고, 그냥 여자가 여자 좋아하는 것뿐이지 않냐고 멱살을 붙잡고 따지려다가 참았다. 그 레즈비언이 주짓수 퍼플 벨트였고, 미규와 밤새 영화를 같이 볼 정도로 친했기 때문이다. 나중에 미규로부터 그 레즈비언이 끄라비에서 만난 대기업 샐러리맨과 눈이 맞아 비싼 호텔에서 결혼식을 올렸다는 얘기를 들었을 때, 『제임슨』의 구석 테이블에서 그녀가 애인과 애무하던 모습이 자연스럽게 떠올랐다. 도대체 어떤 대격변이 일어나야 레즈비언이 XY 염색체와 결혼을 하게 되는지 궁금했지만, 막상 들어 봐도 재밌는 얘기일 것 같진 않았다.

- 정말이지 특별한 결혼식이었겠구나.

미규는 고개를 끄덕이며 답했다.

—1++등급 한우 등심 스테이크가 나왔어.

1++등급 한우 스테이크. 그 정도면 특별하다고 할 수 있을 거 같아 나는 고개를 천천히 끄덕였다. 제임슨이 사라진 지 한 달째 되던 날이었고, 미규가 간만에 서울에서 내려온 날이기도 했다. 우리는『제임슨』근처에 있는『無題』라는 이름의 까페에서 만나 사이 좋게 아메리카노를 한 잔씩 홀짝였다.『無題』는 상호와 달리 엄청나게 시끄럽고 믿을 수 없을 만큼 소란스러운 음악만 틀어 놓는 까페였다. 아마 여기 주인장도 힙스터일 것이다. 어딜 가나 힙스터가 있는 힙스터 세상이었다. 힙스터 사장의 음악 취향 덕분에 우리는 평소보다 목소리를 높여 대화했다.

—이제부터 아르헨티나 출신이라고 말해 봐.

나는 미규에게 무슨 뚱딴지 같은 소리를 하냐고 되물었다.

—제임슨은 아일랜드 출신이라고 했잖아. 너도 아일랜드 비슷한 나라 골라서 사실은 그 나라 출신이었다고 말해야지.

—아일랜드랑 아르헨티나가 도대체 뭐가 비슷한

나라인데?

미규는 잠시 고민하더니 아메리카노를 다 마신 후에야 대답했다.

─둘 다 영국한테 두들겨 맞던 나라잖아.

아르헨티나와 아일랜드 두 나라 모두 영국한테 맞은 적이 있긴 했다. 아일랜드는 오랫동안 두들겨 맞고, 아르헨티나는 잠깐 두들겨 맞았다는 차이점이 있긴 하지만. 나는 아르헨티나 해변으로 떠내려 간 남극의 얼음을 떠올리며 아메리카노의 얼음을 깨물었다. 치아가 얼얼했다. 나는 얼음을 다 씹고 메신저로 제임슨에게 혹시 아르헨티나 사람을 본 적이 있냐고 물었다. 제임슨은 여전히 묵묵부답이었다. 아직도 겨울 바다가 질리지 않은 모양이었다.

미규는 『제임슨』의 문을 열면서 여긴 변한 게 없네, 라고 중얼거렸다. 나는 미규에게 마시고 싶은 술이 있냐고 물었고, 미규는 냉수를 마시면서 내가 제임슨 6년산을 마시는 걸 지켜보겠다고 답했다. 역시 미규는 별스러운 힙스터였다. 그날 우리는 가게 문을 걸어 잠그고 짐 모리슨의 음악을 들으면서 제임슨 6년산과 냉수를 한 잔씩 주고받았다. 짐 모리슨은 폭풍우

를 헤매는 살인자에 대해 떠들고 있었는데, 짐 모리슨
에 대해 아는 게 거의 없던 내가 떠들 수 있는 말은 이
것뿐이었다.

－제임슨은 짐 모리슨처럼 27살에 죽는 게 꿈이래.

미규는 피식 웃으며 정말 대단한 꿈이네, 라고 말
했다.

－그런데 제임슨이 27살이었던 해는 1995년인데.
왜 장래 희망은 1988년에 죽었다고 한 걸까?

－꿈이랑 장래 희망은 다른 건가 보지.

미규는 자신의 장래 희망은 영영 안 이뤄질 것 같
다면서 입에 레드애플을 한 개비 물었다. 독한 위스키
를 몇 잔 들이켜니, 나도 담배 생각이 나서 미규에게
한 개비만 달라고 부탁했다. 미규는 얼굴을 찌푸리며
내 입에 담배를 꽂아 줬다. 미규가 담배에 불을 붙이
면서 물었다.

－넌 장래 희망이 있어?

－ 있었으면 이딴 허름한 술집에 처박혔을까.

미규는 그렇겠네, 라고 중얼거리며 연기를 내뿜었
다. 흐릿한 연기는 금세 허공으로 흩어졌다. 그날 나
는 제임슨을 두 병 비웠다. 6년산과 12년산을 비웠는

데, 무엇이 6년산이고 무엇이 12년산이었는지 분간이
가질 않았다. 형편없이 취한 모양이었다. 해가 뜨자
미규는 『제임슨』을 나섰고, 나는 제일 구석진 테이블
위에 누웠다. 눈을 붙이기 전, 나는 제임슨에게 미규
가 간만에 『제임슨』에 왔다고 메시지를 남겼다. 제임
슨은 여전히 답이 없었다. 이쯤 되니 그가 영영 안 돌
아올지도 모른다는 생각이 들었다. 제임슨이 멀리서
내게 속삭였다.

　－힙스터는 두 번 죽는 법이야.

　나는 그건 말도 안 되는 소리라고, 사람은 그저 한
번만 죽는 법이라고 제임슨에게 답했다. 제임슨은 여
전히 답이 없었다.

간만에 『제임슨』을 찾아온 안 교수는 중동과 러시아
에서 고생한 것이 티가 날 정도로 늙어 보였다. 나는
구석에 앉아 한국 맥주를 홀짝이는 안 교수에게 '제임
슨 18년산'을 내밀었다. 그는 이게 뭐냐고 물었다.

　－제임슨이 남긴 술이에요.

— 제임슨이 없잖아.

— 그러니까 마셔야죠.

우리는 제임슨이 남겨 놓은 제임슨 18년산을 한 잔씩 주고받았다. 늙었지만 안 교수는 여전히 수다스러웠으며 헛소리를 잘했다. 다행히도 『제임슨』에서 못된 힙스터들과 어울린 덕분에 내 헛소리도 예전보다 늘었다. 안 교수와 나는 술병을 비우며 흥선대원군과 아돌프 히틀러 중 누가 더 힙스터에 가까웠는지 토론을 벌였다. 토론에서 이긴 사람이 누군지 기억이 나진 않지만, 내가 입을 틀어막고 화장실로 달려간 건 똑똑히 기억났다. 대변기에 얼굴을 처박고 구토를 하고 있자니, 어쩐지 내 등을 거세게 두들겨 주던 제임슨이 보고 싶어졌다. 나는 비틀거리며 화장실에서 나와 안 교수에게 물었다.

— 교수님. 제임슨은 대학생 때 어땠나요?

조금 취한 그가 흐리멍덩한 목소리로 답했다.

— 멍청한 놈. 진짜 동문이라 생각했냐? 난 그놈에 대해 아무것도 몰라.

나는 머리를 긁적이다가 다시 자리에 앉아 남은 위스키를 들이켰다. 제임슨 18년산이 식도를 날카롭게 할퀴는 걸 느끼며, 나는 입에 레드애플을 물고 불을 붙였다. 타오르는 담배 끝을 바라보며 내가 말했다.

─사실 저도 힙스터들에 대해 아무것도 몰라요.

안 교수는 피곤했는지 고개를 한 번 끄덕거린 후 테이블에 얼굴을 묻고 코를 골기 시작했다. 흐릿한 조명 아래로 끝없이 올라가는 담배 연기를 바라보며 나는 남은 위스키를 모조리 삼켜 버렸다. 새벽 세 시. 『제임슨』을 닫을 시간이었다. 나는 레코드판 사이를 더듬거리며 테이블 위로 켜진 촛불을 하나씩 꺼뜨렸다. 마지막 촛불이 꺼지자 지독한 어둠이 찾아왔다. 나는 이 어두컴컴한 곳을 결코 이해 못할 거라 예감했다. 제임슨은 『제임슨』이 낯설지 않았을까. 그에게 묻고 싶었지만 오래전에 죽은 힙스터는 여전히 답이 없었다.

안주의 맛
—바다 건너 오즈 야스지로 씨에게

1. 京

이런저런 사정 때문에 서울을 떠나기로 했다. 썩 좋은
이유는 아니라 조용히 떠나려 했지만, 어디서 소문을
들었는지 친한 후배 하나가 만나자고 연락을 줬다. 그
래서 종로의 오래된 술집으로 일곱 시까지 나오라고
답장을 보냈다. 다른 건 몰라도 시계 하나는 자주 보
는 녀석이니 늦진 않을 것이다. 몇 달 전, 후배는 큰맘
먹고 장만한 거라며 손목에 찬 시계를 자랑스럽게 내
보였다. 나는 서늘한 회색 글자가 꼼꼼히 새겨진 시계
를 바라보며 녀석에게 물었다.

- 무슨 돈으로 샀어?

- 신춘문예 상금으로요.

신춘문예 상금만큼 값이 나갔던 그 시계는 명품이라 부르기엔 지나치게 저렴했고, 싸구려라 부르기엔 지나치게 비쌌다. 가격 때문에 시장에서 위치가 애매했던 그 시계는 녀석의 손목에서마저도 애매하게 보였는데 후배는 그 사실을 전혀 알아채지 못했다. 패션 감각이 없는 놈이었다. 감각이 없는 건 종로의 오래된 술집도 마찬가지였다. 누런 벽지에 위태롭게 붙어 있던 80년대 소주 선전 포스터는 레트로를 벗어나 비루한 역사의 시대로 진입하는 중이었다. 이른 저녁이라 그런지, 낡은 술집엔 손님이 셋뿐이었다. 젊은 남자, 젊은 여자, 그리고 이 술집만큼 늙은 남자. 딱 봐도 어설프게 유지되는 삼각관계였다. 나는 그들을 흥미롭게 쳐다보며 먹태 한 접시와 맥주 한 병을 시켰다. 주인이 맥주와 안주를 들고 오자, 내 예상을 깨고 후배 녀석이 늦을 것 같다고 카톡을 보냈다. 이쯤 되니 후배의 손목에 걸쳐졌던 그 물건이 어쩌면 시계가 아닐지도 모른다는 생각이 들었다. 나는 맥주를 한 모금 들이켠 후, 후배에게 답장을 보냈다. 괜찮아, 어차피 우리는 새벽까지 마실 거야.

후배가 술집에 나타난 건 내가 맥주를 세 병이나 비운 후였다. 후배는 머쓱한 표정을 짓더니 테이블에 앉으며 내게 말했다.

─조금 기다리지. 왜 세상 처량하게 혼자 마시고 있어요?

─주님을 가만둘 수야 없지.

후배는 피식 웃으며 소매를 걷더니, 먹태를 북북 찢으며 자기가 어떻게 지내고 있는지 알려 주기 시작했다. 뻔하고 지루한 이야기들이라 나는 묵묵히 고개를 끄덕이며 술을 들이켰다. 먹태가 스무 조각 정도로 나뉘자, 후배는 손을 털었다. 녀석의 손끝에서 말라비틀어진 바다의 냄새가 풍겨왔다. 후배는 먹태를 한 조각 집으며 물었다.

─그나저나, 대체 어쩌다 그러셨죠?

─술이 원수지.

나는 원수를 들이켰고, 후배는 한숨을 내쉬었다.

─그래서 지낼 곳은 마련했어요?

─이리저리 알아보고 있긴 한데. 마땅한 곳이 없네.

─언제 떠나려고요?

─조만산!

후배는 끄덕이며 먹태를 간장과 뒤섞인 마요네즈에 푹 찍었다. 우리는 다른 테이블의 여자가 남자들에게 신경질을 부리기 전까지 아무 말도 하지 않고 맥주를 주거니 받거니 했다. 화를 실컷 내던 여자는 레드애플 담뱃갑에서 담배를 한 개비 꺼내 물더니, 욕지거리하며 바깥으로 뛰쳐나갔다. 그녀는 오랫동안 돌아오지 않았는데 아무래도 술에 단단히 취한 모양이었다. 버림받은 남자들은 잠깐 의아한 표정을 짓다가 이내 자기들끼리 이런저런 이야기를 떠들어대기 시작했는데, 그들의 이야기는 대체로 무용하기 짝이 없었다. 늙은 남자는 그 망할 영화감독이 할리우드로 날아가서 한국 영화계의 뒤통수를 거하게 후려쳤다 주장했고, 젊은 남자는 그 감독과 불륜을 저지른 그 배우도 할리우드만큼 부도덕하다며 둘 다 세상에서 사라지는 게 마땅하다고 소리쳤다. 할리우드를 무척이나 싫어하던 그들은 아무도 안 보는 영화나 찍어대는 사람들인 것 같았고, 술자리를 먼저 떠난 여자도 그런 사람 중 하나거나, 조만간 그런 사람이 될 예정인 것 같았다. 후배가 맥주를 들이켜며 중얼거렸다.

– 저 사람들. 삼각관계일까요?

– 어쩌면 아무 관계가 아닐 수도 있어.

– 그거참. 골치 아프네요.

나도 후배를 따라 맥주를 들이켜며 중얼거렸다.

– 내 말이.

가게를 나선 우리는 후배의 집에서 새벽까지 술을 마시기로 했다. 후배는 북서울 꿈의 숲 근처에 있는 청년 임대주택 아파트를 한 채 얻었다고 한다. 패션 감각은 없지만, 운은 있는 친구였다. 후배의 집에 들어서자, 치즈색 고양이 한 마리가 우리에게 달려들었다.

– 고양이도 키우고 있어?

– 얼마 전에 분양받았어요.

고양이는 옹, 하고 낮게 울더니 침대 밑으로 기어 들어갔다. 그 집에서 고양이를 본 건 그게 마지막이었다. 고양이답게 낯을 많이 가리는 녀석이라고 후배가 알려 줬다. 우리는 고양이가 숨어든 침대 앞에 소반을 펴서 조촐한 술자리를 만들었다. 녀석은 술자리엔 음악이 빠져선 안 된다고 말하며 유튜브로 드보르작의 잔잔한 협주곡을 틀었다. 서로에게 달리 할 말이 없던 우리는 교향곡처럼 조용히 취해 갔다. 그러다 맥주가

반 캔 정도 남았을 때, 후배가 먼저 입을 열었디.

─그러고 보니, 저 얼마 전에 동해에 갔다 왔어요.

─바다에?

─아니요. 강원도 동해요.

─동해에도 동해가 있잖아.

─있긴 한데. 그래도 둘은 다르잖아요. 하나는 바다고. 하나는 도시고.

─그런데 한자는 똑같잖아? 아무튼, 너 동해에 뭐 하려고 갔는데?

─바다 보려고 갔죠.

이런 바보 같은 대화를 계속 이어 나가니 정말로 바보가 된 것 같아 나는 조용히 맥주를 들이켰다. 침대 밑의 고양이도 지루했는지 옹, 옹, 하고 작게 울었다. 얼굴이 벌겋게 달아오른 후배는 침대 밑을 살피며 고양이를 이리저리 달래 줬다. 고양이가 다시 잠잠해지자 후배는 한숨을 쉬며 말했다.

─제가 동해에서 누굴 만났는지 아세요? 그 사람을 만났어요.

─그 사람이 누군데?

─안 교수요.

나는 후배한테 안 교수가 어째서 거기 있냐 물었고, 후배는 그동안 안 교수한테 무슨 일이 있었는지 모르냐고 되물었다. 내가 모른다고 답하자, 후배는 안 교수가 이런저런 사정 때문에 동해로 내려갔다고 알려 줬는데, 썩 좋은 이유는 아니었다. 얘기를 듣고 나니, 떠나기 전에 안 교수를 만나야 할 것 같은 기분이 들었다. 그래서 안 교수에게 오늘 찾아뵙겠다고 카톡을 보냈는데, 답장은 오지 않았다. 그도 그럴 것이, 새벽 세 시였다.

2. 陵

동해로 가는 버스를 놓치는 바람에 강릉으로 가는 버스를 탔다. 매표소의 직원이 강릉에서 동해로 내려가는 버스는 노상 있다고 알려 줬는데, 정말인지는 알 수 없었다. 동서울에서 오전 아홉 시에 출발한 버스는 오후 열두 시쯤 강릉에 도착할 예정이었다. 평일 오전이라 그런지 강릉행 버스에는 승객이 없었다. 덕분에 나는 버스 좌석에 앉은 채 마음껏 침을 질질 흘리며 졸았다. 흥건하게 섰은 셔츠를 닦으며 버스에서 내리니, 안 교수가 늦은 답장을 보냈다.

 ─연락 줘서 고맙다. 저녁 일곱 시쯤에 내가 터미널로 갈게. 새벽까지 마시자고.

동서울 매표소 직원의 말과 달리 강릉에서 동해로 내려가는 버스는 노상 있진 않았고, 15분마다 한 대씩 있었다. 여기서 동해까지는 버스로 40분 정도 걸리는데, 바로 다음 차를 탄다면 여섯 시간 동안 아무것도 없는 동해 버스터미널에서 멍청한 표정을 지은 채 안 교수를 기다려야 했다. 어쩔 수 없이 강릉에서 여섯 시간을 보내야 했는데, 강릉에 대해 아는 것이라곤 KTX의 종착역이 있다는 것과 눈이 지루할 정도로 내린다는 것뿐이라 막막했다. 초봄이었지만, 터미널의 응달엔 겨울 동안 갑갑하게 쌓였던 눈이 새까맣게 얼어 있었다. 어둡게 응어리진 저 눈들은 언제쯤 녹을까. 알 수 없었다. 그렇게 덜 녹은 눈들을 바라보며 남은 시간을 어떻게 녹일지 고민하고 있을 때, 누군가가 내 어깨를 두드렸다. 뒤를 돌아보니 낯익은 얼굴이 보였다. 옛날에 잠깐 사귀었던 선배다.

 ─여긴 어쩐 일이야?

- 그냥. 지나가는 길이에요. 선배는요?

- 난 여기 살고 있어. 몰랐니?

- 네, 몰랐어요.

선배는 몰랐구나, 라고 중얼거리며 말했는데, 어쩐지 아쉬워하는 눈치였다.

- 어디로 가는 건데?

- 동해요. 원래 바로 가려고 했는데, 버스를 놓쳐서 직원이 강릉 가는 버스를 추천했어요.

- 나였다면 삼척 가는 버스를 추천했을 거야. 거긴 언제나 동해로 올라가는 버스가 있거든. 그나저나 혼자 바다 보러 온 거야? 낭만 있네.

나는 안 교수를 보러 가는 중이라고 말하려다 그만뒀다. 수업 시간에 안 교수가 선배의 소설을 찢어발긴 다음 창밖으로 던진 적이 있었기 때문이다. 솔직히 말해 그 소설은 찢겨 마땅한 소설이긴 했다. 길을 걷던 주인공이 난데없이 AK47과 막대 수류탄을 꺼내 지나가던 사람들의 머리와 내장을 터뜨려 버리는 소설을 좋게 봐 주는 건 상당히 어려운 일일 것이다. 나는 7.62mm 탄환에 갈려 너덜너덜해진 머리통을 세밀하고 끈덕지게 묘사했던 선배의 문장을 떠올리며 답했다.

－어쩌나 보니 혼자 오게 됐네요.

－그러고 보니 너 책도 나왔더라?

나는 나왔었죠, 라고 중얼거리며 담배를 물었다. 선배는 옛날부터 끊겠다던 담배를 아직도 피우냐며 나를 타박하더니, 주머니에서 담뱃갑을 꺼내며 말했다.

－난 조만간 끊을 거야.

－잘해 보세요.

우리는 어이없는 표정을 지으며 서로를 바라보다 피식 웃으며 흡연실로 함께 들어갔다.

『씨네』는 내가 알고 있는 대학로의 카페 중 제일 어이없는 곳이었다. 유명한 영화의 OST 대신 백 년 전에 활동했던 엔카 가수 고가 마사오의 「술은 눈물이냐 탄식이냐」를 주야장천 틀어대는 것도 어이없었지만, 더 어이없던 건 카페 곳곳에 깔린 소품들이었다. 카페에서 영화와 조금이라도 관련 있는 물건은 화장실 벽에 커다랗게 걸려 있던 쿠엔틴 타란티노의 흑백 프로필 사진뿐이었다. 주인한테 혹시 저 감독을 흠모하냐고 묻자, 주인은 오히려 저 턱쟁이가 어떤 축구팀의 감독이냐고 내게 되물었다. 그런 어이없음이 마음에 들었던 우리는『씨네』의 흡연실에 죽치고 앉아 시간을 보냈다. 커피 맛도 어이없는 게 흠이었지만, 나름 괜찮은 시간들이었다.

─며칠 전『씨네』에 가 봤는데. 망했더라고요.

─좋은 카페는 금세 망해 버리지.

선배는 커피 한 잔을 가져다주며 이 카페도 너무 좋은 곳이라 조만간 망할 예정이라고 너스레를 떨었는데, 손님이 없는 걸로 봐선 조만간 망할 것 같긴 했다. 선배는 강릉 카페 거리 구석에서 조그만 카페를 운영하고 있었다. 다행히『씨네』처럼 커피 맛이 어이없진 않았다. 선배가 건너편에 앉으며 말했다.

─널 보게 되면 커피나 한잔 대접하려고 했어.

나는 아무 말 없이 커피를 홀짝였다.

─소문을 들었거든. 처음에는 대체 네가 왜 그런 짓을 했는지 전혀 이해를 못했는데 나중에 다시 생각해 보니 조금은 이해가 가더라고. 그래서 소소하게 위로를 해 주고 싶었지.

이런 촌구석까지 그런 소문이 들리다니. 할 말을 잃을 정도로 부끄러워진 나는 커피잔을 내려놓으며 담배 좀 태워도 되냐고 물었다. 선배는 대답 대신 문밖을 가리켰다. 담배를 물고 밖으로 나가니, 덜 녹은 바람이 훅 끼쳐왔나. 선배가 운영하는 카페의 이름은 『고흐』였는데, 카페에는 모네의 그림만 잔뜩 걸려 있었다. 선배는 여전히 어이없는 사람이었다. 어째선지 모르겠지만 내 주위엔 어이없는 사람이 가득했는데, 안 교수도 그런 사람이었고 후배도 그런 사람이었다. 담배를 바닥에 비벼 끄고 카페에 다시 들어가려고 할 때, 어이없는 후배로부터 전화가 왔다.

─여보세요?

─당신이 내 고양이한테 무슨 짓을 저질렀는지 알아?

나는 곰곰이 생각해 봤지만, 녀석의 울음소리와 털색깔만 떠올랐다.

─잘 모르겠는데. 혹시 내가 사료라도 뺏어 먹었어? 그랬다면 미안해. 배가 많이 고팠거든.

내 추측이 형편없었는지 후배는 잠깐 침묵했다.

─당신. 우리 고양이 화장실에다 오줌을 쌌어. 그것도 엄청 많이. 지금 내 베란다는 오줌 바다가 되어 버렸어. 냄새가 아주 고약하단 말이야.

그 말을 들으니 새벽에 일어나서 소변을 본 기억이 떠올랐다. 화장실치고 춥다는 느낌이 들었는데, 화장실이라고 생각한 곳이 실은 베란다였었나 보다. 녀석의 아파트 베란다에는 모래가 잔뜩 부어져 있는 고양이 화장실이 있었는데, 고양이 화장실은 화장실처럼 보이질 않았고 꽃배추 따위를 심을 법한 화분처럼 보였다. 나는 머리를 긁적이며 후배에게 미안하다고 사과했다.

– 술김에 그랬나 봐. 미안하다.

– 됐고. 앞으로 3년 동안 보지 말자고. 당신 볼 때마다 지린내가 날 거 같으니.

– 3년씩이나?

후배는 대화를 더 잇기 싫었는지, 전화를 끊었다. 자리로 돌아오자 선배가 누구랑 통화를 그렇게 길게 했냐고 물었다. 내가 후배의 이름을 말하자, 선배는 얼굴을 찌푸렸다.

– 그 망나니랑 아직도 만나?

– 딱히 만날 사람이 없어서요.

– 자랑이네.

– 자랑이죠.

선배는 날 딱하게 쳐다보더니, 커피를 한 모금 마신 후 내게 말했다.

─난 결혼했어. 법적으론 아직 미혼이지만.

─그거야말로 자랑이네요.

선배는 피식 웃더니, 너도 아는 사람이라며 동거인의 이름을 말해 줬다. 익숙한 이름이었는데, 친숙하진 않았다. 나는 좋은 사람이죠, 라고 대충 얼버무리며 커피를 들이켰고, 선배는 술만큼 좋은 사람이지, 라고 말하며 가게 구석에 소품처럼 놓여 있던 기다란 병을 하나 들고 왔다. 그게 뭐냐는 나의 질문에 선배는 배시시 웃으며 병을 열어 냄새를 맡아보라고 말했다. 커피 리큐르였다.

─그냥 장식인 줄 알았는데.

─나이 먹으니까 장식도 실용적인 걸 찾게 되더라고.

우리는 서로의 잔에다 커피 리큐르를 따라 주며 마음껏 들이켰다. 술이 어느 정도 들어가자, 우리는 카페 안에서 담배를 태우기 시작했다. 선배가 만든 커피 리큐르는 레드애플 연기만큼 독했다. 커피 리큐르를 한 모금 마시고 얼굴을 잔뜩 찌푸리자, 선배는 혹시 안주가 필요하냐고 물었다. 나는 후배가 마구잡이로 찢어 버렸던 먹태를 떠올렸다.

─먹태만 아니면 괜찮을 거 같아요.

혀끝으로 먹태의 퍽퍽한 맛이 떠올랐다.

선배는 팔다 남은 커피로 커피 리큐르를 세 병이나 담가 놨다고 했다.

─그쯤 되면 커피집 사장이 아니라 술집 사장 아닌가요.

─좋은 게 좋은 거지.

선배는 커피 잔에다 커피 리큐르를 가득 따라 줬다. 선배는 간만에 술을 마셔서 기분이 좋다고 말했는데, 그렇다고 해서 내 기분까지 덩달아 좋아지진 않았다. 우리들의 기분 좋은 시절은 이미 한참 전에 지나갔고, 앞으로도 돌아오지 않을 예정이었지만, 술에 취한 선배는 그런 사실을 모르는지 왜 술을 안 마시느냐고 타박했다.

─너무 마셔서 그런지 숨을 쉴 때마다 보드카 냄새가 올라와요. 취할 것 같네요.

─취하려고 마시는 거 아니야?

선배는 취할 거 같으면 안주를 많이 집어먹으라고 말하며 무화과 타르트가 담긴 접시를 슬쩍 내 쪽으로 밀었다. 직접 만든 무화과 타르트라던데 직접 만든 무화과 타르트답게 맛이 각별하신 않았다. 뜨거운 오븐 속에서 숨이 죽어 버려 흐물흐물해진 무화과를 씹으니, 회가 먹고 싶어졌다. 푹 익은 무화과처럼 흐물흐물한 회가 아닌, 단단한 식감의 회를.

– 요새 방어 철인가요?

– 방어? 거의 끝물이지. 이제 봄이잖아?

나는 담배를 꼬나물며 저녁 때 동해에서 회를 먹을 건데 무슨 회를 먹어야 할지 모르겠다고 말했다. 내 말을 잠자코 듣던 선배는 나를 따라 담배를 물며 그럴 때는 꽁치회를 먹는 게 좋다고 진단을 내려 줬다.

– 꽁치회요?

– 그래. 꽁치회. 너 꽁치가 얼마나 맛있는지 모르지?

– 꽁치 통조림은 가끔 먹어요. 근데 꽁치도 회로 먹나요?

– 지느러미가 있는 건 뭐든지 회쳐 먹을 수 있어.

선배는 꽁치회의 식감과 기름기에 대해 떠들기 시작했다. 그전까지 꽁치에 대해 별다른 생각이 없었지만, 막상 꽁치회가 기름져서 맛이 좋다는 얘기를 들어 보니, 먹고 싶다는 생각보단 기름진 꽁치회가 얼마나 비쌀지 궁금했다. 꽁치회의 값을 머릿속으로 대충 매기며 커피 리큐르를 들이켜자, 선배는 못마땅한 표정을 지으며 말했다.

－순서대로 먹어. 그렇게 엉망진창으로 먹으면 맛을 제대로 느낄 수 없잖아.

－순서요?

－잘 봐.

선배는 타르트를 씹어 넘기고, 커피 리큐르를 한 모금 마신 후, 레드애플을 깊게 빨아들였다. 나도 선배를 따라 타르트를 씹고, 커피 리큐르를 들이켠 후, 레드애플을 빨았는데, 입속에 맵고 질척한 진흙탕이 한가득 생긴 것 같았다. 레드애플의 향은 기가 막힐 정도로 밀가루 반죽과 어울리지 않았다.

－안주가 별로네요.

－아까는 먹태만 아니면 된다더니?

－지금은 아닌 거 같아요.

－넌 예나 지금이나 변덕이 심하네.

선배의 눈을 바라봤다. 누가 봐도 취한 사람의 눈이었다. 나는 그만 마시는 게 좋을 것 같다고 말하며 몸을 뒤로 뺐지만, 선배는 아랑곳하지 않고 피우고 있던 담배를 타르트에 비벼 끄더니, 잔이 넘칠 정도로 커피 리큐르를 가득 따랐다. 선배는 커피 리큐르를 나섯 모금 정도 넘긴 후, 술 냄새를 풀풀 풍기며 내게 물었다.

　－너 옛날에도 말이야. 그러니까 나랑 사귈 때도 술 마시고 그딴 짓을 저질렀니?

　나는 잠시 뜸을 들이며 답했다.

　－전혀요.

　－그래. 그렇겠지. 그럼 이제 어떡할 거야? 서울에서 못 지내는 거 아니야?

　－지낼 곳은 지금 이리저리 알아보고 있어요.

　－그럼 강릉은 어때?

　－어떨지 모르겠는데요.

　내가 웃어넘기자, 선배는 자리에서 일어나더니 몸을 바싹 내게 들이밀며 강릉은 어떨 것 같냐고 되물었다. 선배와 사귈 때도 이렇게나 가까이 있었던 적은 손에 꼽을 정도로 드물었다. 선배의 목덜미에서 새까맣게 타 버린 해변의 냄새가 풍겨왔다. 익숙한 향이었다. 사귈 때 뿌리던 향수가 아직도 남아 있었나 보다. 우리는 누군가가 문을 열고 들어올 때까지 아무 말도 하지 않고 서로를 쳐다봤다. 무화과 타르트에 짓눌린 담배 냄새와 네롤리 우트르누아르 향수의 냄새를 동시에 맡으며 내가 침을 크게 삼키는 순간, 선배의 애인이 들어왔다. 녀석은 여전히 대단한 골초였는지, 멀리서도 담배 냄새를 풍겼다. 그의 버건디 색 입술 사이로 가래가 잔뜩 들끓는 목소리가 거칠게 올라왔다.

― 술 마시기엔 너무 이른 시간 아닌가?

문에 매달린 풍경의 소리는 위태롭기 그지없었다.

3. 東

머리를 바싹 깎은 그는 이따금 쿠엑, 거리며 가래침을 차창 밖으로 내뱉었다. 우리가 올라탄 2001년식 포터는 곧 숨이 넘어갈 노인처럼 지독하게 덜덜거렸다. 덜덜 떠는 건 차뿐만이 아니었다. 사정없이 떨고 있던 백미러에 그의 얼굴이 살짝 비쳤는데, 누가 봐도 화가 잔뜩 난 사람의 얼굴이었다. 거울 속의 그와 눈이 마주치자 나는 시선을 조수석 아래로 떨궜다. 피식. 웃음이 새는 소리가 들렸다. 고개를 드니 백미러에 매달린 조그만 곰 인형이 흔들리는 게 보였다. 녀석도 나를 비웃는 모양이었다. 몇 분 전, 그가 차에 시동을 걸고 있을 때, 나는 열심히 항변했다. 선배랑 예전에 그렇고 그런 사이였지만, 지금은 아니라고. 나는 선배의 연애 생활을 무척이나 존중하고 있다고. 2001년식 포터는 낡은 트럭답게 시동이 한 번에 걸리질 않았다. 나는 낡아빠진 포터가 꽁무니로 지독한 매연을 내뱉을 때까지 떠들었다.

— 입술이 선배만큼 예쁘시네요. 무슨 립스틱을 쓰시나요?

— 아멜리 립 팟 에어립스 827. 그나저나 좀 닥쳐 줄래? 난 지금 몹시 언짢거든.

예전에 안 교수가 머리를 짧게 깎은 사람과 시비가 붙어선 안 된다는 충고를 한 적이 있었다. 나는 안 교수의 가르침을 충실히 따랐다. 포터가 동해를 향해 굴러가는 동안, 나는 시선을 아래로 떨어뜨리며 조수석 발판에 깔린 시트의 융털이 몇 개인지 세기 시작했다. 8,824번째 융털을 세고 있을 때, 그가 말했다.

— 두 번 다시 강릉에 오지 마. 너같이 소문 많은 창부는 딱 질색이거든.

나는 대답 대신 고개를 끄덕였다. 낡은 포터는 7번

국도를 따라 질주했다. 선배는 그에게 나를 동해 터미널까지 태워 달라 부탁했고, 의외로 그는 순순히 선배의 부탁을 들어줬다. 녀석은 이런 상황 자체가 불쾌했는지, 액셀을 강하게 밟았다. 덕분에 트럭은 생각보다 빨리 동해 터미널에 도착했다. 그는 차를 세우자마자 굽으로 내 정강이를 걸어차며 말했다.

–내려.

나는 포터에서 떠밀리듯 내렸다. 나를 잔뜩 노려보던 그는 담배를 꺼내 물더니, 독한 연기를 내뿜는 포터와 함께 도로 저 너머로 사라졌다. 당분간 강릉에 갈 일은 없을 것 같았다. 적어도 3년은. 3년이라는 단어가 머릿속을 스쳐 지나가자 뜬금없게도 옹, 옹, 울던 후배의 고양이가 생각났다. 어두운 밤중에 낯선 사람한테 화장실을 뺏겨 버린 그 고양이에게 사죄 전화를 걸까 싶었지만, 그만뒀다. 안 교수가 카톡을 보냈기 때문이다.

–미안하다. 조금 늦을 거 같은데. 터미널에서 기다리지 말고 바로 횟집으로 가서 기다리는 게 좋을 것 같다.

안 교수는 횟집의 위치도 보내 줬는데, 터미널에서

쾌나 밀리 떨어진 곳이었다. 나는 알겠다고 답한 후, 터미널을 나와 횟집을 향해 걸어갔다. 바닷가를 낀 도시답게 바람은 무척이나 차가웠다. 나는 추위를 버티기 위해 욕을 되뇌며 걸어갔는데, 추위에 대한 욕은 어느새 사람들에 대한 욕으로 바뀌었다. 생각보다 많은 사람들이 내게 욕을 먹었지만, 미안하진 않았다. 그들도 이미 나를 욕했거나, 곧 나를 욕할 예정이었으니까.

횟집의 이름은 『청춘수산』이었다. 『청춘수산』의 주인장은 청춘이라는 단어와 20년 정도 떨어진 얼굴을 가진 사람이었지만, 『청춘수산』이라는 이름에 걸맞게 유치한 사람이기도 했다. 일행이 오면 주문하겠다는 내 말을 듣고도 그는 계속 내게 어떤 회를 시킬 것인지 끈질기게 물었다.

　－곧 일행이 온다니까요.

　－그게 제 알 바인가요. 제가 알고 싶은 건 손님이 씹어 드시고 싶은 생선입니다.

전혀 말이 통하지 않는 인간이었다. 나는 뒤쪽에 걸려 있던 메뉴판을 노려봤지만, 메뉴판엔 먹고 싶을 정도로 탐스러운 이름을 가진 생선은 한 마리도 없었다. 나는 혹시나 하며 주인장에게 물었다.

  ― 혹시 꽁치회도 파나요?

  ― 꽁치회 말입니까.

주인장은 개나 소나 꽁치회를 찾는다고 투덜거리며 주방 쪽으로 걸어갔다. 순식간에 개나 소가 되어버린 나는 식탁 위에 놓여 있던 위생 수건을 이리저리 구기며 안 교수가 오기만을 기다렸다. 안 교수보다 꽁치회가 식탁에 먼저 도착하자, 나는 곤란한 표정을 지으며 주인장을 바라봤다. 주인장은 무슨 문제 있냐고 내게 되물었다.

  ― 상하진 않겠죠?

  ― 모든 생선은 상하기 마련이죠.

내가 어이없는 표정을 짓자, 주인장은 방 안에서 눈 좀 붙이고 있을 거라며 필요한 게 있으면 부르라고 말하더니, 정말 방 안으로 들어가 코를 골아대기 시작했다. 아무도 없는 횟집에서 신선한 꽁치회를 눈앞에 둔 채, 언제 올지 모를 사람을 기다리고 있자니 소주를 한잔 하지 않을 수가 없었다.

안 교수가 횟집에 나타난 건 내가 소주를 한 병이나 비운 후였다.

— 미안하다. 일이 생각보다 늦게 끝났네.

간만에 본 사람답게 안 교수는 예전보다 훨씬 늙어 있었다. 옛날에도 늙었던 사람의 더 늙어 버린 얼굴을 보는 건 즐거운 일이 아니었다. 안 교수는 패딩 주머니에서 은박지를 꺼내더니, 점심 때 먹다 남은 김밥이라고 말하며, 이걸 회랑 같이 초장에 찍어 먹으면 맛이 좋다고 너스레를 떨었다.

— 여전히 식성이 괴악하시군요.

— 넌 여전히 버릇이 없구나.

안 교수는 옛날에 사 준 암뽕을 기억하냐고 내게 물었다. 안 교수는 제자가 등단할 때마다 암뽕을 사 주는 고약한 취미를 가지고 있었는데, 어째서 암뽕을 사 주는지 구체적으로 이유를 설명해 준 적은 한 번도 없었다. 동기 중 하나가 처녀작이라는 구시대의 단어를 끌고 와 그럴싸한 추측을 한 적이 있었는데, 정말 안 교수가 그런 구시대적인 이유로 암뽕을 사 줬는지는 알 수 없었다. 다만 안 교수는 구시대적인 사고를 여러 번 쳤는데, 지금 그가 동해에 내려와 머무는 이유도 그 때문이었다. 나는 안 교수에게 소주를 따라 주며 말했다.

―이야기는 들었습니다.

안 교수가 다른 쪽 패딩 주머니에서 레드애플 담배를 꺼내며 반문했다.

―무슨 이야기?

―제 입으로 말하긴 좀 민망하네요.

안 교수는 말없이 나를 물끄러미 쳐다보더니 테이블 한쪽에 놓여 있던 싸구려 라이터를 들고 담뱃불을 붙였다. 늙은 남자는 담배를 길게 내뿜으며 말했다.

―누구한테 들었니?

나는 후배의 이름을 말했다. 후배의 이름을 듣자마자 안 교수는 그 새끼는 입이 왜 그렇게 싸냐고 투덜거렸다. 딱히 변호하려는 생각은 없었지만, 나는 그때 후배가 많이 취한 상태라고 덧붙였다. 안 교수는 고개를 절레절레 저으며, 잔반통에다 담뱃재를 털어 넣었다.

―늘 그렇다니까. 죄다 술자리에서 내 이야기를 들었다 하더라고.

―아무래도 맨정신으로는 말하기 힘드니까요.

―요즘 내가 무슨 생각을 하면서 사는지 알아?

안 교수는 가지고 온 김밥 위에다 초장을 듬뿍 찍은 꽁치회를 올리며 말을 이어갔다.

-내 인생이 이런 안줏거리로 전락한 것 같아. 술기에 잠깐 씹으면 사라지고 마는.

　확실히 교수였던 시절에 비하면 지금의 안 교수는 안줏거리만도 못한 상태였기에 나는 고개를 끄덕거리며 그의 말에 맞장구를 쳐 줬다.

　-술맛 좋은 인생이겠군요.

　내 말을 듣고 안 교수는 피식 웃더니 김밥과 꽁치회를 한입에 털어 넣었다. 안주를 우적우적 씹던 안 교수는 소주를 단번에 들이켰다. 빈 소주잔에 다시 술을 따르며 안 교수가 중얼거렸다.

　-술이 문제라니까.

　나도 고개를 끄덕이며 안 교수를 따라 중얼거렸다.

　-술이 문제죠.

　확실히 술이 문제인 사람은 우리를 포함해 여럿 있었고, 술에 취한 채 전화를 건 선배도 그런 사람들 중 하나였다. 나는 잠시 안 교수에게 전화를 받겠다고 말한 후, 횟집 바깥으로 나갔다. 온도가 더 떨어졌는지, 새하얗게 식은 입김이 마구 뿜어져 나왔다. 그 사이 커피 리큐르를 더 마신 선배의 혀는 심하게 꼬부라져 있었다.

－그 사람이랑 싸웠어.

－누가 이겼나요?

－내가. 그런데 기분이 울적해.

선배는 자기도 동해로 내려갈 거라고 말하며, 지금 정확히 동해의 어디에 있는지 내게 물었다. 선배는 술에 취하면 밑도 끝도 없이 총알을 사방팔방에 갈겨대는 자기 소설처럼 굴어댔다. 사귀고 있을 때 나는 선배의 그런 버릇이 귀여웠지만, 한편으론 피곤했다. 그래서 사귀었고, 그래서 헤어졌다. 나는 여기가 어딘 줄 알고 내려오냐며 술에 취했으면 얌전히 집에서 발이나 닦고 주무시라고 좋게 타일렀다. 하지만 선배의 귀에는 전혀 좋지 않게 들렸던 모양이다.

－너 나 무시해?

－그럴 리가요.

－그런데 왜 못 가게 해? 나도 다른 도시에서 술 마시며 놀고 싶다고.

선배는 지금 자신이 그 재미없는 자식이랑 사는 게 얼마나 힘든지 구구절절 얘기하며 이 불행을 잠깐이라도 견디기 위해선 너와 술을 마셔야 한다는 둥의 헛소리를 지껄였는데, 헛소리답게 들어 줄 만한 얘기는 아니었다.

— 아까 내가 널 위로해 줬잖아. 너도 날 위로해 주면 안 돼?

— 네. 안 돼요.

내 대답이 꽤나 마음에 들었는지 선배는 욕지거리를 하기 시작했다. 욕을 실컷 지껄이다 지친 선배는 마지막으로 나지막이 씨발, 이라고 중얼거렸다. 이제 대화를 끝내야 할 것 같았다.

— 저 안 교수랑 술 마시고 있어요.

— 누구?

선배는 믿기지 않는다는 듯한 목소리로 내게 되물었다.

— 안 교수요.

— 결국엔 너도 그런 애였구나?

— 어떤 애요?

— 안 교수한테 술도 바치고 몸도 마음도 바치는 애들 말이야. 그러면 좋니?

나는 잘 알지도 못하는 주제에 함부로 지껄이지 말라고 소리치며 전화를 끊었다. 횟집에 돌아오니 안 교수가 내 담뱃갑을 뒤지고 있는 게 보였다. 내가 말없이 자리에 앉자, 안 교수는 아무렇지 않게 내 담배를 입에 꽂으며 물었다.

　－누군데 그렇게 소리를 고래고래 질러?

　－엄마요. 집에 왜 안 들어오냐고 쓸데없이 잔소리 하길래 그랬죠.

　－못난 놈.

　안 교수는 부모님 속 썩이지 말라고 타박했는데, 안 교수가 그런 말을 할 자격이 있는지는 잘 모르겠다. 안 교수는 수업 시간 때마다 종종 자신이 20대 시절을 얼마나 망나니처럼 보냈는지 학생들에게 말해주곤 했는데, 그 얘기를 통해 우리가 얻을 수 있는 교훈은 안 교수가 우리보다 일찍 태어나서 다행이라는 것뿐이었다. 만약 그가 우리와 동갑이었다면, 그는 여러 가지 혐의와 여러 가지 사건으로 인해 정상적인 생활을 영위하진 못했을 것이다. 물론 지금의 안 교수도 정상적인 생활과 거리는 꽤 멀었지만. 조용히 소주를 들이켜던 나는 선배의 이름을 말하며 혹시 기억하냐고 물었다. 안 교수는 간단히 답했다.

　－몰라. 누군데?

　－학과 선배인데요.

─그래? 글을 참 못 썼나 봐. 어지간한 학생 이름은 내가 다 기억하는데 말이지.

나는 고개를 끄덕이며 졸업반일 때도 신입생보다 못 쓰던 양반이라고 말하며, 선배가 썼던 소설의 한 대목을 말해 줬다. 안 교수는 주인공이 다짜고짜 AK47을 갈겨 버리는 소설의 정신 나간 전개를 살짝 흥미롭게 여겼지만, 끝내 선배를 기억해 내진 못했다.

─그래서 그 친구는 요새 뭐 하는데?

─강릉에서 커피콩을 볶고 있어요.

─잘됐네. 글 써서 굶는 것보단 커피나 내리는 게 훨씬 낫지. 강릉이면 가까운데. 나중에 한 번 찾아가 볼까?

─그러지 않는 게 좋을 거 같아요.

안 교수가 왜냐고 묻기에 그가 선배의 소설을 마구잡이로 찢어 버린 다음 창문 밖으로 날려 버린 일을 상기시켜 줬다. 할 말을 잊었는지 안 교수는 소주를 네 번이나 연거푸 들이켰다. 취기가 올라온 안 교수는 고개를 푹 숙였는데, 그의 정수리는 벌겋게 달아올라 있었다. 그 안쓰러운 정수리를 보고 있자니 어쩐지 안 교수에게 사죄 받는 기분이 들었는데, 안 교수가 고개

를 숙여야 할 사람은 내가 아니라 그가 술김에 욕하고
화내고 찢어 버린 사람들이었지만, 그들은 이곳에 없
었기에·결과적으로 나만 무안해지고 말았다. 나는 어
색한 기분을 떨치고 그를 따라 소주 한 잔을 들이켠
후, 입을 열었다.

　－ 저도 그런 일이 있었어요.

　－ 무슨 일?

　나는 안 교수에게 내가 조만간 서울을 떠난다는 것
과 어째서 서울을 떠날 수밖에 없는지에 대해 이야기
해 줬다. 내 이야기를 심각한 표정으로 듣던 안 교수
는 내 잔에다 소주를 들이부으며 말했다.

　－ 내가 할 말은 아니지만, 너도 참 쓰레기구나.

　－ 잘 알고 있어요.

　－ 당분간은 어딜 가든 고개 푹 숙이고 다녀. 나도
한때 그랬어.

　－ 그러면 누가 알아 주나요?

　－ 자위하는 거지. 뭐.

　안 교수는 고개를 절레절레 저으며 소주를 들이켰
다. 나도 그를 따라 고개를 절레절레 저으며 소주를
들이켰다. 안 교수처럼 꽁치회와 김밥을 하나씩 집어

먹으니 삼류 영화에서나 나올 법한 삼류 불한당이 된 것 같은 기분이 들었다. 물론, 기분뿐이었다.

정신을 차려 보니 새벽이었다. 주인장은 옆 테이블에서 레드애플을 꼬나문 채 석간신문을 천천히 넘기고 있었고, 안 교수는 정신을 잃은 채 테이블에 머리를 처박고 있었다. 내가 부스스 일어나자 주인장은 꽁치회에다 담배를 비벼 끄며 말했다.

— 일어났습니까?

— 죄송합니다. 그만 자고 말았네요.

주인장은 죄송할 것까지야, 라고 짧게 중얼거리며 나를 물끄러미 쳐다봤다. 주인장의 시선에 담긴 뜻을 금방 알아챈 나는 엎어진 채 코를 골고 있던 안 교수를 가리키며 말했다.

— 계산은 이분이 하실 겁니다.

— 정말입니까?

주인장이 미심쩍은 목소리로 묻자, 나는 고개를 끄덕였다.

— 제가 소설가인데요. 이 분은 저보다 훨씬 유명한 소설가입니다.

— 둘 다 전혀 소설가처럼 안 보이는데.

주인장이 안 교수의 뻘건 정수리를 뚫어지게 쳐다
보며 말했다. 나는 정수리가 볼품없어도 유명한 소설
가가 맞다고 말하며 자리에서 일어났다. 주인장은 담
배를 하나 더 꺼내면서 먼저 가냐 물었고, 나도 담배
를 꺼내 물으면서 먼저 가게 됐다고 답하며 널브러진
저 양반에게 잘 좀 말해달라고 부탁했다. 주인장은 고
개를 끄덕이며 내게 잘 가라고 말해 줬다.

 ─ 멀리 안 나갑니다.

 ─ 저는 멀리 갑니다.

 내 대답을 듣고 주인장은 미친놈 보듯 날 쳐다보더
니 담배 연기를 훅하고 내뿜었다. 횟집의 문을 열자
서늘함이 품속으로 파고들었다. 찬바람에 맞서 뜨거
운 담배 연기를 내뱉자, 찌꺼기처럼 입속에 남아 있던
꽁치회의 향도 연기를 따라나섰다. 나는 떠나기 전에
선배한테 꽁치회의 맛이 별로였다고 카톡을 하나 남
겼는데, 답장은 오지 않았다. 그도 그럴 것이, 새벽 세
시였다. 덕분에 나는 고개를 숙인 채 아무 미련 없이
떠날 수 있었다.

우리는 언제나 일요일에만 만나기로 돼 있었다.

그날도 마침 일요일이었다.

-휴일, 이만희(1968)

햄버거를 기다리는 시간은 지루하지 않았다. 왜냐면 그와는 정말로 오랜만에 만났기에 이런저런 얘기를, 특히나 안 교수에 관한 얘기를, 장황하게 나눴기 때문이다. 그날 주일 예배를 마친 나는 교회 앞에서 새빨간 광역버스를 타고 잠실 교보문고로 갔는데, 뜻밖에도 잠실 교보문고는 리모델링 공사 때문에 휴업 중이었다. "새로운 모습으로 다시 만나요!"라고 적힌 플래카드가 부질없이 휘날리는 걸 바라보며 '정말 다시 만날

수 있을까'라고 중얼거릴 때, 말년의 존 레논처럼 수염
과 머리카락을 덥수룩하게 기른 그가 내 앞에 멈춰 섰
다. 4년 만이었다. 4년 만에 만난 그를 알아볼 수 있었
던 이유는 별게 아니었다. 맑은 날이었지만 그가 새까
만 장우산을 쓰고 있었기 때문이다. 디즈니 캐릭터가
조그맣게 그려진 검은색 장우산은 기억하기 어려웠지
만, '강우 기대증'이라는 독특한 정신질환은 기억하기
쉬웠다. 처음 병명을 들었을 때 나는 그가 별걸 다 기
다린다고 생각했는데, 나중에 나도 별걸 다 기다리는
사람이 되고 말았다. 그도 나를 알아봤는지 내게 안 교
수를 아냐고 물었다. 나는 고개를 끄덕이며 답했다.

　－안 교수는 고발당한 후 상황이 불리해져 캐나다
로 떴어요.

　－다들 그렇게 말하더군요. 안 교수에 대해 아무것
도 모르면서.

　우리는 서점 앞에서 안 교수의 캐나다 이민에 대해
30분 동안 떠들었다. 그는 안 교수의 가족이 몽땅 이
민을 갔다고 주장했지만, 내가 알기론 안 교수만 캐
나다로 갔고 그의 가족은 한국에 남아 있었다. 서로
의 얘기를 듣고 우리는 어쩌면 안 교수가 캐나다에 안

갔을지도 모른다는 시시한 결론을 내렸다. 새파란 하늘 밑에서 우산(나는 따가운 햇살이 내리쬐는 한낮에 우산을 쓸 마음이 전혀 없었지만, 그의 장우산은 나의 마음을 무심하게 무시할 정도로 컸었다)을 쓰고 있던 우리를 서점 안의 인부들이 의아하게 쳐다볼 때쯤, 그가 말했다.

－점심 안 드셨죠?

－요즘 교회는 야박하게 점심 국수를 안 주더라고요.

때마침 우리 뒤에 있던 롯데리아는 교보문고와 달리 정상 영업을 하는 중이었다. 그는 내게 점심으로 햄버거는 어떠냐고 물었다. 평소 롯데리아를 못마땅하게 여겼지만, 맥도날드나 버거킹 같은 마땅한 대안이 근처에 없어서 나는 고개를 끄덕일 수밖에 없었다. 그렇게 우리는 롯데리아에서 한 시간 동안 햄버거를 기다리며 얘기를 나눴다. 우리가 안 교수의 고약한 술버릇에 대해 떠들 때쯤, 배꼽에서 잔뜩 앓는 소리가 흘러나왔다. 주방을 슬쩍 살펴보니, 우리의 햄버거는 패티조차 구워지질 않은 상태였다. 배가 고파질대로 고파진 우리는 이게 말이 되는 상황이냐며 점원한테 따지기 시작했다.

　－한 시간 전에 시킨 햄버거가 왜 아직 안 나왔나요?

　－죄송합니다.

　－그래서 햄버거는 언제쯤 나오나요?

　－죄송합니다.

　－아니, 죄송하면 햄버거가 나오나요?

　－죄송합니다.

끝없이 쏟아지는 죄송합니다를 듣고 있자니 성실한 아르바이트생을 괴롭히는 못된 진상 손님이 된 것 같은 기분이 들었고, 그런 몹쓸 기분 덕분에 마음이 불편해진 우리는 자리로 돌아가 와규와규버거와 클래식 치즈버거를 잠자코 기다렸다.

　－저는 작년에 『펄프 픽션』을 본 이후로 햄버거 세트를 시킬 때마다 음료로 사이다를 골라요.

　－타란티노 영화를 따라하다니. 못 본 새 정신이 더 나가셨군요.

햄버거는 쿠엔틴 타란티노의 히피 영화에 출연한 레오나르도 디카프리오와 브래드 피트의 연기에 대해 우리가 이러쿵저러쿵 떠들고 있을 때 등장했다. 점원은 또다시 연거푸 죄송하다며 감자튀김을 엄청 넣어드렸으니, 부디 노여움을 거둬달라고 부탁했다. 그는 고개를 저으며 점원에게 말했다.

―죄송한데 우린 노여워한 적 없어요. 따지긴 했지만.

그러자 점원은 우리에게 고개를 숙이며 다시 한번 똑똑히 말했다.

―죄송합니다.

우리는 몹쓸 기분을 또 느끼기 전에 햄버거를 들고 재빨리 밖으로 나갔다. 그는 여기서 조금만 더 걸어가면 한강공원이 나오니 거기서 식사를 하자 말했고, 나는 가는 길에 편의점에 들러 캔 맥주도 사자 말했다. 지나가던 사람들은 커다랗고 새까만 우산(아까도 말했지만, 그 우산은 양산이라고 변명할 수 없을 정도로 컸다)을 쓰고 있던 우리를 희한한 짐승 보듯 바라봤는데, 앓는 지병이라곤 계절성 감기밖에 없는 정상인의 관점에서 판단하자면 그렇게 보일 만도 해서 우리는 그들에게 뭘 보냐고, 우리가 우리를 빠져나온 구경거리인 줄 아냐고 감히 소리칠 수 없었다.

기대와 달리 공원에는 편의점이 없었다. 햇볕 아래에서 한 시간 동안 편의점을 찾아 헤매던 우리는 결국 공원을 빠져나와 근처 아파트 단지의 놀이터로 도망쳤다. 놀이터에는 정말이지 많은 숫자의 훌라후프가 곳곳에 걸려 있었다. 훌라후프는 아파트 단지의 모든 주민이 하나씩 가져가도 될 정도로 많았는데, 나무에 징그러울 정도로 걸려 있던 훌라후프를 바라보니 부질없다는 생각만 들었다. 와규와규버거의 포장을 뜯으며 그가 말했다.

— 한강공원에 맥주를 파는 편의점이 없다니. 이게 말이 되나요?

클래식 치즈버거의 포장을 뜯으며 내가 답했다.

— 잠실 사는 사람들은 공원에서 훌라후프 돌릴 생각은 있지만 맥주 마실 생각은 없나 봐요.

그는 내게 훌라후프를 돌려 본 적이 있냐 물었고, 나는 직접 돌린 적은 없지만, 엄마가 열심히 돌리는 걸 구경한 적이 있다고 답했다. 나잇살이 생긴 엄마는 매일매일 강박적으로 훌라후프를 돌리셨는데, 부질없게도 전보다 허리둘레가 10cm 정도 더 늘어나고 말았다. 그도 고개를 끄덕이며 자신의 어머니도 훌라후프를 돌린 후에 허리둘레가 더 늘어났다고 답하며, 여기 정자에 걸린 훌라후프의 주인들도 모두 허리둘레가 늘어났을 거라 말했다. 그쯤 되면 훌라후프는 정말 부질없는 물건이 아닐까 싶었지만, 딱히 훌라후프에 유감이 없던 우리는 말없이 햄버거를 씹고 눅눅해진 감자튀김을 박살 냈다. 나는 햄버거를 삼키며 아까부터 가지고 있었던 찝찝한 의문에 대해 곰곰이 생각했다. 도대체 내 앞에서 와규와규버거의 패티를 씹고 있는 이 자식의 이름은 무엇일까. 외자 이름이고, 조금 희귀한 성씨였던 것만 기억났다. 지금이라도 이름이 뭐냐고 묻는 게 나을까, 아니면 그냥 닥치고 있는 게 나을까?

— 그래서, 연우 씨는 요즘 무슨 일을 하고 계세요?

황송하게도 이 사람은 내 이름을 기억해 주고 있었다. 어쩐지 미안해진 나는 얼음이 녹아 밍밍해진 사이다를 한 모금 들이켜고 답했다.

— 소설을 교열하는 일을 하고 있어요. 돈 안 되는 일이죠.

— 어쨌든 일을 하고 계시네요. 저는 작년 이후로 일이란 걸 못 했어요.

— 그럼 뭘로 먹고 사세요?

그는 대답 대신 아메리카노를 한 모금 들이켰다.

햄버거에 아메리카노라니. 밀크쉐이크에 찍어 먹는 감자튀김만큼이나 알 수 없는 조합이었다. 나는 그에게 혹시 감자튀김을 밀크쉐이크에 찍어 먹냐고 물어봤다. 그는 내 질문을 전혀 이해하지 못했는지 감자튀김을 아메리카노에다 듬뿍 찍으며 되물었다.

 ─어디에다가 뭘 찍어 먹는다고요?

나는 햄버거 포장지에 찌꺼기처럼 남은 치즈와 소스를 감자튀김으로 슬쩍 닦으며 답했다.

 ─제가 괜한 걸 물었군요.

나는 그에게 혹시 파인애플 피자나 민트 초코도 좋아하냐고 물었다. 그는 커피가 뚝뚝 떨어지는 감자튀김을 씹으며 답했다.

 ─파인애플은 말이죠. 구우면 더 달아져요, 민트와 초코는 섞으면 더 시원해지구요.

내가 할 수 있는 말은 이것뿐이었다.

 ─그렇군요.

나는 토마토케첩에다 감자튀김을 푸욱 찍어 먹었다. 누구나 예상할 수 있는 흔한 맛이었다.

 ─연우 씨는 어쩌다가 그 일을 하시게 됐죠?

 ─무슨 일이요?

– 교열하신다면서요.

– 다른 일을 기다리는 게 지루해서요.

– 이해해요. 저도 오랫동안 기다리다 재작년에 잠깐 고양이 똥 모래 파는 일을 했었죠. 제가 고양이를 너무 좋아하는 것 같아서 고양이를 싫어하기 위해 그 일을 택했는데. 웬걸, 고양이보다 사람이 더 싫어졌어요.

말을 마친 그는 기름방울이 둥둥 떠다니는 아메리카노를 한 모금 들이켰다. 그와 다르게 나는 도저히 이해할 수 없었다. 커피 맛 감자튀김은 감자튀김이란 것이 한 차례 멸종을 겪고 난 후에야 생길 법한 맛이었기 때문이다. 인정할 수 없는 그의 식성 때문에 나는 입맛이 떨어져 산처럼 쌓여 있던 감자튀김을 전부 그에게 양보했다. 그는 나의 몰이해와 롯데리아 아르바이트생의 죄송함을 사양하지 않고 몽땅 아메리카노에 찍어 먹었다.『펄프 픽션』에서 사무엘 잭슨이 감자튀김을 사이다에 찍어 먹지 않은 게 다행이라면 다행이었다.

식사를 마친 우리는 맥주를 마시기 위해 다시 편의점을 찾아 나섰다. 편의점은 한강공원이 아니라 아파트 상가에 있었는데, 편의점이라기보단 구멍가게에 가까운 곳이었다. 우리는 허름한 냉장고를 열어 칭따오 맥주 네 캔을 집었다. 주인은 우리가 못마땅한지, 아니면 칭따오가 못마땅한 건지 한참을 구시렁거렸다. 나는 그에게 카드를 내밀며 물었다.

– 칭따오가 싫으세요?

– 뭐?

– 칭따오가 싫냐구요.

주인은 나를 흘겨보더니, 만 원, 이라고 퉁명스럽게 말하며 카드를 포스기에 세게 긁었다. 포스기는 쿠엑쿠엑거리며 영수증을 길쭉하게 내뱉었다. 산 것이라곤 맥주 네 캔뿐인데 어째서 저 정도로 길쭉한 종이가 나오는지 궁금했다. 주인은 영수증을 끊으며 영수증을 가지고 갈 거냐고 물었다.

– 저는 필요 없으니 화장실 갈 때 쓰세요.

내 답이 마음에 안 들었는지, 주인은 욕을 거칠게 내뱉었다. 우리는 그가 주먹도 거칠게 휘두르기 전에 빨리 바깥으로 튀어나갔다. 구멍가게에서 멀어지자 그는 팔꿈치로 내 옆구리를 마구 찌르며 크게 웃었다. 그의 웃음을 이해할 수 없었던 나는 어리둥절한 표정을 지으며 그를 바라봤다. 그는 그런 농담은 도대체

어떻게 생각했냐 물었고, 나는 그에게 무슨 농담을 말
하는 거냐고 되물었다. 그가 영수증과 화장실이라고
답하자, 나는 그런 건 농담거리도 못 된다고 말했다.

　　- 제가 요즘 교정을 맡은 소설에 나오는 시시한 대
사예요.

　　- 재밌는 소설이겠네요.

　　- 소설은 재밌어요. 소설가는 재미없지만.

　　- 그럴 리가요. 이 세상에 재미없는 사람은 한 명
도 없어요.

　　내가 21세기를 한껏 지루하게 만들고 있는 사람들
을 줄줄이 말하자, 그는 그 사람들도 알고 보면 모두
재밌는 사람이라고 말했다. 그는 농담이란 게 무한히
이어질 거라 믿고 있는 파렴치한 낙관론자였고, 나는
농담이란 건 석유처럼 언젠가 고갈될 거라 믿고 있는
무책임한 종말론자였다. 물론 내가 날 때부터 종말론
자였던 건 아니다. 서른을 넘긴 후, 나는 나이만큼 끝
없이 늘어나는 걱정들 때문에 지독한 불면증을 앓고
있었다. 불면증을 고치기 위해 나는 교회를 열심히 다
니기 시작했고, 덕분에 열성적인 종말론자가 될 수 있
었다. 종말을 믿게 된 이후로 나는 묵시록만큼 깊은

잠에 빠져들 수 있었다. 정신 건강에 이렇게나 탁월한 종말을 다른 사람에게도 알리고 싶었지만, 사람들은 나를 정신병자 취급하며 순순히 종말을 기다리자는 내 말을 조금도 들으려 하지 않았다. 그건 예배마다 방언과 눈물을 쏟던 부모님도 마찬가지였다. 아버지는 이 빌어먹을 자식에게 못된 사단이 들러붙었구나, 하며 나를 산 좋고 물 좋은 요양원에 두 번이나 처넣으셨다. 그럼에도, 여전히 나는 종말을 믿고 있었다. 기쁘게도 오늘 교회에서 들었던 설교는 요한계시록에 관한 이야기였다.

— 오늘 저희 목사님께서 요한계시록으로 설교를 하셨죠.

— 전도할 생각이라면 관두세요. 제가 순순히 믿는 주님은 맥주밖에 없어요.

딱히 전도할 생각은 없었지만, 나는 순순히 입을 닫쳤다. 우리는 공원에 앉아 한강을 바라보며 맥주를 마시기로 했다. 공원 입구에서 그는 내게 혹시 담배를 태우느냐고 물었다. 나는 몸에 해로운 건 맥주만 하는 중이라 답했다. 그는 이 담배를 보면 생각이 달라질 거라고 말하며, 주머니에서 레드애플 담뱃갑을 꺼냈다. 빨간 사과에서 불쑥 튀어나온 새파란 벌레가 담배를 물고 있는 그림을 보고 있자니, 그의 말마따나 정말 담배를 피우고 싶어졌다. 그는 내 입가에다 담배 한 개비를 들이밀었다.

— 태울래요, 말래요.

나는 담배 냄새를 슬쩍 훔쳐 맡아봤다. 사과가 가득 열린 과수원이 불에 타고 있을 때 풍길 법한 냄새가 펄프 끝에서 흘러나왔다. 혹할 만한 냄새였지만, 역시 피우지 않는 편이 낫겠다는 생각이 들어, 나는 집게손가락으로 담배를 밀어냈다. 그는 피식 웃으며 내가 밀어낸 담배를 자신의 입술에다 가져갔다.

— 타란티노 영화를 좋아하는 사람이 타란티노 담배를 마다하다뇨.

— 폐암은 제가 고른 종말이 아니거든요.

그는 고개를 끄덕이며 한강공원은 금연 구역이니 들어가기 전에 두 대는 태워야 한다고 말한 후 줄담배를 피우기 시작했다. 그가 담배를 한 개비하고 반 개비 정도 태웠을 때, 누워서 가는 자전거를 탄 꼬마와 전동 킥보드를 탄 노인이 우리 곁을 재빠르게 지나갔다. 두 사람 모두 헬멧을 쓰지 않았는데, 그는 사람들이 무슨 생각으로 저렇게 위험천만한 기구를 헬멧 없이 타는 건지 모르겠다며 너스레를 떨었다. 줄담배를 피우고 있는 사람이 할 말인가 싶었지만, 나는 조용히 그가 풍기고 있던 해로운 냄새를 맡았다. 다시 공원에 들어선 우리는 길쭉하게 깔린 대리석 위에 앉은 다음, 맥주 캔을 땄다. 그 대리석은 용도가 무엇인지 짐작하기 어려운 구조물이었다. 앉으라고 만든 의자인 것 같기도 했고, 풀밭과 보도의 경계를 표시하는 일종의 울타리인 것 같기도 했다. 우리가 앉은 자리 앞쪽으론 물고기가 다니는 길인 어도가 설치되어 있었다. 콘크리트를 쌓아서 만든 어도는 바닷가의 방파제를 똑 닮았는데, 그래서인지 바닷가에서 맡을 법한 냄새를 풍겼다. 내가 한강에서 바다 냄새가 난다고 말하자, 그는 바다 냄새가 뭐냐고 되물었다.

– 물고기 오줌 냄새죠.

– 맥주 안주로 삼을 만한 냄새는 아니네요.

그와 나는 칭따오를 한 모금씩 들이켰다. 냉장고에서 주인에게 홀대를 받던 칭따오는 적당히 시원했다. 우리가 칭따오를 절반 정도 마셨을 때, 커다란 흰색 새가 우리 앞으로 날아왔다. 흰색 새는 어도 위에 앉더니, 그 밑을 한없이 노려봤다. 그러나 어도를 지나가는 물고기 중 마땅히 마음에 드는 게 없었는지 녀석은 금세 다른 장소로 날아갔다. 멀리 날아가는 새를 바라보며 그가 내게 말했다.

– 저건 누가 뭐래도 왜가리답게 생겼네요. 연우 씨는 혹시 학이랑 왜가리를 구분할 줄 아시나요?

– 몰라요.

– 실은 저도 잘 몰라요. 그런데 안 교수는 학이랑 왜가리를 정확히 구분할 수 있었어요.

– 그야 그렇죠. 안 교수는 보통 사람이 아니잖아요.

우리는 맥주 캔을 맞부딪히며 다시 안 교수에 대한 이야기를 나누기 시작했다. 그건 정말이지 오래전의 이야기였다.

아주 오래전의 이야기다. 안 교수와 나는 정말이지 더러운 술집 화장실에서 마주쳤다. 그곳은 남녀 화장실이 구분되어 있지 않은 좁은 곳이라 안 교수는 머쓱한 표정을 지으며 내게 길을 비켜 줬다. 그날 안 교수는 계속 머쓱한 표정을 짓고 있었는데, 그럴 만도 했다. 안 교수는 죽은 소설가의 이름이 새겨진 상을 받은 기념으로 단골 술집 『고백』에서 졸업반 학생들과 술을 마시고 있었다. 취기가 적당히 올랐던 안 교수는 너희 같은 아저씨 아줌마들과 술을 마시고 있자니 분위기가 너무 칙칙하다(그런 농담이 살아 있던 시절이다)며 파릇파릇한 신입생을 다섯 명 정도 데려오라 했고, 졸업반 학생들은 고개를 끄덕이며 11학번 신입생을 전원 불러냈다. 안 교수는 머쓱한 표정을 지으며 『고백』에 몰려온 신입생들에게 수입 맥주와 와인을 한 잔씩 사 줬다. 뭣 모르는 신입생이었던 나는 그런 안 교수를 바라보며 나도 하룻밤에 술값으로 100만 원은 거뜬히 쓸 수 있는 사람이 될 거라고 중얼거렸는데, 안타깝게도 그런 사람이 되진 못했고 100만 원어치 술을 얻어 마신 주정뱅이가 되고 말았다. 토요일 저녁 8시부터 시작된 술자리는 일요일 새벽 4시까지 이어졌다. 그 늦은 시간까지 안 교수를 따라다닌 신입생은 두 명뿐이었다. 새벽에도 장우산을 쓰고 다녔던 그, 그리고 나. 머쓱해하던 안 교수는 질린 표정을 짓더니, 대학로 구석에 있는 국밥집으로 우릴 데려갔다. 이런 곳에서 잘도 국밥을 팔고 있구나, 하는 생각이 들 정도로 외진 곳에 있던 국밥집은 밤을 샜거나 밤을 새울 예정인 사람들로 가득했다. 안 교수는 제일 구석진 자리로 기어들어 가며 우리에게 말했다.

 ─먹고 싶은 거 아무거나 시켜.

 우리는 정말로 아무거나 시켰다. 커다란 쟁반 위로 가득 썰린 암뽕을 바라보며 안 교수는 이게 뭔지나 알고 시켰냐고 우리에게 물었다. 우리는 제일 비싼 메뉴여서 시켜 봤다고 답했다. 안 교수는 피식 웃으며 암뽕 고기를 한 점 들어 새우젓과 쌈장을 잔뜩 묻힌 후 입으로 가져갔다. 우리도 그를 따라 고기를 한 점씩 먹었다. 뭔지도 모르고 시킨 암뽕의 맛은 비리고 꾸덕꾸덕했다. 암뽕이 한 조각 남았을 때, 안 교수는 우리에게 암뽕이 무엇인지 알려 줬다. 나는 어쩐지 맛이 없었다 말하며 생수를 한 모금 들이켠 다음 가글을 끝없이 했고, 가게 안에서도 장우산을 쓰고 있던 그는 아무 말도 하지 않고 소주를 맥주잔에 따라서 연거푸 마셨다. 안 교수는 그런 우리를 보며 한참이나 웃었는데, 하룻밤 만에 술값으로 1,126,850원을 태워 버린 가장이 웃어도 되나 싶었다. 두 번 다시 돌아오지 않을 우스운 시절의 우스운 주일 새벽이었다.

 우리가 두 번째 맥주 캔을 땄을 때, 커다란 가방을 멘 노인 한 명이 우리 앞을 슬그머니 지나가더니 적당한 자리에 멈춘 다음 가방에서 색소폰을 꺼내 들었다. 노인은 노인답지 않게 머리카락이 풍성했지만 노인답게 이가 몽땅 빠져 있었다. 그는 그런 허름한 입으로 용케 색소폰을 물더니, 가을 녘의 갈대 같은 머리카락을 휘날리며 늙어빠진 손가락을 잔뜩 놀리기 시작했다. 우리는 노인의 연주를 은근히 기대했지만 우리의 기대감은 색소폰이 음을 하나 뱉자마자 맥주 거품처럼 사라졌다. 치아가 없는 곳으로 노인의 날숨이 마구 뿜어져 나온 탓에 색소폰은 음을 제멋대로 내뱉었다. 노인이 연주하는 게 찬송곡인지 장송곡인지 알 수 없었던 나는 그에게 저 노래가 뭔지 아느냐 물었고, 그는 연주가 형편없어서 도저히 모르겠다고 답했다. 우리의 대화를 엿들었는지 노인은 분을 터뜨리며 우리에게 소리쳤다.

─이건 마마스 앤 파파스가 1970년에 발표한 노래다!

도대체 마마스 앤 파파스의 어느 마디를 연주한 것이냐고 노인에게 되묻자, 노인은 불쾌한 듯 색소폰을 이리저리 휘두르며 우리에게 다가왔다. 우리는 그 정도로 자부심이 넘치는 노익장을 상대할 자신이 없어서 그에게 가운뎃손가락을 슬쩍 내민 후, 재빨리 도망쳤다. 노인은 공원 끝까지 우릴 쫓아왔지만, 숨이 달린 탓에 공원 바깥까지 쫓아오진 못했다. 숨을 거칠게 헐떡이며 주저앉은 노인을 향해 다시 가운뎃손가락을 내밀었을 때, 하늘에서 빗방울이 떨어지기 시작했다. 그때 하늘에 있던 구름은 한 점 뿐이었고, 홀로 비를 흩뿌리던 구름은 36인승 시내버스와 크기가 엇비슷했다. 맑은 하늘 아래에서 그 정도로 작은 구름이 비를 쏟는 걸 보니 기묘한 기분이 들었다. 그도 기분이 기묘했는지 우산을 빙글빙글 돌리기 시작하며 이렇게 말했다.

─저건 덜 자란 구름이에요.

나는 고개를 끄덕이며 다 자란 구름이랑 많이 다르네요, 라고 말했다. 어린 구름이 태양을 살짝 가린 모습은 매우 불길해 보였다. 우리는 장우산 아래서 빗방울이 장우산을 힘껏 때리는 소리를 감상했다. 그는 만족스러운 표정을 지으며 내게 말했다.

─저는 맑은 날이 제일 싫답니다. 흐린 날은 비가 확실히 오는데, 맑은 날은 비가 언제 올지 몰라서 초조하게 기다리게 되잖아요.

278

그는 예전에 일본의 모리오초란 곳으로 여행을 갔을 때도 매일 우산을 쓰고 다녔다며, 일본 사람들은 지나가는 사람이 지나치게 커다란 우산을 쓰고 있어도 별 신경을 쓰지 않는다 말했다. 나는 고개를 끄덕이며 속으로 트림했다. 맥주 냄새가 우산 안을 훅 맴돌았다. 민망한 나머지 나는 실례를 무릅쓰고 그에게 어이없는 질문을 하나 했다.

　- 그런데 비 내리는 게 왜 좋아요?

그는 대답 대신 나를 멀뚱히 쳐다봤다. 무안해진 나는 변명하듯 재차 물었다.

　- 따지고 보면, 그냥 하늘에서 물방울이 떨어지는 거잖아요. 그게 왜 좋은 거죠?

　- 기다리다 보면 언젠가는 반드시 오니까요.

그는 옛날의 안 교수처럼 머쓱한 표정을 짓더니 어설프게 취하니까 어설픈 말만 한다면서 제대로 된 술집에서 마저 마시자고 말했다. 우리는 신화보다 높게 쌓아올려진 타워를 지나 어떤 골목으로 접어들었다. 그 골목은 인스타그램에서 '#송리단길'이라고 명명된 곳이었다. 이태원의 경리단길을 닮아서 그런 이름이 지어졌다던데, 이 길과 경리단길의 닮은 점은 영문 모를 외국인이 많다는 것뿐이었다. 우리는 송리단길 초입에 있던 『Johanan』이라는 펍의 문을 힘차게 열어젖혔다. 『Johanan』은 전형적인 미국식 술집이었다. 새빨간 66번 국도 표지판과 삐걱거리는 당구대, 'Open'이라고 새파랗게 깜빡거리는 네온사인 보드, 그리고 메탈리카의 요란한 신곡이 흘러나오는 주크박스까지. 이곳은 6피트 4인치짜리 폭주족들이 시가 연기를 후줄근하게 내뿜으며 소란스럽게 주먹질을 할 법한 펍이었지만, 일요일 이른 저녁이라 그런지 펍에는 폭주족 대신 맥주잔을 닦고 있던 빠텐더만 있었다. 새빨간 앞치마를 두르고 있던 빠텐더의 머리는 다소 특이했다. 그의 헤어스타일은 미용실에서 족히 열 시간은 볶아야 나올 법한 아프로였는데, 여러모로 불편해 보였다. 피부까지 새까맣게 태운 빠텐더는 왕년의 사무엘 잭슨을 흉내 내고 싶었던 모양이었지만, 안타깝게도 그는 파나마에서 백인들 상대로 물장사를 하는 뜨내기 포주처럼 보였다. 뜨내기 포주는 우리에게 폭탄 머리를 숙이며 살짝 묵례한 후, 다시 맥주잔에 집중하기 시작했다. 그는 마치 맥주잔을 닦기 위해 태어난 사람처럼 맥주잔에 온 신경을 쏟고 있었는데, 너무 집중한 나머지 메뉴판이란 것을 까맣게 잊어 버린 듯싶었다. 그렇게 우리는 테이블에 앉아 그가 맥주잔을 닦는 모습을 멍청히 바라봤다. 뒤늦게 따가운 시선을 느꼈는지, 빠텐더는 헛기침하며 우리에게 말했다.

– 주문하시겠습니까?

– 우린 이곳이 처음인데요.

– 그렇군요. 서비스를 드리도록 하겠습니다. 그래서 주문은 무엇으로?

– 우린 여기서 뭘 파는지도 몰라요.

우리의 말을 들은 빠텐더는 깜짝 놀란 표정을 짓더니, 주방으로 헐레벌떡 뛰어 들어갔다. 얼마 후, 주방에서 돼지고기 굽는 냄새가 조금씩 흘러나왔다. 무척 익숙한 냄새를 맡아 살짝 불안해진 나는 그에게 물었다.

– 설마 그 음식일까요?

– 그럴 리가요. 처음 오는 손님한테 소개할 법한 음식이겠지요.

하지만 정말로 그 음식이 나오자, 우리는 할 말을 잃고 말았다. 나는 빠텐더에게 도대체 이게 뭐냐고 되물었다. 빠텐더는 자신의 아프로 머리를 쓰다듬으며 쾌활하게 대답했다.

-햄버거입니다. 주말 아침 영양식의 대명사죠. 참
고로 일요일에 제일 잘 나가는 메뉴랍니다.

우리는 폭탄 머리에게 이 빌어먹을 햄버거의 가격
은 얼마냐 물었고, 폭탄 머리는 그제야 메뉴판을 우리
의 얼굴에 들이밀었다. 햄버거의 가격은 14,400원이었
다. 그가 혹시 음료로 아메리카노를 주문할 수 있냐고
묻자 빠텐더는 웃음을 터뜨리며 혹시 자신에게 시비
를 거는 것이냐고 되물었다. 햄버거치고 비싸고 거대
한 것을 망연히 바라보던 그는 잠깐 중얼거렸다.

-일요일이 햄버거로 시작해서 햄버거로 끝나겠군.

우리는 빠텐더에게 이 가게에서 도수가 제일 높은
맥주를 한 잔씩 달라고 말했다. 빠텐더는 도수가 무려
13.9도나 되는 IPA를 우리에게 한 잔씩 내밀었는데,
그쯤 되면 소주를 잔뜩 탄 맥주나 다름없었다. 우리는
거칠게 잔을 부딪친 다음 동시에 소리쳤다.

-제일 신성한 일요일을 위하여.

-제일 불쌍한 안 교수를 위하여.

어긋난 건배 구호로 인해 많이 민망해진 우리는 한
번에 맥주를 몽땅 들이켰다. 맥주는 어떤 안주와도 어
울리지 못할 정도로 독했고, 햄버거는 이게 정말 우리

가 알고 있는 그 햄버거가 맞는 건가 싶을 정도로 비대했다. 그러나 제아무리 대단한 햄버거라도 포크와 나이프에 엉망진창으로 썰리면 돼지고기 패티와 빵을 곁들인 양상추 토마토 샐러드로 바뀌기 마련이었다. 나는 이래서 무슨 소용인가 싶은 심정으로 처참하게 썰린 양상추와 토마토, 그리고 빵과 패티를 포크로 찍은 다음 입으로 가져갔다. 롯데리아의 햄버거보다 훌륭한 맛이었지만, 햄버거를 먹는 기분이 들진 않았다. 햄버거를 마구잡이로 부수고 있던 그도 비슷하게 느꼈는지 내게 물었다.

─연우 씨는 롯데리아 광고 중에서 제일 좋았던 광고가 뭔가요?

─한국 사람이라면 누구나 다 똑같은 대답을 할걸요. 저는 신구의 "니들이 게 맛을 알아?"가 제일 좋았어요.

─그것도 좋긴 한데. 저는 6년 전에 했던 광고가 더 좋아요.

6년 전에 했던 롯데리아 광고는 다음과 같았다. 각시탈을 뒤집어쓴 남자가 해동검법으로 수십 명의 사무라이를 베어 넘긴다. 사무라이들은 피 대신 케첩을 흘리며 쓰러지고, 남자 배우는 칼끝에 살짝 묻어 있는 케첩에 햄버거를 문지르고 한 입 씹는다. 마침내 버거를 씹어 삼킨 배우가 이렇게 말하며, 광고는 끝이 난다.

　– 대한독립만세!

　밑도 끝도 없이 찬바라 영화와 각시탈을 패러디한 이 광고는 독립 70주년 기념으로 출시된 와규와규버거의 광고였다. 대한민국의 광복과 일본의 소 와규가 정확히 무슨 상관이 있는지 적확하게 설명할 수 있는 사람은 아무도 없었지만, 생각보다 영상이 잘 뽑힌 탓에 일본의 몇몇 시대극 오타쿠는 이것이야말로 진정한 21세기식 찬바라라고 환호성을 질렀다. 세상에서 제일 유명한 찬바라 마니아인 쿠엔틴 타란티노도 그 광고를 보며 환호성을 질렀고, 캘리포니아의 롯데리아 지점까지 찾아갔다. 안타깝게도, 햄버거를 맛본 타란티노는 환호성 대신 다른 소리를 질렀다.

　– Fuck!

　그럴 만도 했다. 햄버거의 본고장에서 나고 자란 미국인의 입맛에 일본 소고기로 만든 한국식 햄버거는 햄버거를 패러디한 무언가였을 것이다.

　– 그거 『킬 빌』을 패러디한 광고잖아요.

- 엄밀히 따지면, 『킬 빌』도 패러디 영화죠.
- 패러디의 패러디를 한 셈이로군요.
- 오리지널이 죽은 시대죠.

그는 씁쓸한 표정을 지으며 맥주를 들이켰다. 수염마저 하얗게 물들어 버린 제임스 헷필드가 기타와 베이스의 반주에 맞춰서 "맙소사, 우린 이제 전부 돼졌어"라고 주크박스 속에서 고래고래 소리를 질렀다. 그는 메탈이 아직 한물가지 않았다는 걸 증명하고 싶은 게 분명했지만, 그의 힘겨운 목소리는 메탈이 한물갔다는 사실을 여실히 증명해 주고 있었다.

우리가 맥주를 세 잔째 시켰을 때, 한 무리의 외국인이 펍 안으로 들어왔다. 외국인들은 자신들의 성스러운 일요일이 사라져간다는 사실에 화가 잔뜩 나 하나같이 새빨간 얼굴로 저마다 성을 내고 있었다. 전부 다혈질인 그들은 미국 사람처럼 생긴 것 같기도, 소련 사람처럼 생긴 것 같기도 했지만, 다 같이 기네스를 주문한 걸 보면 아일랜드 사람인 것 같기도 했다. 하지만 안 교수처럼 아일랜드 사람도 아니면서 매일 기네스를 마셔대는 이상한 사람도 있었기에, 결국 저들의 국적은 풀 필요가 없는 수수께끼나 다름없었다. 국적이 불분명한 외국인들은 너나 할 것 없이 팔뚝에 문신이 가득했다. 더럽게 새겨진 문신 때문에 그들은 부랑자처럼 보였지만, 부랑자라기엔 하나같이 머리가 짧아서 군인이거나 그와 비슷한 직업을 가진 사람처럼 보이기도 했다. 왁자지껄하게 술을 마시는 외국인들을 바라보며 그가 말했다.

　－저는 외국인과 사귄 적이 한 번 있어요.

　－좋았겠군요.

　－그렇지도 않아요. 키가 7피트가 넘는 여자였거든요. 다툴 때마다 세게 두들겨 맞았죠.

　나는 독한 맥주를 한 잔 들이켠 후 말했다.

　－요즘엔 흔한 일이죠.

　그는 7피트짜리 외국인 여자친구한테 얻어터지는 게 정말로 흔한 일이냐고 확인하듯 되물었는데, 나는 대답 대신 맥주를 한 잔 더 시켰다. 내가 대답을 안 해서 기분이라도 상했는지, 갑자기 그는 집에 가 봐야겠다고 말하며 빠텐더를 불렀다. 빠텐더는 외국인들에게 전해 줄 맥주잔을 가득 들고 우리에게 다가오며 혹시 필요한 게 있냐고 물었다.

　－아까 비가 오던데, 아직도 비가 오나요?

—비라뇨? 오늘은 비가 한 방울도 안 내렸는걸요. 하루 종일 쨍쨍했습니다.

—여기 내가 들고 있는 장우산이 보이지 않나요?

—아주 잘 보입니다. 손님께서 헛수고한 것도 잘 보이구요.

일요일 하루 동안 헛수고를 한 사람이 돼 버린 그는 팔꿈치로 빠텐더의 옆구리를 찌르며 크게 웃었다. 갑자기 옆구리를 찔린 빠텐더는 크게 움찔거리더니, 외국인 테이블 쪽으로 비틀대며 걸어갔다. 빠텐더는 용케도 맥주잔을 지켜냈다. 외국인들의 머리에 맥주를 많이 쏟긴 했지만. 머리가 흠뻑 젖은 외국인들이 빠텐더의 멱살을 잡고 거칠게 항의하자, 빠텐더는 억울한 표정을 지으며 우리에게 손가락질하며 러시아어로 뭐라뭐라 지껄였다. 흥건하게 젖은 외국인들이 씩씩거리면서 다가오는 걸 보니, 저게 바로 종말이구나 싶었다.

실컷 두들겨 맞은 우리는 파라솔이 펼쳐진 구멍가게 의자에 널브러졌다. 파라솔 아래에서도 장우산을 펼치고 있었던 그는 구운 계란을 멍 위로 끊임없이 문질러댔다. 나도 그를 따라 구운 계란을 열심히 굴렸는데, 나중에 집에 가서 거울을 들여다보니 어이없게도 멍은 처음보다 더 커져 있었다. 계란을 적당히 굴린 그는 조심스럽게 계란 껍데기를 까더니, 계란을 한입에 집어넣었다. 계란이 생각보다 큰 탓에 그는 한참을 우물거렸다.

    —이건 우리가 기적적으로 이긴 거예요.

    나도 우물거리면서 답했다.

    —어째서죠.

    —우리는 술값을 안 냈어요.

    정말로 우리가 이긴 것인지 곰곰이 생각해 봤는데, 터무니없던 햄버거와 맥주 가격을 생각해 보면 우리가 이긴 것 같긴 했다. 우리는 승리를 자축하며 마지막으로 맥주 한 잔을 더 마시기로 했다. 우리는 구멍가게로 들어가 아사히 병맥주를 하나씩 집어 들었다. 칭따오를 혐오하던 사장은 백발 할머니로 바뀌어 있었다. 할머니는 먼젓번 사장과 달리 외국 맥주에 별 유감이 없는 듯 순순히 바코드를 찍어 줬다. 영수증을 길게 내뱉던 포스기는 이번엔 침묵했다. 할머니는 아들 녀석이 갑자기 성질을 부리며 주먹을 휘두르는 바람에 포스기가 맛이 갔다면서, 혹시 영수증이 필요하냐고 우리에게 물었다. 우리는 영수증을 화장실에서 나 쓴다고 답했다. 할머니는 손자를 가르치듯이 우리에게 충고했다.

　-지금 나는 너희들의 영수증을 챙겨줄 순 없지만, 다른 곳에선 영수증을 챙기는 게 좋아.

　-저희는 지금 영수증보다 병따개가 필요해요. 병따개를 빌려주실 수 있나요?

　-병따개는 망치 밑에 있어. 1,000원이야.

　우리는 망치 밑에 걸려 있던 병따개로 병뚜껑을 딴 다음, 다시 망치 밑에 병따개를 걸어뒀다. 할머니는 우리에게 경찰에 신고할 거라며 으름장을 놓았고, 우리는 할머니에게 경찰도 바쁘다고 말하며 파라솔 밑으로 걸어갔다. 우리는 말없이 병나발을 불며 심각하게 어두워진 밤거리를 감상했다. 잠실의 외제차들은 눈을 깜빡이며 전부 어디론가 달려가고 있었는데, 그것들은 다가오는 재앙을 피해 어디론가 달아나는 짐승처럼 보였다. 맥주를 다 마신 그는 레드애플 담배를 꼬나물며 내게 말했다.

　-안 교수는 지금 뭐 하고 있을까요.

　-누군가한테 술을 사 주고 있겠죠.

– 누군가가 누군지 몰라도 꽤 부럽네요.

그는 담배를 다 태운 후, 맥주병에다가 꽁초를 집어넣었다. 맥주병은 누군가를 추모하는 향초처럼 연기를 길게 내뱉었다. 담배 연기가 가늘어지자, 그가 말했다.

  – 이제 갑시다.

집에 가려면 그는 파란색 서울버스를 타야 했고, 나는 그 반대 방향으로 달려갈 빨간색 광역버스를 타야 했다. 나는 헤어지는 게 전혀 아쉽지 않았지만, 그는 아쉬웠는지 굳이 바래다준다며 우산을 쓴 채 나를 따라왔다. 어두운 밤이라 그런지 그의 장우산은 낮보단 눈에 덜 띄었다. 그럼에도 기어코 장우산을 발견한 사람들이 있었는데, 당연하게도 그들은 우리를 매우 희한하게 쳐다봤다. 호수를 따라 5분 정도 걸으니, 버스 정류장이 나타났다. 버스 정류장에는 사람들이 한가득 서 있었다. 모두 가는 방향은 제각각이었지만 표정은 삼류 만화가가 그린 군중들처럼 한결같았다. 내가 타야 할 버스는 6분 후에 도착했다. 그는 정류장에서 꿋꿋이 우산을 쓴 채 버스가 떠나가는 것을 봐 줬다. 버스가 정류장을 벗어나자 뒷좌석에 앉은 남녀가 말했다.

─ 미친 사람이 분명해.

─ 준비성이 철저한 사람일지도 모르지.

─ 하지만 오늘은 비가 한 방울도 안 왔는데?

나는 뒤를 돌아보며 그들에게 말했다.

─ 오늘 한강에 내렸어요. 비.

앞좌석의 낯선 사람이 뜬금없이 자신들의 대화에 끼어든 게 불편했는지, 그들은 얼굴을 찌푸리며 자리를 한 칸 더 뒤로 옮겼다. 물론 그곳에서도 그들의 대화는 들려왔다. 대체로 나를 못마땅하게 여기는 내용이었다. 나는 그들에게 한마디 더 하려고 했지만, 그랬다간 그들이 다시 또 수고롭게 자리를 옮길 것 같아 조용히 창밖을 바라봤다. 광역버스는 잠실을 재빠르게 벗어났다. 우리는 헤어지기 직전에 전화번호를 주고받았다. 그때까지도 그의 이름을 기억하지 못한 나는 그의 번호를 '장우산'으로 저장했다. 장우산 씨에게 오늘 하루 즐거웠다고, 언제가 될지 모르겠지만 나중에 또 만나자고 장황한 메시지를 남겼다. 그의 답장은 간단했다.

─ 다음에도 일요일에 만나요.

나는 답장을 바로 하지 않았다. 가까운 시일 안으

로 그를 만날 일은 없을 것 같았기 때문이다. 순환도로로 진입한 광역버스는 아주 느리게 움직였다. 집으로 돌아가는 차들을 바라보며 저들이 어디서 소중한 일요일을 허비했을지 상상해 봤는데, 막막한 지루함이 밀려 들어왔다. 독실한 종말론자가 된 이후로 나의 하루는 앞뒤가 꽉 막힌 고속도로처럼 너무나도 길어졌다. 언제까지 종말을 기다리며 살아야 하나. 매일 기도를 했지만, 매일 응답은 없었다. 지나치게 느린 도로를 바라보다 멀미 기운이 도진 나는 울렁임을 참고 장우산 씨에게 답장했다.

　－비 내리는 일요일에 만나요.

　답장은 금방 왔다.

　－네. 좋아요.

　나는 다음 주와 그다음 주 일요일의 일기예보를 검색했다. 비가 오지 않는 맑은 날들이었다. 당분간 장우산 씨를 만날 일은 없었다. 나는 아쉬움과 안도감을 절반씩 느끼며 버스 차창에 기대 눈을 감았다. 세상은 순식간에 어두워졌고, 불온한 종말만큼 새까만 흉몽이 슬며시 나를 적셨다.

해설
포스트-로망 시대의 소설

금정연(작가)

> "무슨 얘기부터 할까요? 우리들의 현재에 대해
> 서, 미래에 대해서…"
> ─『휴일』(이만희, 1968)

1

미래는 어둡고 현재는 희박하다. 있는 것은 과거, 지나치
게 많은 과거다. 그것이 오늘 김쿠만의 인물들이 혹은 ─
이렇게 말해도 좋다면 ─ 세계가 처한 곤경이다. 그렇다
고 당장 큰일이 벌어지는 건 아니다. 오히려 반대다. 그
들은 큰일 없는 세계에서 오래 전에 망한 레트로 게임에
몰두하고(「레트로 마니아」), 쓸데없이 비싼 빈티지 빠
를 들락거리며(「제임슨의 두 번째 주인」), 이혼한 아내

의 요구에 마지못해 응답하고(「도무지, 대머리독수리와는 대화를 나눌 수가 없습니다」), 시대착오적인 교양다큐를 찍거나 여행 기사를 쓰기 위해 '퇴물 예술가들이 보름달이 떠오르는 수평선을 바라보며 자살하는 카리브해의 섬나라'와 '선진국에서 멸망 당한 로망이 아직 남아 있는 동남아'를 찾고(「라틴화첩기행」, 「Roman de La Pistoche」), "쇼와 시대 때 태어난 늙은이들"을 제외하면 아무도 보지 않을 소설들을 번역하면서(「천박하고 문제적인 쇼와 프로세스」), 새까만 장우산을 쓴 채 오지 않는 비와 종말을 기다린다(「장우산이 드리운 주일」). 허공으로 사라지는 담배의 연기, 술, 햄버거, 그리고 열없는 대화와 함께. 그들은 모두 과거의 중력에 묶인 사람들, 세상의 속도에 발맞추지 못하는 사람들, 어딘가 조금 어긋난 사람들처럼 보인다. 루저, 힙스터, 찌질이, 문청…뭐라고 불러도 좋다. 그들은 저마다 크고 작은 문제[1]를 안고 살아가지만, 이들을 '문제적 개인'이라고 부를 수는 없다. 이 경우 진정으로 문제가 되는 것은 개인이 아니라 세계이기 때문이다.

---

[1] 대개는 '문학적'인 문제라고 할 수 있는데, 몇몇 예외를 제외하면 모두 그들이 문예창작학을 6년 동안 전공했다는 사실에서 비롯된 문제이기 때문이다.

서두를 필요는 없다. 우리에겐 시간이 있다. 거의 전 지구적 단위로 고여 있는 시간이. 사이먼 레이놀즈는 "2000년대가 진행할수록 앞으로 나가는 감각은 점점 엷어졌다. 시간 자체가 느리게 흐르는 느낌은, 강물이 조금씩 굽이치다가 결국 한곳에 고여 호수를 이루는 광경을 연상시켰다"[2]는 말로 『레트로 마니아』를 시작한다. 비유를 이어가보자. 시간이 강물이라면 우리의 존재는 그 위에서 수상 스키를 타는 레포츠 마니아나 그 속을 자유롭게 헤엄쳐 다니는 수생동물보다는 그것의 흐름에 따라 이리저리 떠밀려가는 부유물에 더 가까울 것이다. 자신의 의지와는 상관없이, 혹은 자신의 의지라고 착각하며 시간이 우리를 데려다주는 곳에 어김없이 도착하는 존재. 오해하면 안 된다. 이건 죽음에 대한 이야기가 아니다(죽음에 대한 이야기일 수도 있지만). 생물학적인 시간과 문화적인 시간. 레이놀즈는 물론 후자에 대해 말하는 것이다.[3] "인생이란 강물 위를 끝없이 / 부초처럼 떠다니다가 / 어느 고요한 호수가에 닿으면 / 물과 함께 썩

---

2   사이먼 레이놀즈, 『레트로 마니아』, 최성민 옮김, 작업실유령, 2014, 11쪽.
3   '레트로'와 '언데드'의 유비에 대해서라면 또 다른 지면이 필요하다.

어가겠지"[4]라는 오래된 노랫말처럼, 그곳에서 우리는 취향과 스타일에 따라 세심하게 분류되(는 동시에 끊임없이 재분류되)어 작은 접시에 올려지는 과거들을 게걸스럽게 집어삼키며 각자에게 주어진 생물학적인 시간을 살아간다. 시게루의 레트로 게임 카페에서. 제임슨의 빈티지 빠에서. 커다랗고 작은 또 다른 웅덩이들에서. 그러니까 세계에서. 과거가 "탈시간적 뷔페처럼 펼쳐지면서"[5] 이제 루저(시간의 흐름에서 본의 아니게 벗어난)와 힙스터(시간의 흐름을 자발적으로 벗어난)를 구분하는 것은 무의미한 일이 되었다. 늘 그런 건 또 아니겠지만…

루카치가 근대 문학의 주인공을 세계와 불화하는 문제적 개인이라고 했을 때, 그는 일방적인 (문화적) 시간의 흐름에 저항하는 개인을 의미하는 것이었다. 세계와 맞서며 세계가 내재한 모순과 균열을 드러내고 현실 속에 은폐된 진짜 현실의 모습을 폭로하는 것. 그리하여 총체성이 불가능해진 세계에서 예술의 총체성을 통해 삶의 총체성을 조금이나마 회복하(는 감각을 느끼)는 것. 이것이 『소설의 이론』을 쓰던 젊은 루카치가 생각한 리

4   김광석, 「일어나」(1994)
5   사이먼 레이놀즈, 앞의 책, 401쪽

얼리즘이었다. 잠깐, 루카치라고? 2022년에? 리얼리?즘?

옛날사람, 꼰대, 아저씨, 문필가… 뭐라고 불러도 좋다. 그렇게 불리는 사람들이 대개 그렇듯 나 역시 아랑곳하지 않고 이야기를 이어갈 생각이다. 거의 반세기가 지난 1962년 마치 다른 사람의 저작을 보듯 『소설의 이론』을 돌아보며 루카치는 "그와 같은 이론들의 사회철학적 토대는 철학적으로나 정치적으로나 모호하기는 매한가지인 낭만주의적 반자본주의의 입장"[6]이라고 지적한다. 분명 거기에는 어떤 종류의 낭만(루카치가 말하는 의미와 조금 다름) 혹은 일종의 '로망'(루카치가 말하는 의미와 완전 다름)이 있는 것처럼 보인다. 타락한 세계와 맞장뜨는 나! 통념과 달리 로망은 과거지향적인 개념이 아니다. 그것은 캄캄한 어둠 속에서도 미약하게나마 빛을 뿜고 있는 미래를 향한 전망과 불가분의 관계에 있는 것이다. 다만 벤야민의 아우라가 그것이 붕괴된 후에야 추인되듯, 로망 또한 미래에 대한 전망이 사라진 후에야 비로소 인식될 뿐이다. 과거형으로. 우리가 지금 루카치의 서술에서 로망을 느끼는 것도 그 때문이다. "젊은 날엔

---

6 게오르그 루카치, 『소설의 이론』, 김경식 옮김, 문예출판사, 2007, 15쪽

젊음을 모르고 / 사랑할 땐 사랑이 보이지 않았네"라는 오래된 노랫말처럼…[7] [8]

루카치는 이어서 쓴다. "『소설의 이론』은 보존하는 성격이 아니라 폭파하는 성격을 갖고 있다. 물론 이것은 지극히 소박하고 전혀 근거 없는 유토피아주의, 즉 자본주의의 붕괴 – 이는 생기 없고 삶에 적대적인 경제적·사회적인 범주들의 붕괴와 동일시되었는데 – 로부터 자연스럽고 인간의 품위에 걸맞은 삶이 생겨날 수 있으리라는 희망을 토대로 한 것이다."[9]

물론 희망은 이미 오래전에 사라졌다.

7   이상은, 「언젠가는」(1993)
8   과거에 압도당한 현실을 서술하기 위해 거듭해서 과거의 것을 끌어오기. 레트로 문화는 아이러니의 감각과 밀접하게 연결되는데, 과거가 무차별적인 동시성 속에 현전하는 상황에서 아이러니가 자라지 않는다면 그거야말로 아이러닉한 일일 것이다(물론 이는 루카치가 원용하는 슐레겔과 졸거의 낭만주의적 아이러니와는 같지 않다).
9   게오르그 루카치, 앞의 책, 16쪽

2

- 그럼 선생님의 장래 희망은 뭐죠?

제임슨도 담배 연기를 길게 내뿜으며 미규에게 답했다.

- 내 장래 희망은 1988년에 죽었어.

-「제임슨의 두 번째 주인」중에서

1988년은 서울 올림픽이 열린 해인 동시에 이상은이 「담다디」로 MBC 강변가요제 대상을 수상한 해다. 그리고 버스 안내양이라는 직업이 사라진 해이기도 하다.[10] 어린 제임슨은 버스 안내양의 꿈을 꾸었던 걸까? 그럴 수 있다. 비록 제임슨은 "직업 따위가 장래 희망이 될 수 없"다며 화를 내긴 하지만. 제임슨은 외계인에게 납치되어 생체 실험을 당한 후유증으로 꿈(이것의 내용은 잠시 후에 밝혀질 것이다)을 포기해야 했을 수도 있고, 할머니가 돌아가시며 남긴 유언 때문에 그랬을 수도 있다. 어쩌면 죽은 건 할머니가 아니라 베스트 프렌드였는지도 모

---

10 "하지만 1988년 올림픽을 앞두고 이미지 개선을 위해 버스 개혁이 추진되면서 버스 안내양은 사라지게 됐다." https://www.hankyung.com/finance/article/2009122562141

르는데, 그때 그들은 같은 사람(또는 외계인)을 사랑하는 이상한 삼각관계(Bizarre Love Triangle)로 엮여 있었을 것이다… 이런 식의 추측, 2차 창작, 차라리 망상은 끝이 없다.[11]

시간을 낭비하지 않기 위해, 그리고 사태를 심플하게 바라보기 위해 장래 희망은 죽었다는 제임슨의 말을 문자 그대로 받아들일 필요가 있다. '장차 하고자 하는 일에 대한 희망'이라는 관용적인 의미가 아니라 '다가올 앞날에 대한 희망', 다시 말해 '희망으로서의 미래' 그 자체가 끝장났다는 뜻으로.

"물론 미래가 사라졌다는 생각은 다소 엉뚱하다. 내가 지금 글을 쓰고 있는 동안에도 미래는 계속 펼쳐지고 있으니까." 프랑코 베라르디 '비포'는 말한다. "그러나 '미래'라고 말할 때 나는 시간의 방향을 의미하는 것이 아니다. 오히려 내가 염두에 두고 있는 것은 진보적 근대의 문화적 상황에서 출현한 심리적 인식, 즉 근대 문명의 오랜 기간 동안 만들어졌고 제2차 세계대전 이후 몇 년 동

---

11 망상과 독서의 관계가 궁금하다면 피에르 바야르의 '해석 망상' 3부작 『누가 로저 애크로이드를 죽였는가?』(김병욱 옮김, 여름언덕, 2009), 『셜록 홈즈가 틀렸다』(백선희 옮김, 여름언덕, 2010), 『햄릿을 수사한다』(백선희 옮김, 여름언덕, 2011)를 참고할 것.

안 정점에 달한 문화적 기대이다."[12]

문화적 기대란 미래에 대한 전망을 뜻한다. 현실이 되지 못한 기대는 시간 속에 흩어지지만 그중 일부는 사라지지 않고 남아 – 마치 판도라의 상자 속에 남은 희망처럼 – 문화적인 기억이 되기도 한다. 순수한 가능성으로 남은 미래에 대한 전망의 기억. 원한다면 그걸 로망이라고 불러도 좋다. 모든 기억은 언제나 왜곡되기 마련이니까. 그렇기에 "제5공화국 시절에나 먹힐 법한 발언"을 입에 달고 사는 편집장은 '나'에게 선진국에서 멸망당한 '로망'을 보여주는 기사를 쓰라고 닦달하고, 술에 취해 황금기의 일본 프로레슬링을 회상하던 일본 변두리 문예지의 담당자는 '나'에게 "문제가 많긴 해도, 쇼와 시대는 정말로 좋은 시절이었"다고 말하는 것이다.

제5공화국은 1988년 2월 25일 13대 대통령 노태우의 취임과 함께 역사 속으로 사라졌다. 쇼와 시대는 1989년 1월 7일 일왕 히로히토의 죽음으로 막을 내렸다. 같은 해 베를린 장벽이 무너졌고, 그 소식은 미국 국무부를 위해 일하던 프랜시스 후쿠야마로 하여금 역사가 자유주의적

---

12 프랑크 베라르디 '비포', 『미래 이후』, 강서진 옮김, 난장, 2013, 35쪽

자본주의에서 절정에 이르렀으며 그것을 파괴할 수 있는 전쟁이나 쿠데타 등의 '역사적 사건'은 더 이상 일어나지 않으므로 역사는 끝났다, 라고 주장하는 논문을 쓰게 만들었다. 악명 높은 『역사의 종언』의 탄생.

이쯤에서 또 다른 제임슨의 말을 떠올려보자. "자본주의의 종말을 상상하는 것보다 세계의 종말을 상상하는 것이 더 쉽다."[13] 마크 피셔는 프레드릭 제임슨(과 슬라보예 지젝)을 경유하며 자본주의 리얼리즘을 정의한다. "자본주의가 유일하게 존립 가능한 정치·경제 체계일뿐 아니라 이제는 그에 대한 일관된 대안을 상상하는 것조차 불가능하다는 널리 퍼져 있는 감각."[14] 좌파들은 후쿠야마의 주장을 유치한 선동, 떡 없는 김칫국, 경박한 딸랑이라며 비웃었지만 피셔는 "문화적 무의식의 층위에서는 이 테제가 수용되고 있으며 심지어 당연한 것으로 치부되고 있다"[15]고 말한다.

리얼리즘-(출구+미래+희망)=자본주의 리얼리즘

13 마크 피셔, 『자본주의 리얼리즘』, 박진철 옮김, 리시올, 2018, 10쪽에서 재인용.
14 마크 피셔, 앞의 책, 12쪽.
15 마크 피셔, 앞의 책, 19쪽.

따라서 1988년은 하나의 분기가 된다. 미래가 있었는데, 없어졌다. 물론 사태는 그렇게 단순하지 않을 것이다. 하지만 바로 그때가 하스미 시게히코가 말하는 '픽션적인 대담한 단순화'가 필요한 순간이다. 정리하면 이렇다. 존재했던 미래에 대한 기억을 가지고 있는 인물들이 있다. 1988년 이전에 태어난 시게루, 제임슨, 안 교수,『포인트』편집장과 ㈜한국문학문제연구소 운영국장,『쇼우세츠이찌방』담당자가 그런 사람들이다. 레트로 게임에 집착하고, 프로레슬링의 지나간 황금기에 열광하고, 문학 타령을 하고, 잃어버린 낭만을 찾는 방식으로 '미래 없음'에 대처한다는 의미에서, 그들은 모두 레트로 마니아들이다.

재미있는 건 제임슨의 방식이다. 스스로를 아일랜드계 한국인이라고 주장하는 그는 정신분석학적으로 여전히 가족 로망스[16]에 머물러 있는 중년이다. "프로이트의

---

16 "부모가 다른 사람이었으면 좋겠다고 생각하는 다양한 공상적 표현을 가리키는 용어. 개인이 아동기에 지니고 있던 이상적인 부모상과 이후의 좀 더 흠이 많은 부모상 사이의 불일치에 눈을 뜨게 될 때, 이와 같은 공상에 빠지게 된다. 자신은 고귀하고 신분이 높은 집안에서 태어났으나 유아기 때 부모와 헤어졌으며 언젠가는 다시 만날 것이라는 생각도 이런 공상의 한 가지 예이다." [네이버 지식백과] 가족 로맨스 항목(정신분석용어사전, 2002. 8. 10.)에서 인용.

정식화에 따르면 가족 로망스는 개인의 심리 속에 자리 잡고 있으며, 특히 소년들 개개인이 사회 질서 속에서 자신에게 주어지는 어떤 위치에 대한 환상을 품는 방식"[17] 이자 "사라져간 행복한 시절에 대한 갈망의 표현"[18]이다. 하지만 제임슨이 처음부터 아동기의 환상에 고착되어 있었다고 판단할 근거는 어디에도 없다. 자신의 기원에 대한 환상, 공상, 차라리 망상[19]은 롤랑 바르트가 '글쓰기-의지(스크립투리레scripturire)'라고 부르는 것을 추동하는 강력한 힘이 되기도 하는 바, 마르트 로베르는 한 발 더 나아가 가족 로망스가 바로 소설의 기원이라고 주장한다.

여기서 나는 소년 제임슨의 장래 희망이 작가였다고 주장할 생각이다.[20] 어린 제임슨을 사로잡았던 가족 로망스는 시간과 함께 점차 글쓰기-의지로 승화되었고, 글

---

17 린 헌트, 『프랑스 혁명의 가족 로망스』, 조한욱 옮김, 새물결, 1999, 10쪽

18 지그문트 프로이트, 「가족 로맨스」, 『성욕에 관한 세 편의 에세이』, 김정일 옮김, 열린책들, 2003, 202쪽

19 '개작 망상'은 '해석 망상'과 짝을 이루는 피에르 바야르의 개념이다. 『망친 책, 어떻게 개선할 것인가』(김병욱 옮김, 여름언덕, 2013)를 참고할 것.

20 물론 그것은 "직업 따위가 장래 희망이 될 수 없"다는 어른 제임슨의 주장과 도 충돌하지 않는다. 글쓰기만으로 생계를 유지할 수 있는 사람은 극소수인 현실에서 '직업으로서의 작가'가 되는 일은 쉽지 않다.

쓰기-의지는 그를 조금씩 작가의 꿈으로 이끌었다고. 하지만 어느 순간 미래가 사라져 버렸다. 나아갈 곳을 잃은 제임슨의 글쓰기-의지는 방향을 돌려 과거를 향한다. 그리고 자신의 기원을 둘러싼 픽션을 스스로 만들어낸다. 이걸 퇴행이라고 말할 수 있을까? 아니. 그는 소설을 쓰는 대신 자기 자신을 픽션 위에 정초했고, 그것이 자본주의 리얼리즘의 '없음'에 대응하는 그의 방식이 되었다.

여전히 그의 손에는 노트가 들려 있지만 그것은 이제 소설의 재료가 아니라 경영의 도구일 뿐이다.

3

노트는 빠와 함께 '나'의 손에 넘겨진다. 그것은 얼핏 대물림, 승계, 전통의 전승을 떠올리게 한다. 묠니르처럼? 그냥 노트처럼. 두 가지 방식이 있다. 노트와 함께 빠를 물려받거나(이때 '나'는 단골들의 정보가 빼곡히 적힌 제임슨의 노트를 바탕으로 빠를 운영할 수 있을 것이다), 빠와 함께 노트를 물려받거나(이때 '나'는 영업 시간이 끝나 텅빈 바의 테이블에 앉아 노트에 무언가를, 어쩌면 소설 같은 것을 끼적일 것이다). 늘 그렇듯 상황은 생각처럼 흘러가지 않는다. 노트에 새로운 정보('힙스터 홍선대원군')를 기입하려는 '나'의 시도는 제임슨에 의해 저지당하고, 노트에 적힌 단골들의 신상명세를 달달 외우면서도 '나'는 정작 「슈퍼 마리오」의 배경음악을 신청한 "마리오처럼 콧수염을 기른 남자 손님"(시게루)를 알아보지 못한다. 이것을 전통의 단절, 혹은 전통의 붕괴라고 부르면 어떨까? 그래서 내가 아감벤을 인용할 수 있도록.

"…표현이 주는 인상과는 달리 '전통의 붕괴'는 어떤 식으로든 과거의 상실 내지 탈가치화를 의미하지 않는다. 오히려 붕괴의 순간이 도래할 때에만 과거가 과거로서의 무게를 지니고 전대미문의 영향력을 발휘한다고 보는 것이 옳을 것이다. 전통의 상실은 따라서 과거가 전승 가능성을 상실했다는 것을 의미하며 과거와 소통할 수 있는 새로운 방법이 발견되지 않는 한 과거는 이제 축적의 대상이 될 수밖에 없다는 것을 의미한다."[21]

아감벤이 보기에 이것은 나쁜 소식이다. 왜 아니겠는가? 저마다 차이는 있지만 이것이 기본적으로 사이먼 레

21 조르조 아감벤, 『내용 없는 인간』, 윤병언 옮김, 자음과모음, 2017, 224-225쪽

이놀즈가, 마크 피셔가, 프랑크 베라르디 '비포'가 '레트로 마니악'한 오늘날의 상황을 바라보는 방식이다. 과거는 어마어마한 무게로 우리를 짓누르고, 시간은 흐르지 않고, 문화는 새로운 것을 생산하는 역량을 상실했고, 남은 것은 끊임없는 반복과 고만고만한 변주, 느린 종말일 뿐이고, 기타 등등 기타 등등… 그런데 정말 그런가? 정작 김쿠만의 '나'들은 다소 무료하거나 가끔 막막할 뿐, 누구나 숨을 가쁘게 몰아쉬거나 절망으로 머리를 쥐어뜯는 것 같지는 않은데. 여기서 길을 잃은 건 지금 이 글을 쓰고 있는 나 하나뿐인지도 모르겠다고 생각될 정도로…[22]

오늘날 과거가 전대미문의 영향력을 행사하는 건 맞다. 단, 모든 사람에게 그런 것은 아니다.

---

22 뜬금없이 고백하자면 이 글은 마감 시한을 한참 넘긴 상황에서 쓰여지는 중이다. 방향을 잘못 잡은 탓에 몇 번이나 글이 엎어졌고, 결과적으로 여기 쓰인 것보다 몇 배는 더 많은 글이 버려졌다. 그렇다, 과거가 너무 많다. 그리고 미래는 지나치게 캄캄하다…

시게루, 제임슨, 안 교수,『포인트』 편집장, ㈜한국문학문제연구소 운영국장,『쇼우세츠이찌방』담당자, 사이먼 레이놀즈, 김광석, 게오르그 루카치, 이상은, 노태우, 히로히토, 프랜시스 후쿠야마, 프레드릭 제임슨, 마크 피셔, 슬라보예 지젝, 하스미 시게히코, 지그문트 프로이트, 린 헌트, 피에르 바야르, 롤랑 바르트, 마르트 로베르, 조르조 아감벤, 나	⇦ 1988년 ⇨	'나'들 김쿠만

지금까지 이 글에 등장한 인물들의 출생 시점을 1988년을 기준으로 나눠 본 것이다.[23] 정말이지 과거가 너무 많다! 정리를 한답시고 상자에 아무렇게나 쓸어 넣는다고 해도 일일이 확인할 길 없는 시게루의 게임팩처럼… 아직 등장하지 않은『레트로 마니아』의 다른 등장인물들을 포함하더라도 사정은 마찬가지다. 오른편에 꼬맹이 여학생, 미규, 우희, 브루노, 신춘문예 상금으로 손목시계를 산 후배, 새까만 장우산을 쓴 이름이 기억나지 않는

---

23 「라틴화첩기행」의 화자 이건후는 '나'들에 들어가지 않는다. 그는 1988년 이전에 태어났지만 레트로 마니아는 아니고('미래 없음'에 대처하는 방식을 찾지 못했고) 그래서 자신을 쫓아오는 과거를 무작정 외면하며 길을 잃는다.

남자,[24] 그리고 기껏해야 두어 명이 더 들어간다면, 왼편에는 어림잡아 그 서너 배는 되는 인원이 들어갈 것이다.

1988년 이전에 태어난 이들이 모두 레트로 마니아라거나 1988년 이후에 태어난 이들은 누구도 레트로 마니아가 아니라는 말을 하려는 게 아니다.[25] 다만 후자에게 미래는 처음부터 존재하지 않았던 것이었고, 따라서 미래가 있던 시절을 기억하는 이들과 세계(가 되어 버린 과거)를 바라보는 방식이 같을 수 없다는 거다. 레트로 마니아들에게 과거가 사라진 미래의 대용품으로, 욕망을 투영할 대상으로 재발견된 것이라면, 미래 없음이 디폴트로 장착된 이들에게 과거는 그냥 그렇게 존재하고 있었던 것일 따름이다. 오래된 나무처럼. 또는 바위처럼. 이들 사이에 있는 건 단절이 아니다. 시차(視差, parallax)다. G. K. 체스터턴 식으로 말하자면, '나'들은 레트로 마

---

24 연우는 끝내 기억하지 못했지만 그의 이름은 허욱이다. 그건 물론 이만희의 「휴일」에서 따온 이름인데, 이밖에도 작품집 곳곳에는 대중문화에서 차용한 이스터에그들이 숨겨져 있다.

25 전자의 예가 이건후라면 후자의 예는 레트로 게임을 즐기는 꼬맹이 여학생이다. 다만 이 경우에도 그를 시계루와 같은 '올드비'와 같은 층위에 놓을 수는 없다. '올드비'가 자신이 직접적으로 경험했던 과거의 문화를 '재발견'한다면, 그와 같은 '뉴비'들은 지금껏 경험해 본 적 없는 새로운 무엇으로서의 과거를 처음으로 '발견'하는 것이다.

니아들이 과거를 바라보는 방식을 이해할 수 없다. 다만 그들을 사랑할 수는 있으며 사랑하기도 한다…[26] 그들은 과거와 소통하지 않는다. 그들은 과거를 보고, 다시 과거를 바라보는 레트로 마니아들을 바라보는 것이다. 거리를 둔 애정을 담은 시선으로.

4

알렉산더 클루게의 영화 「어제와의 이별」(1966)은 "우리를 어제와 이별하게 만드는 것은 균열이 아니라 위치의 변화다"라는 자막으로 시작한다. 그것이 김쿠만이 이 책에 실린 단편들을 통해 하는 일이다. 과거와의 단절을 말하는 게 아니다. 그보다는 지나치게 많은 과거의 중력에서 벗어나기 위해 그것을 상대적인 위치에서 바라보는 것, 혹은 – 이렇게 말해도 좋다면 – 중력이 무엇인지 모르

---

26 구체적으로 표현되지는 않지만 정황을 통해 드러나는 제임슨이나 안 교수를 향한 '나'들의 애정은 종종 이해하기 어려울 정도여서 때론 그냥 이용 당하는 거 아닌가? 하는 의문이 들 정도다. 실제로 이런 의문은 작품 속에서 "(너도 결국 그런 애였구나.) 안 교수한테 술도 바치고 몸도 바치는 애들 말이야. 그러면 좋니?" 같은 폭력적인 질문의 형태로 불쑥 제기되기도 한다.

는 척하는 것에 더 가깝다. 어린 시절의 애니메이션에서 종종 볼 수 있던, 도망가느라 너무 바빠 자기가 지금 절벽과 절벽 사이의 허공을 뛰고 있다는 것도 모른 채 그것을 건너 버리는 주인공처럼.

나는 그것이 포스트-로망 시대에 소설을 쓰는 하나의 좋은 방법이라고 생각한다. 문예창작학을 6년 동안 전공한 김쿠만의 '나'들이 정작 소설에 대해서는 거의 이야기하지 않는다는 사실을 떠올려 보라. 특히 그들은 자신이 썼거나 쓰고 있거나 쓸 예정인 소설에 대해 말하지 않는데, 「레트로 마니아」에 지나가듯 나오는 "야심차게 썼던 단편소설은 심사평에 언급조차 안 됐고"라는 구절이 유일하다. 말하자면 김쿠만은 너무 많은 과거의 문학에, 거대한 역사에 짓눌리지 않기 위해 짐짓 모르는 체 하고 있는 것이다. 혹은 쓴다는 것의 무게에 짓눌리지 않기 위해 자기도 모르는 사이에 몰래 쓰고 있거나.

그러니 그것을 레드애플 리얼리즘이라고 부르기로 하자. 김쿠만이 쿠엔틴 타란티노의 세계에서 슬쩍해서 자신의 세계에 꽂아넣은 담배의 이름을 따라서. 때론 빨간 사과를 먹기 위해서는 그 안의 초록 벌레를 모른 척해야 하는 순간이 있는 법이다. 요즘 같은 시대엔 더더욱.

작가의 말

교정본을 다 살펴본 후, 작가의 말을 써 달라는 부탁을 받았다. 세상에나. 그건 정말이지 어려운 부탁이었다. 그러나 나는 거절을 거절하지 못하는 사람이었기에 그 어려운 부탁을 들어줬다. 이렇게.

소설집에 수록된 작품 중 제일 먼저 쓰인 작품은 「도무지, 대머리독수리와는 대화를 나눌 수가 없습니다」이다. 2015년 11월에 완성된 작품이고, 이 작품으로 등단은 하지 못했지만 개인적으로 이 작품을 쓰고 나서 한 사람의 작가가 된 것 같다는 느낌을 받았다. 안타깝게도 느낌뿐이었지만.

어쨌든 그 느낌이 뭔지 알자마자 정확히 7년이나 지난 후에야 첫 소설집을 출간하게 됐다. 그때 누군가 너는 지금부터 7년이나 걸릴 거라고 미리 귀띔해줬다면, 나는 계속 썼을까? 잘 모르겠다. 7년은 짐작하기엔 너무 긴 시간이니까. 그 7년이라는 세월 동안 나는 종종 막막한 후회감에 잡아먹히곤 했는데 어떤 게 후회스러웠는지는 이젠 잘 모르겠다. 어쨌든, 그럴 때마다 나는 나보다 이른 나이에 등단한 평행세계의 나 - 어중간하게 스물여덟, 스물아홉에 등단한 놈이 아니라 스물하나, 스물둘 쯤에 재빠르게 등단한 자식이어야만 한다, 난 그 시절의 내가 제일 싫고 제일 질투가 난다 - 를 상상하곤 한다. 유치하지만, 벌써 책 세 권, 네 권을 내고 있는 그 재수 없는 자식의 상판대기를 상상하고 있으면 소설이 쓰고 싶어진다. 여기 수록된 여덟 편의 소설들은 그렇게 시작됐다. 한 편도 빠짐없이. 모두.

그런데 나름 열심히 써 내려갔던 여덟 편의 소설을 퇴고할 때, 뜬금없게도 캐나다로 건너가신 사부님이 머릿속에서 내게 말을 건넸다.

－열심히 쓰지 말고 잘 써.

여전히 나는 소설 잘 쓰는 법을 모르는데, 한편으로는 소설 말고 내가 잘하는 게 있는가 싶기도 하다. 달리기?

때려 치자, 그냥. 기왕 말이 나온 김에 사부님에 대해 이야기를 해보겠다. 내 사부님은 안 교수라는 역할로 「제임슨의 두 번째 주인」, 「안주의 맛」, 「장우산이 드리운 주일」에 등장한다. 공교롭게도 모두 취한 모습으로 등장하는데, 전혀 놀랍지 않겠지만 내가 애주가가 된 이유는 순전히 사부님 덕분이다. 언젠가 사부님과 다시 술잔을 기울일 수 있는 날이 오면 좋겠다.

이번엔 내가 이 작품집에서 제일 아끼는 소설에 대해 얘기해보겠다. 사실 「레트로 마니아」의 원래 제목은 「레트로 마니아」가 아니다. 그러나 나는 지금 제목이 더 마음에 들기에 굳이 여기다 옛 제목을 밝히지 않을 것이다. 대신 「레트로 마니아」를 쓸 때 제일 많이 도움이 됐던 자료의 출처를 QR코드로 남긴다.

「천박하고 문제적인 쇼와 프로레스」는 일본 소설가 다카하시 겐이치로의 『우아하고 감상적인 일본 야구』의 제목을 패러디한 것이다. 제목은 뭔가 하위호환 같지만, 사실 나는 야구보다 프로레슬링을 더 좋아한다. 왜냐. 야구보단 프로레슬링이 더 소설 같으니까. 야구와 한국 소설에 관해서 더 하고 싶은 말이 있지만 참도록 하겠다. 지금 내가 할 수 있는 말은 이것뿐이다. 프로레슬링 러브.

「라틴화첩기행」과 「Roman de La Pistoche」는 주인공들이 해외에서 희한한 일을 겪는 모습을 다룬 작품인데, 공교롭게도 비슷한 시기에 쓰인 작품들이다. 「라틴화첩기행」은 순전히 『라틴화첩기행』이라는 제목에 꽂혀서 시작된 작품이고, 「Roman de La Pistoche」는 라오스 여행이라는 단어로 네이버 검색을 하던 중 우연히 발견한 수영장의 사진에 꽂혀서 시작된 작품이다. 말하자면, 나의 내부에서부터 시작된 작품이 아니라 외부에서부터 시작된 작품인데, 아마도 이제는 이런 방식으로 작업하진 않을 것 같다. 요즘의 내가 제일 적고 싶은 건 그리운 옛날에 관한 이야기다. 그리운 옛날은 90년대가 될 수도 있고, 아니면 60년대가 될 수도 있고, 어쩌면 19세기, 혹은 22세기가 될 수도 있을 것이다. 옛날이란 것은, 꼭 직접적으로 경험하지 않아도 가슴이 미어질 정도로 그리워할 수 있다. 마치 한때 스쳐 지나갔던 짝사랑처럼.

작품집에 실린 소설들의 이야기를 얼추 다 했으니, 이젠 저 뒤편에서 우리를 기다리고 있는 미래의 소설들에 관해 이야기해야 할 것 같다. 요즘 내가 제일 많이 하는 일은 예지하는 일이다. 이를 테면, 소설 쓰는 통조림, 도트 찍는 로봇 팔, 신춘문예 등단을 도전하는 인공지능 연구부서처럼 미래에서 일어날 법한, 혹은 절대로 일어나지 않을 법한 일들이 내 머리와 가슴을 스쳐 지나갔다. SF소설로 상 받았다고 어쭙잖게 SF 작가 행세를 하는 거냐고 물을 수도 있겠는데, 반은 그렇고 반은 아니라고 대답하겠다. 어쨌든, 나는 여전히 쓰고 있고 계속 쓸 것 같다. 전혀 그립지 않을 미래에서도.

2022년 가을

김쿠만

작품 수록 지면

레트로 마니아
문예지 『에픽』 5호
(2021년 10월)

라틴화첩기행
웹진 『던전』
(2021년 3월)

천박하고 문제적인
쇼와 프로레스
웹진 『던전』
(2020년 11월)

Roman de la Pistoche
웹진 『던전』
(2021년 5월)

도무지, 대머리독수리와는
대화를 나눌 수가 없습니다!
웹진 『던전』 (2020년 7월)

제임슨의
두 번째 주인
웹진 『던전』
(2020년 9월)

아주의 막
웹진 『던전』
(2021년 7월)

차우산이
드리운 주일
문화잡지 『쿨투라』
92호 (2022년 2월)

레트로 마니아

지은이
김쿠만

Copyright © 김쿠만, 2022

초판1쇄 펴냄
2022년 10월 1일

ISBN   979-11-89680-36-7 (03810)

편집
김미선

값   16,800원

펴낸곳
도서출판 이김

브랜드
냉수

냉수는 도서출판 이김의 문학·에세이·코믹
브랜드입니다.

등록
2015년 12월 2일
(제2021-000353호)

잘못된 책은 구입한 곳에서 바꿔 드립니다.

주소
03964
서울시 마포구 방울내로 70 301호

이메일
LhHOT@leekimpublishing.com